Pascal Stäuber · Hier und jetzt ist alles gut

Roman

HIER UND JETZT IST ALLES GUT

Pascal Stäuber

BUCHER

1. Auflage 2023
BUCHER Verlag
Hohenems – Vaduz – München – Zürich
www.bucherverlag.com

© 2023 Pascal Stäuber
Alle Rechte vorbehalten

Gestaltung: Lisa Gamper
Herstellung: Jelgavas Tipogrāfija, Lettland

ISBN 978-3-99018-683-1

1

»Hier und jetzt ist alles gut, hier und jetzt ist alles gut ...« Immer schneller wiederholte Ben die Worte in seinem Kopf. Fast wie ein Rosenkranzgebet. Aber auch ohne Kranz machte er sich nur etwas vor. Für Verhandlungen war es bereits zu spät.

Die Gedanken im Gehirn. Von da aus überall hin. Sie hörten nicht auf.

Wehren war zwecklos geworden. Es war so weit. Die Vernunft wurde verdrängt.

Alles wurde schwarz. Und still. Zeit verkümmerte zu einem Wort. Das Notebook auf seinem Schoß. Die Augen geschlossen. Er atmete nicht mehr. Dann ein kräftiger Herzschlag. Ben riss die Augen auf und rang nach Luft. Atmen. Schnell und oberflächlich.

Entsetzt blickte er auf seine Hände. Sie zitterten. Wie sein Körper.

Er hatte panische Angst. Die Gedanken fluteten seinen Kopf. Ben war übel.

Wieder wurde alles schwarz. Dieses Mal aber verdrängte sein Schrei die Stille.

Der Schrei ging in einen Weinkrampf über. Zitternd führte er die Hände an sein Gesicht. Es war kalt. Feucht. Er drückte seine Handballen gegen die Augen. Doch die Gedankenflut ließ sich so nicht aufhalten.

Bekannte und unbekannte Stimmen. Alle gleichzeitig. Sein Herz raste.

So konnte er nicht weitermachen.

Die eine oder andere Flasche Wein würde helfen. Betablocker – irgendwo müssten noch welche sein. Den Kopf lange genug gegen die Wand hämmern. Ein Messer. Der Schmerz würde für eine Weile ablenken. Sein Herz raste noch schneller.

Ben schoss vom Sofa hoch. Sein Notebook krachte zu Boden. Das Blut in Bens Körper folgte der Bewegung nicht. Er stürzte zurück aufs Sofa. Schwarz. Seine rechte Hand tastete zitternd nach der Lehne. Ben stützte sich ab und richtete sich langsam wieder auf. Dann torkelte er in die Küche. Mit der linken Hand hielt er sich an der Ablage fest. Die rechte holte aus einer Schublade das heilverspreche Utensil.

Der Verstand geflutet, die Seele verzweifelt, die Sinne stumpf. So rammte Ben sich ein Messer in den Unterarm.

Es verfehlte seine Wirkung nicht. Von einer Sekunde auf die andere wurde sein Verstand wieder scharf.

Er riss es heraus. Das Blut lief über die Ablage und tropfte auf den Boden. Schwarz. Ben ließ das Messer fallen, stürzte ans andere Ende der Küche und kramte aus einem der oberen Schränke die Erste-Hilfe-Box heraus. Der Verband, den er hastig um die Wunde wickelte, wurde vom Blut durchtränkt. Er nahm ihn wieder ab, suchte nach einer Kompresse. Sie stillte die Blutung fürs Erste. Ben lief zur Garderobe, nahm den Autoschlüssel und rannte zu seinem Wagen. Das nächste Spital war nur wenige Fahrminuten entfernt. Die tiefe, klaffende Wunde bedurfte einer Naht.

»Ich brauche Hilfe!«, stammelte Ben am Telefon.

Die Worte kamen nur zaghaft aus seinem Mund. Eruptionsartig. Der scharfe Verstand war wieder weg. Das Zittern zurück.

Schwarz.

Ben stand zu Hause im Garten. Ohne Erinnerung an die Fahrt ins Spital und zurück. Wieso er im Garten stand, wusste er nicht.

»Was ist los?«, wollte Sarah, Bens Frau, wissen. »Bist du zu Hause?«

»Ja.« Mehr brachte Ben nicht heraus. Außer Schluchzen.

»Bist du verletzt?«

»Ja. Nein. Sarah, ich kann nicht mehr!«

»Ich rufe Marc an. Bleib, wo du bist. Ich komme dich holen!«

Ben konnte nicht warten. Zu groß war die Unruhe in ihm. Das Gehirn wollte keine Pause machen. Es war zermürbend. Hinzu kamen die Sorgen. Sorgen darüber, wie es weitergehen sollte. Mit ihm, mit der Arbeit, mit der Familie. Noch mehr Gedanken.

Schwarz.

Ben stürmte aus dem Haus. Fay, seine Hündin, hinterher. Er wusste nicht, wohin. Egal. Nur nicht stillsitzen. Fay, die aussah wie ein Bär, zog Ben planlos durchs Quartier. Sein Handy klingelte.

»Wo bist du?« Sarah klang hörbar besorgt.

Schwarz.

Ben blickte sich um. »Ich weiß nicht. Im Quartier.«

»Kannst du nach Hause kommen?«

»Ich weiß es nicht.«

»Was siehst du gerade?«

»Eine Bushaltestelle. Einen Kreisel.«

»Ich bin unterwegs! Geh nicht weg!«

Ben saß gegenüber der Bushaltestelle unweit von ihrem Zuhause am Boden und lehnte sich gegen eine Straßenlaterne. Fay kauerte neben ihm. Die schwarze Schnauze hatte sie in seinem Schoß vergraben. Ben hörte, wie sich ein Auto näherte. Mit zugekniffenen Augen blinzelte er in dessen Richtung. Die Sonne blendete. Es war Sarah. Sie stoppte, ließ den Wagen mit offener Tür auf der Straße stehen und rannte zu Ben.

»Was ist passiert?«

»Ich kann nicht mehr, Sarah.« Ben weinte.

Sie half ihm ins Auto. Fay auf den Rücksitz. Sarah legte die eine Hand auf Bens Bein, die andere ans Steuer. Zusammen fuhren sie zu Marc, Bens Hausarzt und Freund.

2

Marcs Praxis lag in einem Jugendstilhaus mit Blick auf einen kleinen Stadtpark in Luzern. Sein Praxiszimmer zierten mehrere kleine Bronzen, die meisten davon Nachbildungen von Giacometti.

Die Wände strahlten weiß. Zwei Bilder schmückten die Wand gegenüber vom Eingang. Es waren nicht die üblichen Rothkos oder Bergpanoramen, die man sonst in Arztpraxen antraf. Das eine war mit gelben und roten Klecksen auf blauem Hintergrund versehen, das andere hatte zusätzlich einen großen grünen Tupfer in der unteren Ecke. Bens Augen blieben kurz an ihnen haften. Die Bilder strahlten Freundlichkeit und Zuversicht aus.

Ben und Sarah saßen auf zwei dunkelgrauen Schalenstühlen. Hinter ihnen befand sich eine schwarze Liege, die mit weißem Papier bedeckt war. Darüber hing eine Kinderzeichnung mit drei Kopffüßlern, die vor einem Haus mit rauchendem Kamin standen und farblich zu den zwei anderen Bildern passten.

Ein großer schwarzer Schreibtisch stand zwischen ihnen und Marc, dessen Rücken von unzähligen medizinischen Büchern und Zeitschriften gestärkt wurde.

Ben blickte auf eine kleine Figur vor ihm. Ein dünner Mann ohne Gesicht. Gebückt schritt er vorwärts. Seinem Schicksal entgegen. Ben kannte das Original. Er mochte Giacometti. Aber jetzt fürchtete er den zerbrechlichen Mann. Er wirkte, als würde das Leben in ihm allmählich ausgeblendet.

Marc trug blaue Jeans, einen schlichten schwarzen Pullover und italienische Schnürer aus braunem Leder. Seine dunklen Haare hatte er bis auf ein paar Millimeter kurz geschnitten. Zusammen mit seinem Dreitagebart, der hier und da schon graue Stellen aufwies, den grünen Augen und den dezenten Denkfalten im Gesicht gab er ein stattliches Bild von einem Mann ab, der auch auf dem Cover eines Modemagazins hätte erscheinen können, wäre da nicht die etwas birnenförmige Figur mit dem Bauch eines Feinschmeckers gewesen.

»Wie lange schon?«, fragte Marc.

Sarah erklärte das meiste, so gut sie konnte. Beobachtungen von außen. Wie es in Ben drinnen aussah, konnte sie nicht wissen. Aber sprechen war für Ben noch immer schwierig. Das Weinen steckte ihm im Hals und ließ keinen Wortfluss zu. Er zitterte am ganzen Körper.

Marc überreichte ihm eine Lutschtablette. Temesta.

»Hier, nimm das. Es wird dich beruhigen.«

Ben steckte die Tablette, ohne zu zögern, in den Mund. Sie war geschmacksneutral.

»Wir machen noch eine Blutuntersuchung, um somatische Ursachen ausschließen zu können.«

Ben begab sich zur Liege und beobachtete, wie Marc eine dicke Nadel in die Ader seiner Armbeuge stach. Er spürte nichts. Das Röhrchen füllte sich langsam mit Blut.

»Darf ich deine Schnittwunde noch sehen?«, fragte Marc, als er die Blutprobe entnommen hatte.

Vorsichtig entfernte Marc den Verband und begutachtete die genähte Wunde auf dem Unterarm. Der etwa drei Zentimeter lange Schnitt war mit blauen Fäden versehen, die an den Enden bereits schwarze Krusten bildeten. Die umliegende Haut war veilchenblau.

»Das hätte böse enden können. Aber schön genäht haben sie. Hast du Schmerzen?«

Ben schüttelte den Kopf. Die Wunde war für ihn das kleinste Problem. Alles hier erschien ihm surreal. Als befände er sich in einem Bild von Dalí.

Sowie der Verband wieder saß, stand Ben von der Liege auf, torkelte zu Sarah zurück und ließ sich in den Stuhl fallen.

»Ich lasse euch kurz allein.« Marc verschwand aus dem Zimmer.

Sarah drückte Bens Hand. Sein Kopf war gesenkt, der Blick fiel in ihren Schoß.

»Wie geht es dir?«

Ben zuckte mit den Achseln. Dann hob er langsam seinen Kopf und schaute Sarah an. Sie tupfte mit dem Rand eines Taschentuchs vorsichtig über ihrem makellosen

Make-up eine Träne weg und setzte ein Lächeln auf. Ihr Lächeln. Ben liebte es. Normalerweise würde er zurücklächeln. Dann würde er Sarah in den Arm nehmen und sie küssen. Stattdessen senkte er wieder kraftlos seinen Kopf.

Nach einer Weile kam Marc zurück.

»Das Blutbild sieht normal aus. Ich hatte auch nichts anderes erwartet.«

Er ließ sich wieder in seinem Ledersessel vor dem Bücherregal nieder und nahm einen tiefen Atemzug. Dann blickte er Ben direkt in die Augen.

»Ben, du hast eine Erschöpfungsdepression.«

Ben schluckte. »Was?« Er sah Marc fragend an.

»Burnout«, fuhr Marc fort. »Medizinisch gesehen spricht man von einer Depression. Depressionen können unterschiedliche Ursachen haben. Erschöpfung – emotional oder durch Stress bedingt – ist eine davon.«

Burnout. Das Wort blieb hängen. Den Rest hatte Ben gehört, aber noch nicht verstanden.

»Bist du dir sicher?«

Ben versank in seinem Stuhl. Sein Mund war trocken. Er fuhr mit der Zunge über seine Lippen. Sarah wischte sich erneut eine Träne aus dem Gesicht. Dieses Mal schnell und unauffällig, so als wollte sie nicht, dass Ben es sah.

»Nach allem, was ich gesehen und gehört habe, ja«, antwortete Marc.

»Gibt es keine ... anderen Erklärungen? Für meinen ... Zusammenbruch, meine ich?«

Ben musste zwischen seinen Worten leer schlucken. Der Kloß im Hals wurde größer, die Augen feuchter, bis er nur noch verschwommen sah.

»Das heute war eine schwere Panikattacke. Es ist ein deutliches Symptom.«

Ben konnte Marcs Blick nicht mehr standhalten und schaute stattdessen auf die Giacometti-Figur.

Sarah rückte näher an Ben heran und nahm ihn in die Arme.

»Und ... jetzt?« Ben rappelte sich auf seinem Stuhl wieder auf.

»Hör zu, Burnout ist heutzutage weit verbreitet. Es ist nichts, wofür du dich schämen musst. Es ist auch nicht deine Schuld. Die unterschiedlichsten Menschen sind davon betroffen.«

Marc hatte seine beiden Hände gebetsartig vor sich verschränkt und schaute Ben ernst, aber verständnisvoll an. Dann lehnte er sich in den Sessel zurück. »Die gute Nachricht ist, ein Burnout ist therapierbar. Du kannst allerdings vorübergehend nicht arbeiten.«

Marc machte eine kurze Pause, schaute abwechselnd zunächst Ben, dann Sarah an und beugte sich schließlich wieder nach vorn über den Tisch.

»Es ist wichtig, dass du dich von der Arbeit und allem, was damit zu tun hat, fernhältst. Ich werde dich bis auf Weiteres krankschreiben. Außerdem verschreibe ich dir Antidepressiva. Die werden dir helfen, wieder zu deiner Energie zurückzufinden. Gleichzeitig solltest du eine Therapie beginnen.«

Während Sarah zustimmend nickte, fanden Marcs Worte nur langsam den Weg in Bens Kopf.

»Antidepressiva?«

»Serotonin-Wiederaufnahmehemmer. Serotonin ist ein Hormon im Gehirn. Es ist mitverantwortlich für deinen Gemütszustand. Bei depressiven Menschen kommt es zu einer verminderten Aktivität jener Nervenzellen, die Serotonin übertragen. Das Antidepressivum soll deine Konzentration erhöhen, für deine Balance sorgen. Leider kann es ein paar Tage dauern, bis es seine volle Wirkung entfaltet«, führte Marc aus.

»Und ... eine Therapie?« Ben war nicht erfreut über Marcs Vorschlag. Er stammelte etwas von Freud und Birkenstock.

Marc grinste. »Keine Sorge, wir werden dir jemanden mit einem pragmatischen Ansatz suchen.«

Marc besprach mit Sarah noch das weitere Vorgehen. Sie sollte sich um die Anrufe kümmern. Dem Arbeitgeber Bescheid sagen.

»Eine Frage hätte ich noch.« Sarah strich sich mit einer Hand ihre blonden Haare hinters Ohr. »Was ist mit Bens Arm? Ich meine, was ist mit seiner Selbstverletzung?«, fragte sie.

Ben starrte beschämt auf den Fußboden.

»Das ist in der Tat etwas ungewöhnlich bei Burnout-Patienten. Ich werde das mit dem Therapeuten besprechen. Vermutlich hängt es mit der Panikattacke zusammen.«

Dann begleitete Marc die beiden zur Tür. Mit der Türklinke in der einen Hand, deutete er mit der anderen den beiden den Vortritt. Vor dem Verabschieden wandte er sich nochmals Ben zu.

»Du kannst mich jederzeit anrufen, wenn etwas ist. Das wird schon wieder, glaub mir!«

Ben lächelte zum ersten Mal. Er bemerkte, dass er nicht mehr so angespannt war und sich allmählich eine gewisse Leichtigkeit in seinem Körper ausbreitete. Als hätte man am Kopf ein Ventil geöffnet und Druck abgelassen. Das Temesta entfaltete offenbar seine Wirkung.

Als Sarah und Ben ins Auto stiegen, streckte Fay sich und wedelte kurz mit ihrem buschigen Schwanz, um sich dann nach zwei Umdrehungen wieder auf den Rücksitz fallen zu lassen.

»Fay, dich hatte ich ja völlig vergessen! Mein armes Mädchen!« Ben kraulte Fay hinter dem Ohr. Dann drehte er sich wieder nach vorn und sah Sarah an, die hinter dem Steuer saß.

»Es tut mir leid, dass du das heute mitansehen musstest. Nicht gerade dein Ritter in glänzender Rüstung«, murmelte Ben. Die Worte kamen wieder flüssiger über seine Lippen.

Sarah wusste nicht recht, was sie antworten sollte. Sie lächelte Ben sanft zu und legte wieder ihre Hand auf sein Bein. »Du musst dich nicht entschuldigen. Lass uns zu Hause etwas essen. Es war ein langer Tag. Danach schauen wir weiter.«

Ben versuchte, in ihrem Gesicht zu lesen. Er sah es nur von der Seite. Für einen winzigen Augenblick glaubte er, einen Ausdruck von Resignation erkannt zu haben. Er wandte seinen Kopf ab und starrte aus dem Fenster zu seiner Seite. Es war Feierabendzeit. Die Straßen waren voll, die Gehwege ebenso. Ben konnte wenige lachende Gesichter in den Straßen ausmachen. Viele schienen gereizt zu sein. Sie erweckten den Eindruck, als flüchteten sie von einem Ort, an dem sie nicht sein wollten, zu einem Ort, wo sie nicht hingehörten. Ben schloss die Augen. Wortlos fuhren sie nach Hause. Dort war das Blut in der Küche inzwischen eingetrocknet. Die Kinder waren zum Glück noch nicht da.

Beim Abendessen blieb Ben still. Sarah sprach mit den Kindern über die Schule. Sie waren zu jung, um zu verstehen, was heute passiert war. Ben konnte es noch immer kaum glauben. Er mochte nicht viel essen. Stumm verfolgte er das Gespräch zwischen Sarah und den Kindern. Sie sprachen ihn nicht an. Ob die Kinder etwas ahnten, fragte er sich. Während Sarah und die Kinder aßen, trank er fast eine Flasche Wein. Er wollte vergessen. Er wollte weg von Heute.

Nach dem Abendessen setzte sich Ben mit dem letzten Glas Wein aufs Sofa. Dasselbe Sofa, auf dem er heute Morgen noch wie von Brandungswellen durchgeschüttelt worden war, um anschließend auf einen harten, kalten Felsen geklatscht zu werden. Er verspürte keine Panik mehr, dafür Angst vor dem Ungewissen.

3

Sarah war schon in der Kanzlei und die Kinder in der Schule, als Ben sich am nächsten Morgen aus dem Bett hievte. Er hatte schlecht geschlafen. Immer wieder war er nachts aufgewacht. Zu heftig war der gestrige Tag gewesen, um in der Ruhe der Nacht versinken zu können.

Er zog sich eine Jogginghose über die Boxershorts und schlurfte in die Küche. Bei der Kaffeemaschine fand er eine Karte mit einem Bild von Yoda. Ben drehte die Karte um.

»Was soll ich mit einem Ritter, wenn ich einen Jedi habe?«

Ben schob eine braune Strähne aus der Stirn und wischte sich mit dem Handrücken eine Träne aus dem Gesicht. Er war froh um Sarah. Sie war die Starke. Die Selbstständige.

Ben war Mitte vierzig. Meist wurde er einige Jahre jünger geschätzt, was vor allem Sarah ärgerte, war sie doch die Jüngere der beiden. Heute sah er jedoch um Jahrzehnte gealtert aus.

Mit einem Kaffee in der Hand setzte er sich an den weißen Küchentisch aus Kieferholz. Sarah hatte ihm die Medikamente bereitgelegt. Er spülte die Antidepressiva gemäß Rezept hinunter. Dann saß er einfach da. Sein Blick hing am Kühlschrank mit den vielen Postkarten und Magneten, fand aber nur Leere.

Ein Jedi, dachte er. Ich und ein Jedi ... Was wird wohl Tim von mir denken?

Bens Söhne waren sechs und zehn. Tim war der ältere. Mit ihm hatte er schon sämtliche *Star-Wars*-Filme gesehen. Tim war stolz auf seinen Papa. Er fand, er sehe aus wie Obi-Wan Kenobi und sei sicher auch so stark.

Die Gedanken kamen zurück. Mit ihnen der Brechreiz. Wie ein Tsunami breitete sich eine Unruhe von seinem Kopf über den Nacken und die Schultern bis in die Hände aus. Er richtete sich auf, schüttete seinen Kaffee in die Spüle und fummelte eine der weißen geschmacksneutralen Tabletten aus der anderen Packung von Marc. Sie würden die zermürbenden Gedanken chemisch wegreaktionieren.

Fay, die die ganze Zeit unter dem Tisch auf dem schwarz-weiß gefliesten Boden lag, sprang auf und tänzelte um Ben herum.

»Nicht jetzt, Fay.«

Ben zog sich wieder ins Schlafzimmer zurück. Auf Sarahs Nachttisch lag eine Zeitschrift. Eine hübsche Frau mit einem künstlich weißen Lächeln erhaschte seine Aufmerksamkeit. Er blieb kurz stehen und starrte in das grinsende Gesicht. Sie war jung und strahlte ungezügelte Abenteuerlust und Selbstvertrauen aus. »Wer wagt, gewinnt!«, stand in dicken weißen Lettern unter dem Bild. Rechts von der Frau konnte Ben noch einen anderen

Titel ausmachen: »Partnerschaft: Hilfe, mein Mann ist depressiv.« Ohne Ausrufezeichen.

Ben setzte sich mit der Zeitschrift aufs Bett, blätterte die Seiten um, bis er auf die Reportage über depressive Ehemänner traf, und begann zu lesen. Es war eine fiktive Geschichte, die den Alltag einer erfolgreichen Geschäftsfrau mit ihrem depressiven Mann beschrieb. Eine Paartherapeutin gab dazwischen in fetten Buchstaben Ratschläge. »Übernehmen Sie für ihn nichts, was er nicht selbst leisten kann.« Er mochte nicht weiterlesen. Das Leben dieses Paares hatte nichts mit ihm und Sarah zu tun. Er war erschöpft, nicht depressiv, redete er sich ein und legte die Zeitschrift wieder weg. Dabei fiel sein Blick auf ein Magazin auf seinem Nachttisch. *Chemistry Today.* Ihn schauderte. Als würde er auf einen geschlossenen Sarg schauen, der eine ihm bekannte Leiche enthielt.

In diesem Moment tippelte Fay ins Zimmer und setzte sich vor Ben hin. Mit ihrer rechten Pfote stupste sie ihn immer wieder an und gab ihm unmissverständlich zu verstehen, dass sie rauswollte. Sie hatte Glück. Auch dieses Mal verfehlte das Temesta seine Wirkung nicht und Ben fühlte sich wieder leichter.

Als er mit Fay zurückkam, starrte er verdutzt die römischen Ziffern auf der Wanduhr in der Diele an. Es war schon nach Mittag. Der Spaziergang war ihm nicht so lange vorgekommen. Ben scheiterte beim Versuch, sich zu erinnern, was er so lange gemacht hatte.

»Papa! Du bist schon daheim?« Sebastian, Bens jüngerer Sohn, war überrascht.

»Ja, ich habe mir ein paar Tage freigenommen. Hat dir Mama nichts gesagt?«

»Nein«, antwortete Sarah, die auch gerade zur Tür hineinkam. Sie lächelte und gab Ben einen Kuss.

»Ich habe früher Feierabend gemacht und Sebastian von der Schule abgeholt.«

Ben war erleichtert zu hören, dass Sebastian von nichts eine Ahnung hatte.

»Willst du es ihnen sagen?«, fragte Sarah, als sie und Ben abends im Bett lagen.

»Nein«, war Bens knappe und klare Antwort.

Er drehte sich von Sarah weg. Sein Chemiejournal lag nicht mehr auf dem Nachttisch.

Nach ein paar Tagen rief Marc an. Es war Zeit, die Fäden aus dem Arm zu ziehen. Noch am selben Tag fuhr Ben in die Praxis.

Marc begutachtete zufrieden Bens Unterarm. »Das sieht gut aus. Schön verheilt. Das wird keine große Narbe hinterlassen«, meinte er und klopfte Ben brüderlich auf die Schultern.

Ben blickte auf den Arm. Der Körper heilt schneller als der Geist, dachte er und antwortete: »Da bin ich froh.«

»Ich habe übrigens eine Therapeutin für dich gefunden«, fuhr Marc fort. »Ich kenne sie von einer Weiterbildung. Sie ist gut. Nicht so schräg wie manche Psychiater. Sie steht mit beiden Beinen auf dem Boden, wenn du weißt, was ich meine.«

Ben wusste es nicht, nickte aber anerkennend.

»Sie geht das Ganze pragmatisch an. Ohne langes Drumherum. Sie war mal Internistin. Und: Sie ist hier in der Stadt.«

Marc überreichte Ben eine Visitenkarte.

Dr. med. Elisabeth Lenz, FMH, Psychiatrie & Psychotherapie, stand auf der cremeweißen Karte. In der oberen Ecke prangte eine stilisierte Blume in Türkis und Blau. Wahrscheinlich eine Anspielung auf ihren Namen, dachte Ben.

»Ich werde sie nachher anrufen und ihr Bescheid sagen, okay?«, fragte Marc.

Ben nickte wieder.

»Sie wird sich dann bei dir melden. Du kannst sie aber auch selbst anrufen, um einen Termin zu vereinbaren.«

»Wie war es heute bei Marc?«, fragte Sarah nach dem Abendessen. Sie trocknete gerade eine Teflonpfanne ab. Die Kinder spielten in ihren Zimmern.

Ben deutete mit den Mundwinkeln und den Augenbrauen ein »Geht so« an.

Er hatte heute noch kein Wort mit Sarah gewechselt und schaute ihr dabei zu, wie sie die Pfanne in den Schrank unter dem Gasherd verstaute. Dann erzählte sie von ihrem Arbeitstag in der Kanzlei. Er hörte sie zwar sprechen, verstand sie aber nicht. Ihre Worte waren nicht mehr als bloße Schallwellen, die er mit unterschiedlichen Frequenzen und Lautstärken wahrnahm. Überhaupt schienen alle Signale, die um ihn herum ausgesandt wurden, wie durch einen unsichtbaren Schild abgefangen und nur gedämpft und ohne Inhalt an ihn weitergeleitet zu werden.

»Ich muss noch schnell einen Anruf machen«, meinte Sarah schließlich und verschwand in ihrem Schlafzimmer.

Ben wischte den massiven Holztisch im Esszimmer ab und ging danach hoch zur Toilette. Als er an der Schlafzimmertür vorbeikam, vernahm er ein Geräusch. Er hielt vor dem Zimmer inne und lauschte. Ein leises Schluchzen war zu hören. Ben erschrak. Nicht so sehr, weil Sarah weinte, sondern weil er kein Mitleid für sie empfand.

Sarahs Wecker klingelte am nächsten Morgen. Sie streckte sich und drehte sich zu Ben rüber, der schon lange wach neben ihr lag.

»Konntest du besser schlafen?«, fragte sie.

Ben schüttelte den Kopf.

»Möchtest du noch liegen bleiben? Ich muss heute erst später in die Kanzlei und kann mich um die Jungs kümmern.«

Ben zuckte mit den Achseln und Sarah küsste ihn auf die Stirn.

Als Sarah und die Kinder aus dem Haus waren, kroch er aus dem Bett. Fay stürzte sich sofort auf ihn. Ben ließ sie zuerst in den Garten, bevor er sich zur Küche schleppte.

Mit einem frisch gebrühten Kaffee setzte er sich auf das Sofa und griff zur Fernbedienung. Er zappte zunächst durch die vielen Morgensendungen in Deutschland und blieb schließlich in Texas hängen, wo ein Handwerker gerade ein terracottafarbenes Einfamilienhaus renovierte.

»Bevor es besser wird, wird es schlimmer!«, meinte der Rothaarige mit dem Vorschlaghammer in der Hand.

Mit exakt denselben Worten hatte ihn Marc vor der Wirkung der Antidepressiva gewarnt.

Ben nahm den letzten Schluck aus seiner Kaffeetasse und machte den Fernseher wieder aus. Er lehnte sich zurück.

Wie es wohl in der Therapie sein würde? Müsste er auf einem schwarzen Diwan liegen und über seine Kindheit sprechen, fragte er sich. Er hatte keine Erfahrung mit Psychiatern. Obwohl, in der zweiten Klasse hatte er einmal auf Anweisung seiner Lehrerin zu einem Schulpsychologen gemusst.

Es war nach der Scheidung seiner Eltern gewesen. Er und seine beiden Brüder waren damals mit der Mutter in ein anderes Dorf gezogen. Ein Vorort von Luzern. Er kam in eine neue Klasse, zu Fräulein Steiner. In seiner Erinnerung war sie damals schon über fünfzig Jahre alt. Sie hatte keine Kinder, war unverheiratet, wurde deshalb noch mit Fräulein angesprochen und war wahrscheinlich um einiges jünger als fünfzig.

In seiner ersten Stunde in der neuen Klasse wurde er neben Tommy platziert. Tommy war ein schüchterner, aber kräftiger und gut aussehender junger Bursche, der nicht viel redete. Im Unterricht schon gar nicht. Dann waren nämlich alle auffällig still. Stiller als während einer Gedenkminute auf einer Beerdigung, wo man noch das eine oder andere Schniefen oder Schnäuzen hören konnte.

Fräulein Steiner hatte schmale, verbitterte Lippen und einen Gang, der dem Stechschritt eines Soldaten auf dem Kasernenhof ähnelte. Sie wirkte immer so angespannt, dass man die Bewegung ihrer Kaumuskeln auch in der hintersten Reihe beobachten konnte. Wenn sie allerdings disziplinierte, war sie ruhig und schien ihren Moment zu genießen. Mit festem, durchdringendem Blick und einer Stimme, deren Kälte man bis in die Knochen spürte, liebte sie es, zu bestrafen. Erniedrigung war ihre Lieblingsstrafe.

Einmal hatte sie vor der ganzen Klasse zu Ben gesagt, dass aus Kindern von geschiedenen Eltern nie etwas werden würde. In der Klasse gab es außer ihm nur noch den Sohn des Architekten, Peter, dessen Eltern ebenfalls geschieden waren. Peters Vater hatte aufgrund seines Berufes und seines Vermögens einen gewissen Einfluss im Ort. Ben fand es damals seltsam, dass das tiefgläubige Fräulein Peter eine andere Zukunft prophezeite.

Regelmäßig musste Ben sich morgens übergeben, wenn ein neuer Schultag anstand. Manchmal schon zu Hause, meistens aber auf dem Schulweg. Nachts plagten ihn Albträume. Bens Mutter suchte das Gespräch mit Fräulein Steiner. Das sei nicht ihr Metier, hatte die Lehrerin festgestellt und Ben beim Schulpsychologen angemeldet. Dieser hatte nach einem Gespräch und ein paar Klecksereien jedoch befunden, dass Ben nichts fehlte.

So leicht käme er dieses Mal wohl nicht davon, dachte Ben und griff zur Kaffeetasse. Er richtete sich auf und ging zur Küche.

Ben blickte auf die Narbe an seinem Arm, die immer noch in blaue Haut eingebettet war. Dann sah er für den

Bruchteil einer Sekunde wieder das Bild vor sich, wie er sich das Messer in den Arm gerammt hatte. Wie das Blut zunächst langsam um die Klinge herum herausquoll und dann, als er das Messer herauszog, hochschoss, über den Arm auf die Unterlage lief und schließlich auf den Boden tropfte. Es war seltsam. Er hatte damals keinen Schmerz gespürt. Bis heute nicht. Nicht am Arm.

Er holte sich eine Tablette Temesta und griff anschließend zum Telefon.

»Frau Dr. Lenz?«

Sarah war Bens große Liebe. Sie hatten früh geheiratet, noch während des Studiums. Sarah hatte damals zur selben Zeit wie Ben in Zürich Rechtswissenschaften studiert und nach der Heirat in Luzern ihr Anwaltspatent erlangt. Seit ein paar Jahren schon führte sie eine eigene Kanzlei mit rund einem Dutzend Angestellten.

Als sie heute Morgen etwas später als üblich im Büro ankam, wurde sie bereits vermisst.

»Sarah, das Sekretariat von Schindler hat angerufen. Du möchtest bitte Dr. Dubach von der Geschäftsleitung anrufen.« Sarahs Assistentin stürzte mit einem blauen Ordner ins Büro, auf dessen Rückenschild »Emmi« stand. »Und hier sind noch die Verträge von Emmi.« Sie legte den Ordner auf Sarahs Schreibtisch neben einen großen Stapel Papier, der darauf wartete, abgearbeitet zu werden.

»Danke, Tanja«, antwortete Sarah. Ihre Stimme klang dünn.

Tanja bewegte sich zur Tür, blieb auf halbem Wege stehen und drehte sich zu Sarah um. Wortlos stand sie da.

»Ist noch was?«, fragte Sarah.

»Ist bei dir alles in Ordnung? Ich meine, bei dir zu Hause?«, fragte Tanja zögerlich.

»Ja, wieso meinst du?«, antwortete Sarah knapp, lehnte sich in ihren Bürostuhl und fixierte Tanja.

»Nur so. Du siehst etwas müde aus. In den letzten Tagen bist du immer später ins Büro gekommen. Ich dachte, vielleicht ist etwas mit einem der Kinder.«

»Alles gut, danke.« Sarah nahm den Hörer zur Hand und gab Tanja mit einer freundlichen, aber bestimmten Geste zu verstehen, dass sie jetzt ungestört sein wollte.

Als Ben am späten Nachmittag von seiner Runde mit Fay nach Hause kam, war Sarah schon daheim. Er roch ihr Parfum beim Betreten der Diele, und für einen kurzen Augenblick fühlte er sich nicht nur physisch zu Hause.

»Hallo, Schatz!«, rief sie ihm zu. Sie kam gerade aus der Küche mit einer Tasse Tee in der Hand. Fay schwänzelte und tänzelte um sie herum.

»Sind die Jungs noch nicht da?«, fragte Ben dumpf.

»Nein, sie sind noch zur Bibliothek gegangen. Ihre Bücher mussten retourniert werden. Komm, trink eine

Tasse mit mir!« Sarah zog Ben an der Hand in die Küche und platzierte ihn an den Kiefertisch. Sie holte aus dem Küchenschrank über der Spüle einen Teebeutel heraus, gab ihn in eine blaue Tasse, die schon vor Ben bereitstand, und setzte frisches Wasser zum Kochen auf.

Dann setzte sie sich zu ihm und umschloss mit beiden Händen seine Finger. Mit dem Daumen strich sie ihm über sein Handgelenk.

»Wie geht es dir?«, fragte sie, und ohne die Antwort abzuwarten, fügte sie hinzu: »Du sprichst nicht viel.«

Ben nickte und senkte seinen Blick verlegen an Sarah vorbei auf den Boden.

»Lass mich dir helfen.« Sarah folgte mit ihrem Blick Bens Augen.

»Du kannst mir nicht helfen. Die Antidepressiva reißen mich in ein schwarzes Loch. Alles entfernt sich von mir. Sinneswahrnehmungen, Gefühle, Mut.« Das waren die meisten Worte, die Ben seit Tagen mit Sarah gewechselt hatte.

»Marc meinte, es würde nach ein paar Tagen besser. Wir müssen geduldig sein!«

»Wir?«, fragte Ben spöttisch.

»Ja, wir!« Sarahs Ton wurde nun deutlich schärfer. Sie ließ Bens Hand los. »Es tut mir leid, dass es dir nicht gut geht. Aber der Haushalt, die Kinder, meine Kanzlei.«

Sarah atmete, um sich zu fassen. »Es bleibt momentan sehr viel mehr an mir hängen, als mir lieb ist.«

»Du Arme.« Ben starrte auf die blaue Tasse.

Sarah wollte antworten, überlegte es sich anders, stand auf und holte indes das kochende Wasser, um Bens Tee aufzubrühen.

4

»Na, dann nehmen Sie doch bitte mal Platz«, forderte ihn Frau Dr. Lenz auf. »Ich bin gleich zurück.«

Ben setzte sich auf einen schwarzen Ledersessel, der mit metallenen Beinen auf dem alten Parkettboden stand. Sein Blick wanderte durch den Raum. Er erinnerte ihn an ein großes Wartezimmer. Dennoch war er geschmackvoll und modern eingerichtet. Ein kleiner heller Salontisch und drei bequeme große Sessel standen mitten im Raum. Auf dem einen saß nun Ben. Rechts von ihm, in einer Ecke des Zimmers, stand ein weißer Tisch mit einer modernen, ebenfalls weißen Stehlampe. Nur der Computer und dessen Monitor waren schwarz. Links davon befand sich ein großes Bücherregal.

Ben fiel auf, dass alle Bücher ordentlich eingeräumt waren. Wahrscheinlich thematisch und dann alphabetisch sortiert. Es war das unverhohlene Gegenteil von Bens Regal zu Hause. Sein Regal musste viel mehr Bücher unterbringen, als dessen Schöpfer geplant hatte. Gegenüber dem Eingang war ein großes Fenster, das fast die ganze Länge des Raumes einnahm und dadurch viel natürliches Licht hätte spenden sollen. Hätte, denn erstens regnete es und zweitens stand direkt vor dem Fenster schon das nächste Haus, das kein direktes Sonnenlicht zuließ. Die Regentropfen glitten sanft und still das große Fenster hinab und ließen das Haus im Hintergrund verschwommen und unwirklich erscheinen. Ben erkannte hinter dem Fenster ein einfallsloses, deprimierendes Stück Beton aus den Siebzigerjahren. Der Regen nahm dem Haus das letzte Stückchen Würde. Er färbte seine Betonhülle dunkel. Das Dunkel breitete sich von oben nach unten aus, als hätte jemand einen riesigen Eimer mit schwarzer Farbe darübergeschüttet.

Das gesamte untere Ende des Fensters zierte ein langes, schmales Brett aus weißem Holz. In der Mitte stand eine kleine Tischuhr, die dem Big Ben von London nachempfunden war. Der neugotische Turm passte nicht in das sonst modern eingerichtete Zimmer, wie Ben fand. Zusammen mit dem tristen Haus im Hintergrund gab die Uhr ein bizarres Bild ab.

Frau Dr. Lenz kam zurück und nahm mit einem Notizblock links von Ben Platz, während sie ein langgezogenes »So« von sich gab. Das war wohl das Startsignal für die erste Sitzung. Ben rückte sich auf dem Sessel zurecht.

Seine Hände zitterten. Er wusste nicht, was ihn erwartete. Würde er schon bald wieder arbeiten können? Müssen? Schon der Gedanke daran versetzte ihn in Panik. Seine Atemzüge wurden flacher. Der Magen zog sich zusammen.

Die Ärztin aber sagte: »Na, es ist normal, wenn die Ungewissheit Sie nervös macht. Wenn Sie nicht wissen, wie es weitergehen soll. Auch diese Situation hier bei mir dürfte neu für Sie sein, nicht?«

Das war sie.

Frau Dr. Lenz war wahrscheinlich etwas über fünfzig, schätzte Ben. Ihre Haare waren grau und ungeordnet. Die Frisur erinnerte ihn an Einstein. Vielleicht war das die Wirkung angestrengten Denkens. Im Gegensatz zur Haarpracht stand ihre elegante Kleidung. Sie trug einen kaffeefarbenen Blazer mit einem Karomuster über einer beigefarbenen Bluse. Dazu schwarze Stoffhosen und weiße Sneaker. Sie war auch sonst sehr gepflegt und nur dezent geschminkt. Ihr Gesicht wurde von einer markanten runden Brille dominiert.

»Sie kennen Herrn Dr. Bogner – Marc – persönlich?«, fragte sie.

»Ja, wir sind schon lange befreundet. Wir teilen unsere Leidenschaft für Bücher. Und Wein. Allerdings sehen wir uns nicht mehr so oft wie früher. Mal ab und zu mit unseren Familien.«

Frau Dr. Lenz nickte und lächelte. »Nun, er hat mich instruiert, was vorgefallen ist. Wir haben gestern lange telefoniert«, fügte sie hinzu. Sie war ruhig und sah Ben direkt in die Augen. Dann neigte sie ihren Kopf etwas und fragte: »Wann haben Sie zum ersten Mal gemerkt, dass etwas nicht mehr stimmt?«

»Wenn ich so zurückdenke, scheinen die Zeichen schon länger da gewesen zu sein. Ich hatte sie nur nicht verstanden«, antwortete Ben mit dünner und angespannter Stimme.

»Welche Zeichen meinen Sie?« Die Ärztin klickte auf das stumpfe Ende ihres Kugelschreibers. Der Notizblock lag auf ihren verschränkten Beinen.

»Schon länger als ein halbes Jahr habe ich diese Müdigkeit. Es ist keine wohlige Müdigkeit. Sie fühlt sich bleiern an.« Ben wusste nicht, ob es dieses Wort überhaupt gab, und führte deshalb weiter aus. »Es ist schwer zu beschreiben. Man steht morgens auf, und nach der Dusche und dem Morgenkaffee möchte man sich am liebsten wieder hinlegen. Nicht, um zu schlafen. Einfach, um nichts machen zu müssen. Es fühlt sich an, als ob Blei in den Adern fließt und der ganze Körper schwer und taub ist.«

Die Ärztin machte sich nun kurze Notizen. So kurz, dass es sich nicht um ganze Sätze handeln konnte.

»Ein Pfeifen in den Ohren, ein Tinnitus, macht das Ganze noch schlimmer. Diese Geräusche habe ich noch länger als die Müdigkeit. Sie riegeln meinen Kopf hermetisch gegen außen ab.« Ben knibbelte mit dem Zeigefinger am Nagelbett seines Daumens. Er blickte auf den Salontisch, auf die Kerze und deren Flamme, die unbekümmert tänzelte.

»Waren Sie damit schon mal beim HNO?«, fragte Frau Dr. Lenz.

»Ja, er konnte nichts feststellen.«

Frau Dr. Lenz spielte auffällig nervös mit ihrem Schreiber. Dann fischte sie aus der Seitentasche ihres Blazers mit der anderen Hand eine Blisterpackung mit rechteckigen Kaugummis hervor, drückte routiniert ein Stück heraus, versteckte die Packung wieder in der Tasche und schob sich mit derselben Hand den Kaugummi in den Mund.

»Ich versuche, mir das Rauchen abzugewöhnen. Die sollen helfen. Fahren Sie fort.«

»Oft war ich nur erschöpft. Das Gefühl, Bäume ausreißen zu können, war schon lange verloren gegangen. Wahrscheinlich schon Jahre.«

»Okay«, meinte die Ärztin und bearbeitete wieder mit knappen Strichen ihren Block. Dann nahm sie den Schreiber wieder an den Mund. Ben bemerkte, dass sie ihn dieses Mal wie eine Zigarette hielt.

»Sie sind Chemiker?«

»Ja. Ich habe Chemie studiert. In Zürich. Danach habe ich promoviert.«

»Spannend!«, antwortete die Ärztin mit einem professionellen Lächeln. »Und wo arbeiten Sie jetzt?«, fragte sie weiter.

»In der Lebensmittelindustrie. Forschung und Entwicklung.«

»Okay.« Frau Dr. Lenz nickte anerkennend. »Was hat Sie denn bei der Arbeit so erschöpft?«

»Ich weiß nicht, irgendwie alles.« Ben überlegte. »Zum einen die vielen E-Mails«, meinte er dann.

»Was war mit den E-Mails?«

»So viele Fragen, Aufträge, Abklärungen. Ich habe mich umgehend darum gekümmert. Auch in den Ferien. Ich wollte einen guten Job machen«, führte er aus.

Wieder glitt der Stift der Ärztin hektisch über ihren Block. Danach sah sie Ben mit hochgezogenen Augenbrauen an. Dies empfand er als Aufforderung, sich zu erklären.

»Ich habe versucht, die verdammten E-Mails immer zu beantworten, auch in meinen Ferien oder an den Wochenenden.« Ben setzte sich wieder aufrecht hin, nachdem er im Ledersessel immer weiter nach unten gerutscht war. »Zum Beispiel im Frühling. Wir sind für eine Woche in den Süden gefahren. Jeden verdammten Tag habe ich diese Scheißmails kontrolliert und abgearbeitet.« Ben war frustriert. Jetzt, wo er es laut ausgesprochen hatte, konnte er selbst kaum glauben, dass dies für ihn einfach Routine gewesen war. Aufwachen. E-Mails checken. Aufstehen, Toilette. E-Mails checken. Frühstücken, Zähne putzen. E-Mails checken. So ging es den ganzen Tag.

»Das ist nicht gut! Es ist wichtig, dass Sie auch mal abschalten!« Der Ärztin schien es ernst zu sein. Sie schaute

Ben unter ihrer großen schwarzen Brille hindurch an und kaute dabei etwas weniger auffällig auf ihrem Kaugummi.

»Wie ging es weiter? Sie haben von der Müdigkeit gesprochen.«

Ben überlegte, versuchte sich zu erinnern. Erinnerungen abzurufen fiel ihm allerdings schwerer als sonst.

»Vor den Ferien fühlte ich mich ausgelaugt. Als ob ein winziges Stück Butter auf eine zu große Scheibe Brot geschmiert würde.«

Die Ärztin zog die Augenbrauen hoch und lächelte. »Wie Bilbo?«, fügte sie an.

»Wie?« Ben verstand nicht.

»*Herr der Ringe*? Das stammt doch von Tolkien, nicht wahr?« Ihre Augen funkelten.

»Ach so. Ja, wie Bilbo.«

»Was, denken Sie, war dieses Mal anders?«

»Ich weiß nicht. Vielleicht war es eine E-Mail zu viel. Eine, die das Fass zum Überlaufen brachte. Vielleicht hatte es mit meiner Beförderung zu tun. Ich weiß es nicht«

»Sie wurden befördert?« Auch das fand offenbar Eingang in ihren Notizblock.

»Ja. Darüber habe ich mich sehr gefreut. Ich war nun Leiter eines großen Teams. Der Start nach den Ferien verlief gut. Ich war nicht erholt, aber motiviert.«

»Was denken Sie?« Frau Dr. Lenz sah ihn nun mit leicht geneigtem Kopf an, den Stift an den Lippen. »Hatte die Beförderung etwas mit dem Verlauf Ihrer Krankheit zu tun?«

»Ich denke, nicht. Die Symptome waren schon vorher da. Vielleicht war sie einfach ein Brandbeschleuniger. Nicht die Ursache.«

Wenn niemand sprach, hörte Ben im Zimmer nur noch den Regen, der jetzt stärker wurde.

Dann fuhr er fort. »Nach den Ferien habe ich ein paar Wochen durchgearbeitet. Montag bis Sonntag. Manchmal auch noch abends. Es war okay. Der Stress war absehbar. Ich habe mir gesagt, dass auch wieder ruhigere Zeiten kommen. Meinen Körper konnte ich nicht täuschen. Meine Hände haben zuerst reagiert. Es gab Tage, da musste ich die Kaffeetasse mit beiden Händen halten. Wenn ich mich mit Kollegen im Kaffeeraum getroffen habe, habe ich die Tasse hinter meinem Rücken versteckt, wenn ich gerade nicht getrunken habe, um das Zittern zu verbergen.«

Die Ärztin hörte aufmerksam zu. Ihre Augenbrauen waren nach unten gezogen. Beide Hände lagen auf den Sessellehnen. Sie ließ Ben weitererzählen.

»Dann hatte ich endlich wieder einen freien Tag. Ich wollte einen Ausflug machen. Etwas nur für mich, verstehen Sie? Mein Handy klingelte. Noch bevor ich mich zu Hause angezogen hatte. Mein Chef. Es gab Probleme im Büro. Ich sollte noch etwas erledigen. Dann, auf dem

Weg zur Arbeit, haben nicht nur meine Hände gezittert, sondern mein ganzer Körper. Ich hatte Angst. Als ich mich dem Büro näherte, wurde mir auf einmal speiübel.«

»Wovor haben Sie sich gefürchtet?«

»Ich wusste es damals nicht und weiß es auch heute nicht. Ich konnte mir diese Angst nicht erklären. Sie wurde immer stärker. Sie wollte, dass ich fliehe. Ich wusste nur nicht, wovor. Das war wohl der Ereignishorizont meines Schwarzen Lochs. Es gab kein Zurück mehr. Ab da ging es schnell.«

»Wann war das?«

»Vor rund drei Wochen«, sagte Ben. »Vor drei Wochen ging es schnell. Endlich.«

Frau Dr. Lenz blickte vom Notizblock hoch. »Wieso endlich?«

»Der Weg bis zu meinem Zusammenbruch war lang. Insofern war er erleichternd. Wie das Erbrechen nach stundenlanger Übelkeit. Ich merkte schon vor Monaten, dass ich keine Energie mehr hatte. Ich funktionierte, ja.« Ben schnaubte. »Ich empfand aber weder Freude noch Genugtuung. Die Belastung im Alltag war teilweise groß. Ich konnte immer seltener abschalten. Die Tage wurden nachts nochmals durchgespielt. Immer und immer wieder. Erholung war unmöglich. Die Müdigkeit machte mir zunehmend zu schaffen.«

»Die Müdigkeit, von der Sie gesprochen haben?«

»Ja. Das Blei in den Adern. Die Lustlosigkeit. Ich wurde nie mehr richtig wach, egal, wie lange ich im Bett lag.«

Die Ärztin nickte. Mitleidig zog sie ihre Augenbrauen hoch.

»Dann kam die Angst. Sie war das Schlimmste. Bevor ich sie als solche erkannte, hatte sie meinen ganzen Körper eingenommen. Wie ein Geschwür hat sie sich von meinem Magen her ausgebreitet. In die Beine, in die Hände, in meinen Kopf. In mein Herz. Zwischendurch hat es gerumpelt. Mein Puls war unregelmäßig, und nachts ging er so schnell, dass er mich wachhielt.«

»Wie hat sich diese Angst bei der Arbeit bemerkbar gemacht?«, fragte Frau Dr. Lenz.

»Ich fürchtete mich vor meinem Arbeitsort, vor meinem Vorgesetzten, vor meinen Kollegen. Den Anblick meines Laptops konnte ich nicht mehr ertragen. Wenn mein Handy geklingelt hat, bin ich zusammengezuckt.«

»Hatten Sie diese Angst schon früher einmal?«

»Nein, nie. Das war das Problem für mich. Die Angst war unbegründet. Ich wusste nicht, woher sie kam. Wieso sie gerade jetzt kam. Aber sie hielt mich in meinem Kopf gefangen. Ich kam manchmal tagelang nicht vom Gedankenkarussell herunter. Das war zermürbend. Es führte nirgendwo hin, drehte sich einfach unaufhaltsam weiter. Die kreisenden Gedanken waren wie die Übelkeit, die nicht weggeht, bevor man sich übergibt.«

Ben hatte die ganze Zeit seinen Blick auf den Boden gerichtet. So, als schämte er sich.

Für einen Moment war nur das leichte Trommeln der Regentropfen am Fenster zu hören. Die Ärztin saß stumm auf ihrem Sessel und schaute Ben an.

»Doch. Es gab mal diese Übelkeit«, erzählte Ben weiter, die Augen immer noch gesenkt. »Nach der Scheidung meiner Eltern. Ich bin in eine neue Schule gekommen. Ich fürchtete mich so sehr vor der Lehrerin, dass mir jeden Morgen schlecht wurde.« Ben blickte nun zur Ärztin hoch.

»Okay«, antwortete sie. »Das ist bei Kindern nicht ungewöhnlich.« Für einen Moment hielt sie inne. »Ich möchte nochmals auf Ihre Arbeit zu sprechen kommen.« Sie tippte mit dem stumpfen Ende ihres Stifts auf die Wange, senkte dann aber ihre Hand wieder. »Wenn ich das richtig verstanden habe, ließen Sie sich befördern, obwohl Sie schon am Ende Ihrer Energie waren?« Sie versuchte offensichtlich, sich einen Reim darauf zu machen.

Ben war sich der Absurdität dieser Entscheidung bewusst. »Ich weiß, es klingt verrückt.« Nervös rutschte er wieder auf dem Sessel hin und her. »Es war eine langersehnte Anerkennung für meine Arbeit. Ich hatte gehofft, dass sich mit meiner neuen Herausforderung die Probleme von selbst lösen würden.«

Die Ärztin nickte wortlos. Für Ben ergab schon lange nichts mehr irgendeinen Sinn.

»Sie haben sich mit einem Messer in den Arm geschnitten?«, fragte sie dann.

»Es war mehr ein Rammen als ein Schneiden.« Für Ben hörte sich Schneiden nach Pulsadern aufschneiden an. Allerdings wusste er nicht, ob Rammen viel besser klang.

»Nach allem, was Marc mir berichtet hat und was ich von Ihnen höre, denke ich nicht, dass Sie sich umbringen wollten. Was wollten Sie dann damit erreichen?« Sie musterte Ben.

»Ich saß zu Hause, im Homeoffice. Meine Gedanken kreisten wieder. Sie wurden lauter. Schneller. Sie gingen nicht weg. Ich hatte Angst. Panik. Nichts ergab mehr Sinn. Ich konnte keinen klaren Gedanken mehr fassen. Ich wollte, dass es aufhört. Der Schmerz sollte ablenken. Tat es aber nicht.« Ben strich mit der flachen Hand über die Wunde. »Es gab nicht mal einen Schmerz. Geblieben sind eine Narbe und Nebel im Kopf.«

Die Ärztin schmunzelte kurz. Dann wurde sie wieder ernst. »Gab es je einen Suizidfall in Ihrer Familie?«

Ben schüttelte den Kopf. »Nein. Nicht, dass ich wüsste.«

Er hielt kurz inne.

»Hören Sie, so bin ich nicht. Ich wollte mich nicht umbringen.«

Die Ärztin nickte für eine lange Sekunde, während sie mit dem Stift in ihrem Mund auf ihre Notizen blickte. Danach sah sie Ben in die Augen, der dieses Mal ihrem Blick standhielt. »Ich glaube Ihnen.«

Ben blickte zur Uhr auf dem Fenstersims. Die Stunde war gleich um.

»Wie fühlen Sie sich nun?«, fragte die Ärztin.

»Ich bin traurig. Und ängstlich. Ich fühle mich verunsichert. Mein Selbstvertrauen habe ich schon längst verloren. Ich wollte es immer allen recht machen. Ich habe versagt. Ich weiß nicht, wie es weitergehen soll.« Ben stotterte seine Gemütsverfassung zusammen.

Auf Bens Antwort folgten dieses Mal keine Notizen. Die Ärztin schaute ihn an und meinte dann freundlich, aber bestimmt – wie eine Mutter zu ihrem Kind, wenn sie ihm Mut zusprechen möchte: »Sie haben nicht versagt. Sie sind erschöpft. Das werden wir wieder hinbekommen.«

Ben starrte aus dem Fenster. Der Regen hatte aufgehört. Seine Hände zitterten noch immer. Sie lagen in seinem Schoß. Der Rücken war gebeugt.

»Ich werde Sie für die nächsten Wochen krankschreiben. Die Medikation werden wir erhöhen. Und dann möchte ich, dass Sie sich vorläufig von der Arbeit vollständig zurückziehen. Außerdem möchte ich, dass Sie den beruflichen E-Mail-Account von Ihrem Handy löschen. Der hat dort nichts zu suchen, es sei denn, Sie haben eine Vereinbarung mit Ihrem Arbeitgeber.«

Die hatte er nicht. Nur in seinem Kopf gab es diese.

Nachdem sie einen nächsten Termin vereinbart hatten, fragte Ben zum Schluss: »Kann ich wieder tauchen?«

»Ich würde Ihnen momentan vom Tauchen abraten. Mit Ihren Panikattacken ist das zu gefährlich. Was wollen Sie machen, wenn Sie in zwanzig Meter Tiefe plötzlich einen Panikanfall erleiden? Gerade die Dunkelheit da unten könnte dies noch begünstigen.«

Ben konnte die Begründung nachvollziehen. Er nickte zögerlich.

»Tauchen Sie wirklich hier? In unseren Seen?«, fragte sie dann und fügte gleich hinzu: »Ich habe mal vor Jahren den Open Water gemacht. Auf den Malediven. Da gab es viele bunte Fische. Aber hier? Was gefällt Ihnen denn hier?«

»Es gibt zwischen Frühling und Herbst auch bei uns viele Fische. Sie sind nicht so bunt, das stimmt. Dafür gibt es spektakuläre Steilwände.« Ben geriet ins Schwärmen.

»Gehen Sie dann mit einer Gruppe oder mit einem Tauch-Buddy?«, erkundigte sich Frau Dr. Lenz weiter.

»Je nachdem. Oft gehe ich allein.«

»Ich dachte, das erste Gebot des Tauchens sei, nur mit einem Buddy ins Wasser zu gehen und niemals allein?«

»Das ist heute ein bisschen anders. Es gibt eine spezielle Ausbildung für das Solotauchen«, sagte Ben.

Frau Dr. Lenz nahm dies erstaunt zur Kenntnis. Sie erhob sich vom Sessel. Auch Ben stand auf.

»Das Tauchen hat mir immer gutgetan. Ich kann dann für eine Weile richtig abschalten«, fügte er noch hinzu.

»Sie meinen, Sie können dann wortwörtlich abtauchen.« Frau Dr. Lenz blickte nickend auf ihren Block. »Das kann ich nachvollziehen.« Sie wandte sich wieder Ben zu. »Und Sie sind ein erfahrener Taucher?«

»Ja, ich gehe mehrmals wöchentlich ins Wasser. Ich kenne die Plätze inzwischen gut.«

»Na, wenn Sie finden, dass Ihnen das guttut, könnte ich mir vorstellen, dass Sie sich vorsichtig herantasten und mal schauen, wie es geht.«

Ben war erleichtert. Sie gingen gemeinsam zur Tür.

»Gehen Sie aber nie allein und nicht zu tief!«

Ben stieg schon am nächsten Tag ins Wasser. Allein.

5

Ben fuhr am Morgen nach der ersten Sitzung an seinen Lieblingstauchplatz, der sich nur fünfzehn Autominuten von seinem Zuhause entfernt befand. Der Tauchplatz war nicht spektakulär, hatte aber eine schöne Steilwand, die bis auf eine Tiefe von vierzig Meter abfiel. In den Felsspalten beherbergte sie viele Trüschen. Überhaupt gab es hier etliche Fische: Barsche, Karpfen, Hechte und einige Krebse zeigten sich eigentlich immer.

An diesem Morgen regnete es wieder. Er war allein. Ben hob seinen Doppeltank aus dem Kofferraum und begann, seine Ausrüstung zusammenzubauen. Zuerst schraubte er die erste Stufe des Atemreglers an die rechte Flasche. Dann öffnete er vorsichtig dessen Ventil. Der Schlauch mit der zweiten Stufe des Atemreglers stand sofort unter Druck. Er nahm drei Atemzüge, um sicher zu sein, dass alles nach Wunsch arbeitete. Dann wiederholte er das Verfahren mit der linken Flasche, schlüpfte in seinen Trockentauchanzug und überprüfte alle Verschlüsse. In die eine Beintasche packte er eine Reservemaske, in die andere eine zweite Lampe, die er zuerst auf ihre Funktionstüchtigkeit testete. Schlussendlich zog er eine Haube aus Neopren über seinen Kopf und schlüpfte in sein Wing, das eine Blase zur Tarierung unter Wasser und die beiden Tanks miteinander verband. In die eine

Hand nahm er nun die Flossen, in die andere seine Taucherbrille, die er zuvor mit Spucke ausgewaschen hatte. Dann stieg er in den See, machte letzte Checks und tauchte ab. In die Stille. In die Dunkelheit. In die Menschenlosigkeit.

Ab dreißig Metern fühlte er sich wohl. Zum einen wirkte in dieser Tiefe der Stickstoff in der Atemluft wie ein Rauschmittel. Zum anderen war er hier weit weg von allem. Es gab hier keine Arbeit, keinen Chef. Es gab keine E-Mails, keine To-do-Listen. Es gab nur ihn mit seiner Ausrüstung, von der sein Leben abhing.

Da unten war es ruhig. Ben konnte nur sein Atmen hören. Das Einatmen durch den Automaten und das Blubbern der Luftblasen beim Ausatmen. Und es war dunkel. Er konnte nur sehen, was der schmale Lichtkegel seiner Lampe offenbarte.

Ben schwebte bewegungslos in der Tiefe und blickte in den Abgrund. Kein Boden unter ihm. Der Lichtkegel fand nur Dunkelheit. Die Aufregung durch den Blick in die weite Leere lenkte von dem Geschehen über ihm ab.

Was, wenn jetzt die Panik attackierte, dachte er und lauschte für einen Moment seinem Körper. Bis jetzt war alles gut. Sein Herz schlug langsam.

Nach fünfundzwanzig Minuten tauchte er vorsichtig auf. Im oberen Bereich des Sees war die Sichtweite so schlecht, dass er rechts nicht mehr von links oder unten von oben unterscheiden konnte. Plötzlich gebar die trübe Wassersuppe vor ihm einen großen Hecht. Bens Puls schnellte in die Höhe. Er fokussierte sich auf die Atmung. Alles im grünen Bereich. Er hatte sich nur erschrocken. Der Hecht ließ sich von Ben nicht beeindrucken. Aufgrund seiner immensen Größe musste es ein Weibchen sein. Mit einem sanften Flossenschlag glitt es majestätisch zurück in das diffuse Grünblau, aus dem es gekommen war.

Ben tauchte auf und nahm einen zufriedenen Atemzug an der frischen Luft. Keine Panik, dachte er erleichtert. Alles gut.

»Wie war die Therapie gestern mit der Ärztin?«, fragte Sarah, als sie am Abend zusammen auf dem Sofa saßen und die Kinder schon im Bett waren. »Wie heißt sie noch mal? Dr. Lenz?«

Sie hatten sich am Vortag nicht mehr sprechen können, da Sarah den ganzen Tag bei der Arbeit gewesen war und sich danach mit Klienten zum Abendessen verabredet hatte.

»Ja, Dr. Lenz. Es war ... «

Ben suchte nach Worten. Er hatte bis jetzt keine Gedanken an die gestrige Sitzung verloren.

»... okay.«

»Erzähl mir mehr!«, forderte Sarah ihn auf. »Bringt es dir etwas?« Sie roch an ihrem Weißwein und nahm einen kleinen Schluck.

»Wir haben uns unterhalten. Ich habe ihr erzählt, was vorgefallen ist. Sie macht einen netten Eindruck. Kompetent.« Der Fernseher war an. Eine Kochshow. Den Ton hatten sie leise gemacht. Sarah schaute Ben von der Seite an. Er fixierte mit seinen Augen den Bildschirm, ohne wirklich hinzuschauen. In der Hand hielt er ein Glas Rotwein.

»Habt ihr über deinen Arm gesprochen?« Sarah nahm einen Schluck von ihrem Wein, den Blick weiterhin auf Ben gerichtet.

»Ja. Sie meinte, es sei kein Selbstmordversuch gewesen.«

»Okay.« Sarah schaute nun auch zum Fernseher. Sie wirkte erleichtert.

Vom Tauchen erzählte er nichts.

»Wie fühlst du dich?« Sarah stellte ihr Glas vorsichtig auf dem Salontisch vor ihnen ab und schaltete den Fernseher aus. Es folgte eine Stille.

Ben starrte noch immer ausdruckslos zum jetzt schwarzen Bildschirm. »Ich fühle mich traurig«, sagte er mit dünner Stimme. »Unglücklich und gedemütigt.« Er nahm einen schweren Schluck von seinem Bordeaux und hielt danach das Glas mit beiden Händen fest. »Lustlos«, fügte er hinzu.

»Das sind die Medikamente. Marc hat dich vor den ersten Tagen gewarnt.« Sarah strich ihm zärtlich über den Nacken.

»Es ist schräg«, fuhr Ben gedrückt fort. »Ein Teil von mir ist wach und beobachtet das Ganze. Weißt du, was ich meine?«

Sarah antwortete nicht und hörte einfach zu. Ben schwenkte sein Glas und betrachtete den Rotweinwirbel.

»Mir ist bewusst, was geschehen ist. Ich bin kein anderer. Ich kann einfach nichts dagegen tun. Ich kann nur zuschauen, wie ich falle.«

»Ich weiß, was du meinst«, sagte Sarah mit sanfter Stimme.

Für eine Weile saßen sie nebeneinander auf dem Sofa und nippten an ihrem Wein.

»Hast du deine Familie schon informiert?«, fragte Sarah.

»Nein. Meine Mutter würde sich zu viele Sorgen machen und mein Vater würde es nicht verstehen.« Bens Augen wurden feucht. Er wandte beschämt den Kopf zur Seite und strich sich mit dem Handrücken über die laufende Nase. Er empfand sein Burnout als Schwäche. Er sah sich als Verlierer, als jemand, der es nicht schaffte, dem Zeitgeist die Stirn zu bieten, das Rattenrennen mitzulaufen. Es zu gewinnen. Sarah bemerkte Bens Trauer und atmete tief ein, den Kopf auf das Rückenkissen in ihrem Nacken gelegt.

»Wer weiß«, sagte sie. »Möchtest du die Kinder informieren?« Sie starrte zur Holzdecke aus weißen Federbrettern und fixierte eine Musterung.

Ben zuckte mit den Achseln. »Ich weiß nicht. Vielleicht später«, erwiderte er.

»Tim hat mich neulich gefragt, was mit Papa los sei. Er wäre von der Schule heimgekommen und hätte dich begrüßt, aber du hättest ihn gar nicht bemerkt. Stattdessen hättest du einfach auf dem Sofa gesessen und aus dem Fenster gestarrt.«

Sarah fing an zu weinen. Leise. Ben drehte seinen Kopf zu ihr. Ihr Gesicht wurde rot. Auf ihrer Schläfe trat eine Ader hervor. Er nahm die Bordeauxflasche vom Salontisch und füllte sein Glas. »Es tut mir leid«, flüsterte er und starrte in sein Glas, das er nun zwischen seinen Beinen hielt.

6

»Wie ist es Ihnen seit unserem letzten Treffen ergangen?« Frau Dr. Lenz saß wieder in ihrem Sessel vor dem Fenster mit dem grauen Monument, gegenüber von Ben. Sie trug dunkelblaue Jeans, schwarze Stiefeletten und eine graue Bluse. Die Kleidung sah neu und teuer aus. Um ihren Hals hing eine lange Kette aus dicken farbigen Kunststoffringen. Im Kontrast zu ihrer Kleidung streckten sich ihre Haare ungeordnet in alle Richtungen, wobei eine Locke schon so weit vom Kopf abstand, dass Ben sich wunderte, wie sie sich gegen die Schwerkraft behaupten konnte.

Ben pfiff spöttisch und zog die Augenbrauen hoch.

»Ich befinde mich im freien Fall.«

»Wie meinen Sie das? Können Sie das beschreiben?«, fragte die Ärztin.

»Ich verliere mich. Mein Umfeld. Oft weiß ich nicht, ob ich erbrechen oder weinen soll.« Ben strich nervös seine Haare nach hinten.

»Das Antidepressivum braucht ein paar Tage, manchmal auch länger, bis man darauf anspricht. Aber glauben Sie mir, das wird besser. Nehmen Sie noch Temesta?«

»Ja, wenn es schlimm wird. Wenn Panik aufkommt.« Ben hatte die Unterarme auf seine Oberschenkel abgestützt. Die Hände ließ er hängen. Ebenso seinen Kopf.

»Wenn die Wirkung des Antidepressivums einsetzt, werde ich das Temesta nicht mehr weiter verschreiben. Sie sollten es nicht zu lange nehmen.« Die Ärztin machte eine ihrer kurzen Notizen, dann fuhr sie fort. »Haben Sie eine Methode, wie Sie mit Ihrer Angst oder Panik umgehen können?«

»Außer Temesta? Nein.« Ben überlegte kurz. »Vor meinem Zusammenbruch habe ich es mit Meditieren versucht.«

»Ja? Das hört sich spannend an. Erzählen Sie weiter.«

Ben richtete sich auf. Seine Arme und Schultern hingen aber weiter an ihm herab.

»Ich kenne mich überhaupt nicht damit aus. Ich habe einfach etwas gesucht, was mich beruhigt. Was mich wieder auf Normaltempo runterholen würde.«

Die Ärztin kaute auf ihrem Kaugummi und hörte aufmerksam zu.

»Ich habe mir geführte Meditationen zu unterschiedlichsten Themen gesucht«, fuhr Ben fort.

Sie sah ihn fragend an.

»Vorgelesen«, präzisierte Ben. »Bei der einen Meditation traf ich auf eine Stimme. Sie hat mit klaren Worten zu mir gesprochen. Es war eine Frauenstimme. Ich mochte sie. Sie war ruhig, nicht zu sülzig. Angenehm.« Ben sah die Ärztin an. »Die Botschaft war sogar für mich verständlich.«

»Was meinen Sie mit sogar?« Frau Dr. Lenz schmunzelte neugierig.

»Meditationen sind sonst nicht so mein Ding.« Ben lächelte verhalten.

»Was war denn die Botschaft?«

»Hier und jetzt ist alles gut, oder so ähnlich.« Ben zog verlegen die Mundwinkel hoch.

»Haben Sie oft meditiert?« Die Ärztin schaute Ben prüfend an.

»Ich habe es tatsächlich jeden Tag versucht. Ich habe probiert, mich ganz der Stimme hinzugeben. Ich wollte Ruhe im Kopf.«

»Und es hat nicht geklappt, nehme ich mal an.« Frau Dr. Lenz kam Ben zuvor.

»Leider nein, es ging immer schneller bergab.« Ben schnaubte.

»Inwiefern?«, fragte die Ärztin, während sie gleichzeitig etwas notierte.

»Mein Herz schlug oft so stark, dass die ganze Brust bebte. Vor allem nachts. Um es weniger zu spüren, habe ich mich meist hingesetzt im Bett. Die Angst hat mir kalte Schweißperlen auf die Stirn getrieben.« Ben begann wieder, an seinen Nägeln zu knibbeln. »In diesem Zustand können Sie nicht mehr meditieren!«, ergänzte Ben. Seine Stimme vibrierte leicht.

Die Ärztin nickte anerkennend. Dann war es still. Sie schaute Ben wortlos an, während dieser sein Gesicht dem grauen Beton hinter dem Fenster zuwandte.

»Wie lief es bei der Arbeit?«, fragte sie.

»Mir fehlte der Schlaf. Ich war unkonzentriert. Es war ein Teufelskreis. Die Müdigkeit, die Angst, sie haben das verdammte Herzklopfen verstärkt. Ich hatte am ganzen Körper starke und schmerzhafte Verspannungen. Ich fühlte mich wie ein Stahlseil kurz vor dem Reißen.« Ben nahm einen tiefen Atemzug. Sein Mund war trocken.

Die Ärztin schien dies zu bemerken. Jedenfalls stand sie auf, ging zu ihrem Schreibtisch und holte ein leeres Glas – einen Tumbler, wie Ben bemerkte – mit einer Flasche Wasser. Sie füllte das Glas halbvoll und gab es ihm direkt in die Hände. »Hier, nehmen Sie einen Schluck.«

»Danke.« Ben trank alles auf einmal und stellte das leere Glas auf den Tisch vor sich. Ein Wassertropfen glitt zunächst langsam und dann immer schneller am Rand hinunter.

»Es kamen Symptome hinzu, die ich nicht einordnen konnte. Gefühlsstörungen. Kribbeln in den Händen, am Hals, im Gesicht. Ich dachte, ich werde verrückt. Und dann, eines Morgens, nachdem ich mit meinem Hund von einem Spaziergang zurückgekommen war, hatte ich obendrein noch einen Hexenschuss.«

»Rückenprobleme stehen nicht selten im Zusammenhang mit Depressionen und Burnout«, meinte die Ärztin. »Auch das Kribbeln im Gesicht. Es kann durch falsches Atmen ausgelöst werden. Oder durch Verspannungen. Wann war das?«

»Das muss vor ein paar Wochen gewesen sein.«

»Okay«. Sie lächelte freundlich. Wahrscheinlich, um ihre Anteilnahme zu zeigen.

»Nachdem mein Rücken sich erholt hatte, fing die Übelkeit an.«

»Haben Sie diese Übelkeit zu gewissen Zeiten oder bei bestimmten Tätigkeiten gespürt?« Die Ärztin verschränkte ihre Beine und lehnte sich in den Sessel zurück.

»Anfangs war mir morgens etwas übel, nicht schlimm. Oft begleitet von einem leichten Schwindel. Dann wurde die Übelkeit stärker. Sobald ich mich meinem Arbeitsort näherte, bekam ich einen Würgereiz. Mit der Zeit erwachte ich auch nachts mit Magenkrämpfen.«

Ben erinnerte sich, wie er einmal schweißgebadet aufgewacht war. Die Übelkeit war stärker gewesen als sonst. Ignorieren war nicht möglich. Erbrechen hingegen schon. Er schleppte sich ins Badezimmer und kniete sich vor die Schüssel. Nichts. Er legte sich auf den gefliesten Boden. Die Kälte tat gut. Aber schon bald wurde der Atem wieder flacher, das Gesicht feucht und kalt. Ben schluckte. Der ganze Körper zog sich zusammen. Das Licht im Badezimmer schien zu flimmern. Ben schoss zurück zur Schüssel und kotzte sich sein Elend aus dem Körper.

Frau Dr. Lenz unterbrach ihn nicht, also erzählte Ben weiter.

»In den letzten Tagen, vor meinem Zusammenbruch, war ich nicht mehr ich selbst. Jede Minute, in der ich wach war, fühlte sich an wie vor einer mündlichen Prüfung beim Masterabschluss. Ich hatte Panik vor dem nächsten Moment. Keine Hoffnung auf Besserung.« Bens Sätze kamen nun immer schneller aus ihm heraus. »Meditieren ging nicht mehr. Ich musste nach wenigen Sekunden abbrechen. Mein Kopf kam nicht zur Ruhe. Auch mein Herz nicht. Ich konnte nirgends stillsitzen. Es gab keine Ablenkung mehr.«

Nervös spielte er mit seinem Ehering.

»Die Spaziergänge mit dem Hund nahm ich gar nicht mehr wahr. Ich ging los, war nach einer Stunde wieder zu Hause, wusste aber nicht, wo ich dazwischen gewesen war. Oft versuchte ich mir einzureden, dass hier und jetzt alles gut sei. Wie in der Meditationsübung.«

Ben sprach sich alles von der Seele. Er war froh, diese Dinge endlich mit jemandem teilen zu können.

»Ich weiß noch, wie ich vor meinem Zusammenbruch wieder mit Fay, meinem Hund, unterwegs war. Meine Gedanken kreisten. Immer und immer wieder sagte ich zu mir: Hier und jetzt ist alles gut. Völlig idiotisch, in einer Endlosschleife. Immer schneller. Ich begriff, dass irgendetwas extrem schieflief.« Er atmete schnell und strich die feuchten Hände an seinen dunkelblauen Jeans ab. »Die Gedanken in meinem Kopf. Ich kam nicht weg von ihnen. Dann bin ich zusammengebrochen. An mehr kann ich mich nicht erinnern.« Als Ben merkte, wie seine Hände anfingen, stärker zu zittern, legte er sie flach auf seine Oberschenkel.

»Schon gut.« Die Ärztin sprach ruhig und fürsorglich. »Sie müssen das nicht wieder durchleben. Es ist vorbei und jetzt schauen wir gemeinsam nach vorn.«

Die Ärztin hatte während der ganzen Zeit keine Notizen gemacht.

»Möchten Sie noch etwas Wasser?«

Ben schüttelte den Kopf. »Danke«, murmelte er.

»Es ist so, wie Sie es beschreiben. Haben Depression und Angstzustände mal richtig Fahrt aufgenommen, sind sie nur noch schwer zu stoppen. Neben den Medikamenten möchte ich mit Ihnen aber trotzdem eine Strategie anschauen, wie Sie Ihre Gedanken in Zukunft etwas besser kontrollieren können. Ich schlage vor, dass wir uns das für die nächste Sitzung vornehmen.« Sie stand auf, ging zu ihrem Computer und tippte etwas hinein.

»Ich möchte noch mit einem Blutbild den Medikamentenspiegel bestimmen. Dann sehen wir, ob die Dosis passt. Ist das okay?« Sie stand immer noch, nach vorn zu ihrem Computer gebeugt. »Marc wird einen Termin mit Ihnen ausmachen.«

Ben nickte. Was blieb ihm anderes übrig? Er hörte das Klicken der Computermaus.

»Dann möchte ich noch kurz auf Ihren Tagesablauf zu sprechen kommen«, fuhr Frau Dr. Lenz fort, als sie zurückkam und wieder Platz nahm. »Ich möchte, dass Sie Ihre Tage planen. Es ist wichtig, dass Sie etwas unternehmen, dass Sie rauskommen. Gehen Sie mit Ihrem Hund spazieren, machen Sie Ausflüge. Aber planen Sie nicht zu viel. Sie sollen sich trotz allem erholen!«

Die Ärztin machte noch eine Notiz. Dieses Mal sah es aus, als würde sie etwas abhaken.

»Haben Sie Freunde, mit denen Sie sich treffen und austauschen können? Zum Beispiel mit Marc? Es würde Ihnen guttun.«

»Ich weiß nicht.« Ben hob seine Hände an die Schläfen und begann, sie zu massieren, als hätte er Kopfschmerzen. Dann legte er sie in seinen Schoß. »Marc hat selbst viel um die Ohren mit seiner Familie und der Praxis.« Er hielt kurz inne. »Ich fühle mich zudem unwohl bei dem Gedanken, mich mit Marc zu treffen.«

»Wieso das?« Frau Dr. Lenz sah Ben überrascht an.

»Nach all dem, was vorgefallen ist. Ich möchte unsere

Freundschaft nicht ausnutzen.« Bens Stimme war wieder dünn.

»Ich glaube, Marc ist professionell genug, um Privates von der Arbeit zu trennen.«

Ben zuckte mit den Achseln.

»Vielleicht haben Sie noch andere Freunde. Sie müssen sich ja nicht regelmäßig treffen. Ab und zu miteinander sprechen.«

Ben blickte nickend auf die graue Betonwand draußen. Es regnete nicht, aber die Wolken hingen tief und dicht. Tommy, dachte er. Vielleicht sollte ich ihn mal anrufen.

7

Bens Handywecker spielte am nächsten Tag um sechs Uhr das Anfangsriff von *Hand In My Pocket*. Ab heute wollte er jeden Tag um diese Zeit aufstehen. Eine Viertelstunde vor dem Rest der Familie. Kaum hatte er die Schlafzimmertür geöffnet, kam Fay herbeigewedelt und platzierte ihre Pfoten auf Bens nackten Füßen, um sich zunächst ausgiebig zu strecken. Dann sprang sie um ihn herum und wollte seine Hand mit ihrer großen Schnauze ergreifen.

»Hallo, Fay.« Ben beugte sich zu ihr runter und ließ sich von ihr sein Gesicht lecken. »Hast wohl Hunger? Dann schauen wir mal, ob es Futter für dich gibt.« Fay kippte den Kopf auf eine Seite und spitzte die Ohren, als sie das Wort »Futter« hörte.

Sie verschlang ihr Fressen mit großen, lauten Bissen, während Ben wartete, bis die Maschine seinen Kaffee fertig gebrüht hatte. Müde fuhr er sich mit der Hand über das Gesicht.

Er schnitt zwei Scheiben vom Sauerteigbrot ab und bestrich sie mit Butter und Erdbeermarmelade. Nicht für ihn, für die Kinder. Genau wie Sarah mochte er morgens nichts essen.

»Guten Morgen, Schatz!« Sarah betrat die Küche in ihrem Morgenmantel und gab Ben einen Begrüßungskuss.

Er strich ihr mit seiner Hand über den Oberarm. Dann stieg er die Treppe nach oben zu den Schlafzimmern, um die Kinder zu wecken. Sebastian war schon wach und trottete gerade aus dem Badezimmer. Tim schlief noch tief und fest. Ben setzte sich auf sein Bett, beobachtete ihn und lauschte seinem tiefen Atem. Nach ein, zwei Minuten legte er sanft seine Hand auf Tims Schulter.

»He, du, Großer. Zeit, aufzustehen«, sagte er mit ruhiger Stimme und gab ihm einen Kuss auf die Stirn.

Als um sieben Uhr dreißig alle aus dem Haus waren, machte er sich mit Fay auf den Weg. Unweit von ihrem Wohnort befand sich ein Wald mit vielen Lichtungen.

Fay blieb alle zwei Meter stehen, um an einem Zaun, einem Baum oder einfach nur an einem Grasbüschel zu schnuppern. Die Luft war klar und frisch an diesem Morgen. Ben bemerkte einen leichten Wasserdampf beim Ausatmen.

Als die beiden zur ersten Lichtung kamen, verkrampfte Ben und stoppte abrupt. Sein Herz setzte einen Schlag aus. Etwa dreißig Meter entfernt stand eine Arbeitskollegin und unterhielt sich mit einer anderen, ihm unbekannten Frau. Es war das erste Mal seit dem Zusammenbruch, dass er jemanden von der Arbeit sah. Er pflegte zu niemandem Kontakt, so wie Marc es gewollt hatte. Die Kollegin bemerkte ihn ebenfalls. Sie verabschiedete sich von der Frau und kam auf Ben zu. Seine Knie wurden weich. Die Halsader pochte. Fay schien seine Anspannung zu spüren und bellte.

»Ist gut, Mädchen.« Ben beugte sich zu Fay runter und versuchte, sie zu beruhigen, als seine Kollegin schon vor ihm stand.

»Ben!«, rief sie mit erstaunter Stimme. »Wie geht es dir?«

Ben lächelte gekünstelt. »Es geht«, antwortete er.

»Du machst aber auch Sachen! Ein Burnout! Weißt du, ich war eine Weile auch immer so müde. Völlig gestresst. Mit Wechselduschen und Ginseng bin ich schnell wieder auf die Beine gekommen. Kann ich dir nur empfehlen!« Sie redete schnell, schrill und scheinbar ohne zu atmen. »Wir vermissen dich alle so im Büro. Wann kommst du wieder? Du kommst doch wieder, nicht wahr?« Sie kauerte sich hin, um Fay streicheln zu können, die neugierig ihre Hand beschnupperte.

»Woher wisst ihr davon?« Ben ignorierte ihre Ratschläge.

»Oh, sollte das ein Geheimnis sein? Alle in der Abteilung wissen Bescheid, weißt du? Wir wollten dir eine Karte schreiben. Die Personalchefin meinte, wir sollten noch eine Woche warten. Ich hätte mich ja früher gemeldet. Das ist aber ein süßer Hund. Schau mal, er leckt meine Hand. Er hat mich gern!«

»Nein. Ich weiß nicht«, murmelte Ben. Seine Anspannung breitete sich vom Nacken über die Schulter bis in den Rücken aus.

»Was meinst du?« Seine Kollegin stand wieder auf und wischte ihre Hand mit einem Tuch ab, das sie aus ihrer Tasche gezaubert hatte.

»Ich weiß nicht, wann ich wiederkomme.« Bens Ton wurde düster. Nervös blickte er sich um. »Hör zu, ich muss weiter. Es hat mich gefreut, dich zu sehen. Grüß bitte alle von mir.«

Als die Kollegin außer Sichtweite war, setzte sich Ben auf einen Baumstrunk. Er war außer Atem. »Alle wissen Bescheid«, hallte es in seinem Kopf. Er griff in seine Tasche und kramte eine längliche Schachtel heraus. Mit beiden Daumen drückte er eine der Tabletten aus der Packung, ohne die es für ihn nun sehr schwer geworden wäre.

Zurück zu Hause, hatte er sich wieder beruhigt. Ben füllte Fays Napf mit Wasser und ging dann duschen. Er hatte sich einen Plan für den heutigen Tag zurechtgelegt.

Um neun Uhr wollte er lesen. Bis zehn Uhr.

Ben begab sich zu seinem Büchergestell und begann zu stöbern. Sein Blick wanderte über die naturwissenschaftlichen Bücher, dann über philosophische Werke, die er als junger Erwachsener verschlungen hatte. Sie sprachen ihn zurzeit nicht an. Er kramte in den Büchern, die er in den vergangenen Monaten und Jahren gekauft hatte, meistens Romane, und schließlich in den Büchern, die er schon fast vergessen hatte. Diese waren ausschließlich in der hinteren Reihe des Regals zu finden.

Ein rotes, altes und verstaubtes Buch weckte sein Interesse. Er konnte sich nicht mehr an den Titel erinnern, aber als er den Staub weggepustet hatte, las er in goldener Schrift auf dem roten Einband: *The Catcher in the Rye*. Ben hatte es in der Schule gelesen. Es war eines der wenigen Bücher, die ihm im Englischunterricht gefallen hatten.

Er legte sich mit dem Buch aufs Sofa. Fay sprang zu ihm hoch, kringelte sich eng zusammen und vergrub die Schnauze unter ihrem Schwanz.

Es war seltsam und aufregend zugleich, nach so langer Zeit über den jungen Holden Caulfield zu lesen. Er hatte sich einst mit ihm verbunden gefühlt. Würde er dies nach all den Jahren immer noch so empfinden? Er las erneut, wie Holden sich von seinen Mitmenschen missverstanden fühlte und alle bis auf seine kleine Schwester als Heuchler beschimpfte. *Phonies*. Es war sein Lieblingswort gewesen damals. Seite um Seite las er weiter.

Ben senkte plötzlich das Buch. Unverhofft musste er an seine Beförderung denken. Geöffnet, mit dem Cover nach oben, legte er es auf seinen Bauch. Er drehte den Kopf zur Seite und starrte nach draußen in den Garten. Eine Wolke schob sich von der Sonne weg. Das Grün des Rasens leuchtete.

Sie hatten gefeiert an diesem Tag. Die ganze Abteilung hatte sich um fünf Uhr zu Champagner mit Crostini und Lachsbrötchen versammelt. Es war nicht seine Idee gewesen. Alle waren gekommen, um ihm zu gratulieren. Alle hatten sie brav geklatscht. Auch seine Widersacher, die ihn am liebsten gefeuert gesehen hätten. Er erinnerte sich, wie der CEO mit dem Finanzchef auf ihn zugekommen war. Ihre Gläser waren gefüllt. Sie kamen, um mit ihm anzustoßen. Nach einem Schluck fand der CEO, dass der Champagner zu wenig Perlage habe und die Säure nicht schön eingebunden sei. »Wer hat den bloß besorgt?«, fragte er und schnupperte an seinem Glas. Der Finanzchef berichtete daraufhin von seiner letzten Weinreise durch das Burgund, wo er mit seinen besten »Kumpels«, wie er sie nannte, unterwegs war. »Die können noch kochen dort!« Er rückte mit der freien Hand seine Krawatte zurecht. »Da gibt es noch echte Stopfleber, nicht dieses laue Zeugs wie bei uns.« Die beiden unterhielten sich daraufhin noch etwas über die französische Küche, bevor sie die besten Hotels weltweit aufzählten, die sie schon bewohnt hatten. Ben stand die ganze Zeit dabei und doch abseits.

Er nahm das Buch wieder zur Hand und las weiter. Holdens Einsamkeit berührte ihn.

Um zehn Uhr stand er vom Sofa auf und trottete zur Küche, um sich einen Kaffee zu machen.

Gemäß seinem Plan ging er danach in den Garten. Die Ostseite des Hauses war voller Hortensien. Sie blühten in den verschiedensten Farben. Rot, Lila, Blau und Weiß. Allerdings trugen viele jahreszeitbedingt schon etliche welke Blüten. Ben holte die Heckenschere aus dem Geräteschrank und knipste die dörren braunen Blütenreste ab. Als er mit der Hälfte durch war, bemerkte er plötzlich ein starkes Jucken am Unterarm. Er kratzte sich gedankenlos und zuckte dann zusammen. Er fühlte einen kurzen, aber stechenden Schmerz an seiner Wunde. Schnell krempelte er seinen Ärmel hoch und blickte verwundert auf die Narbe. Es war das erste Mal, dass sie schmerzte. Sie blutete nicht. Langsam drehte er den Arm vor seinen Augen und begutachtete sie aus allen möglichen Perspektiven. Sie war rosafarben und erhob sich leicht vom Rest der Haut. Die Nahtstellen konnte man bei genauem Hinsehen noch ausmachen. Die umliegende Haut hatte ihre helle Farbe wieder zurück.

Ben stutzte noch die Hecke zurecht und kehrte dann das Laub zusammen. Danach stürzte er den Grünabfall in die eigens dafür vorgesehene Kunststofftonne.

Es war elf Uhr dreißig.

Er verstaute sämtliche Gerätschaften wieder im Schrank und stellte die Grüntonne vor das Haus. Es war Zeit für Fays kurzen Spaziergang.

Am Mittag war er allein. Sarah verdrückte üblicherweise in der Kanzlei ein Sandwich und die Kinder kamen erst um fünfzehn Uhr von der Schule nach Hause. Ben stand in der Küche und bereitete sich einen Salat zu. Tomaten, Karotten, Gurken, Bohnen und Mais. Dazu ein Stück Gruyère. Fay saß neben ihm und beobachtete aufmerksam jeden Handgriff.

»Na, du!«, sagte er zu Fay, die nun aufgeregt wedelte. »Hier. Aber nicht Sarah erzählen!«

Fay verschlang den Käse schneller, als Ben einen Atemzug machen konnte.

Er setzte sich mit der gefüllten Salatschüssel vor den Fernseher und sah uninteressiert einer weiteren Hausrenovierung zu. Der Rothaarige nahm sich dieses Mal eine alte Scheune in der Provinz vor.

Um etwas nach dreizehn Uhr schaltete Ben den Fernseher aus. Zeit für den Haushalt.

Es war exakt vierzehn Uhr, als Ben sich erneut mit Holden auf das Sofa begab. Die Buchstaben verschwammen aber schon bald vor seinen Augen. Er konnte sie nicht mehr offen halten. Sie schlossen sich ganz von selbst und Ben schlief ein. Der Fänger fiel zu Boden.

Ben schlief schlecht diese Nacht. Die Augen geschlossen, wälzte er sich von der einen Seite auf die andere, versuchte es auf dem Rücken. Dann sprangen die Augen auf. Er nahm einen tiefen Atemzug und blies die Luft resigniert aus der Nase. Er drehte den Kopf zum Nachttisch und griff nach seinem Handy. Die LED-Balken verrieten ihm, dass es zwei Uhr morgens war. Er drehte sich wieder auf den Rücken und legte die Arme über der Decke eng an seinen Körper, mit den Handflächen nach unten.

Er musste an Tommy denken. Er hatte ihn noch nicht angerufen.

Seit er ihn in der zweiten Klasse kennengelernt hatte, hatte Tommy einige Verwandlungen durchgemacht. War er früher der ruhige, schüchterne und schmächtige Junge gewesen, war Tommy mit etwa vierzehn Jahren förmlich explodiert. Er schoss in die Höhe, seine Arme und Beine wurden muskulöser und das hübsche, aber kantige Gesicht posierte auf einem kräftigen und breiten Hals. Eine Mischung aus Henry Rollins in Blond und Terence Hill, erinnerte sich Ben. Er hörte Punkmusik, fuhr Skateboard und konnte pausenlos Geschichten erzählen. Über seine unzähligen Sprüche und Witze lachte er meist am lautesten. In der Regel war er der Letzte, der eine Party verließ.

Ben schob einen Arm unter seinen Kopf. Sarah drehte sich auf die andere Seite. An ihrem lauten Atmen erkannte Ben, dass sie schlief.

Er erinnerte sich an ihre gemeinsame Reise vor über fünfundzwanzig Jahren. Mit Interrail hatten sie England, Schottland und Irland bereist. Es waren für sie die gelobten Länder gewesen, wo alle ihre musikalischen Vorbilder herkamen.

Ben schloss die Augen wieder und versuchte, sich Teile der Reise ins Gedächtnis zu rufen.

8

Sie hatten sich mit ihren großen Rucksäcken am Hauptbahnhof in Luzern getroffen.

Tommy war mit großen Schritten auf Ben zugekommen. Seine Jeansjacke hatte er zwischen den Rucksackgurt und sein schwarzes Hemd geklemmt. Die blonden Locken waren kurz geschnitten.

»Hi!« Er grinste über das ganze Gesicht. Seine Augen strahlten vor Abenteuerlust.

»Alles klar?«, fragte Ben und die beiden umarmten sich.

Ben trug Schwarz von Kopf bis Fuß. Fast. Die Sohlen seiner neuen Converse strahlten weiß.

Sie platzierten sich mit ihrem Gepäck auf zwei gegenüberliegenden Bankreihen aus rotem Leder im grünen SBB-Wagen nach Basel. Ben verstaute seine Lederjacke im Rucksack. Aufgeregt erzählten sie sich, was sie alles dabeihatten. Es war ihre erste Auslandsreise ohne Eltern.

»Was hält Anna von deiner Reise?«, fragte Ben. »Immerhin wird sie dich ein paar Wochen nicht mehr sehen.«

»Wir haben uns gestern getrennt«, antwortete Tommy unbekümmert.

»Wie jetzt, einfach so?«

»Nein, nicht einfach so. Sie hat mich total vollgeheult. Ich sollte versprechen, ihr treu zu bleiben. Nicht zu viel zu trinken oder zu kiffen.« Tommy kramte aus seinem Rucksack eine große Bierdose hervor. »Du auch?«, fragte er Ben.

Ben winkte ab. »Und dann?«

»Ich hab gescherzt, dass ich ihr das unmöglich versprechen könnte.« Tommy öffnete die Dose und trank in einem Zug die Hälfte leer. Er stieß auf und der Geruch von Bier verbreitete sich allmählich im ganzen Abteil. »Eines führte zum anderen. Wir haben uns gestritten und sie fand, es wäre besser, wenn wir getrennte Wege gingen.« Tommy stellte das Bier auf die Ablage über dem kleinen metallenen Abfalleimer und klaubte aus der Jeansjacke eine Zigarettenpackung Parisienne und sein silbernes Zippo-Feuerzeug. Er hielt Ben die Packung hin. Dann gab er ihm Feuer und zündete anschließend seine Zigarette an, bevor er mit einer schnellen Bewegung aus dem Handgelenk den Deckel des Zippos wieder schloss.

»Für mich ist das okay«, meinte Tommy und blies den Rauch zur Seite.

»Scheiß drauf!«

Der Zug führte sie über Basel zunächst nach Paris. Großstädte hatten für Ben und Tommy etwas Verführerisches. Die dreckige Luft, der Abfall auf den Straßen. Das Gewimmel der Leute. Die heulenden Sirenen der Polizei. Die unglaublich talentierten Straßenmusiker an schier jeder Ecke. Das Leben. Der Puls. Es war echt, wie sie damals fanden. Das echte Leben.

Am liebsten saßen sie in Paris wichtig mit Zeitschrift und Zigarette vor einer Tasse Kaffee draußen in einem Bistro und taten so, als wäre es für sie das Normalste auf der Welt, als gehörten sie hierher, wie die Stühle mit den geflochtenen Sitzflächen oder die kleinen Marmortische mit gusseisernen Beinen.

Sie blieben nur zwei Tage in der Stadt. Schließlich waren die wichtigen Ziele ihrer Reise die britischen Inseln und Irland. In Paris-Nord hatten sie einen direkten Anschluss nach Calais.

Ben wühlte nach der Abfahrt im Rucksack nach seinem Walkman. Er nahm ihn hervor und setzte die Kopfhörer auf.

»Was hörst du?«, fragte Tommy.

»The Smiths«, antwortete Ben.

Tommy nickte und grinste. Dann blickte er aus dem Fenster und schaute zu, wie Paris an ihnen vorbeizog. Zunächst tauchten zwischen den Jugendstilbauten immer mehr und größere Geschäfts- und Wohnblöcke auf, bis der Jugendstil komplett verschwand. Paris war kaum noch wiederzuerkennen. Die Seine überquerten sie bestimmt dreimal. Die Häuser wurden wieder niedriger. Dann weniger.

Ben fischte ein kleines schwarzes Buch aus seinem Rucksack. Das Skizzenheft. Sein Ein und Alles. Er begann, mit dem Bleistift eine leere Seite mit neuen Impressionen zu füllen. Tommy schlug mit Kopf und Fuß einen Takt. Wahrscheinlich summte er einen Song. Jedenfalls hatte er keine Kopfhörer auf.

Von Calais brachte sie die Fähre über den Ärmelkanal ins erste gelobte Land. England. Der Zapfhahn für das Lager an der Theke auf der Fähre war im Dauereinsatz. Die Stimmung der vorwiegend englischen Passagiere war feuchtfröhlich ausgelassen. Sie feierten, als kämen sie nach Jahren aus einem Gefangenenlager in der Fremde endlich wieder zurück nach Hause in die Zivilisation. Ben und Tommy ließen sich von der Stimmung anstecken.

Der Himmel war wolkenlos. Die Sonne strahlte über den ganzen Ärmelkanal. Mit hochgezogenen Schultern standen die beiden im kalten Fahrtwind auf dem Deck.

»Sieh mal, da!« Ben war außer sich. »Sieh doch nur!« Mit gestrecktem Arm und der Zigarette in der Hand zeigte er aufgeregt in Fahrtrichtung. Vor ihnen tauchten sie auf, die weißen Klippen von Dover. Ein majestätisch heller Streifen aus Kreide trennte das königsblaue Meer vom Himmelblau. Je näher sie dem englischen Festland kamen, umso mehr konnten sie die unglaubliche Höhe der Klippen erahnen.

»Geil!« Mehr brachte Tommy nicht heraus. Glückshormone machten sich breit – irgendwo zwischen Alkohol und Nikotin.

In Dover stiegen sie in einen Direktzug nach London Victoria. Ben erinnerte sich, wie er aus dem Fenster das erste Mal die Battersea Power Station gesehen hatte. Ein fabrikähnliches Kraftwerk, das durch das Cover des Pink-Floyd-Albums *Animals* auch außerhalb Englands Berühmtheit erlangt hatte. Das Album handelte von der kapitalistischen Elite, die sich einen Dreck um ihre Mitmenschen kümmerte und für den Profit über Leichen ging. Armut und Geld. Ruhm und Verderben. So nahe beisammen. Heute wie damals, dachte Ben.

In London wohnten sie in einem Bed and Breakfast nördlich vom Hyde Park in der Nähe der Bayswater Station. Die Unterkunft war seltsam – auch für Großstadtverhältnisse –, aber günstig.

Das Zimmer war groß genug für zwei. Allerdings gab es nur ein Doppelbett. Neben dem Bett hing ein brauner rechteckiger Automat an der Wand, in den man Ein-Pfund-Stücke hineinwerfen konnte, um eine Massage im Bett zu erhalten. Ein nach Nikotin und altem Fett stinkender brauner Teppich bedeckte den Boden. Überall im Zimmer hingen gelbe Post-it-Zettel. Diese enthielten wichtige handgeschriebene Nachrichten für die Gäste. An der Zimmertür konnte man zum Beispiel vernehmen, ab wie viel Uhr das Frühstück bereitstand, um wie viel Uhr das Frühstück wieder abgeräumt wurde, wann man das Zimmer zu verlassen hatte, wann es gereinigt wurde, und ganz viele Dos and Don'ts, wie zum Beispiel nicht ins Treppenhaus zu pinkeln. Rund um das Fenster klebten auch welche. Sie machten den Gast darauf aufmerksam, dass man das Fenster schließen sollte, wenn es regnete, schneite, windete, heiß war, kalt war, wenn es dunkel war und wenn man das Zimmer verließ. Links und rechts vom Bett waren Hinweise, was im Bett erlaubt war und was nicht. So durfte man im Bett weder essen, trinken noch rauchen. Sex war nur bis zehn Uhr abends erlaubt. Ebenso die Massage. Neben der Steckdose hing ein Zettel, darauf stand: Steckdose. Auf einem anderen – mitten an der dem Bett gegenüberliegenden vergilbten Wand – wurde man angehalten, die Post-its hängen zu lassen. Andere waren aber bereits zu Boden gefallen und es war schwer, herauszufinden, wo sie einst geklebt hatten. Im Bad mussten es weit über zwanzig solcher Hinweise gewesen sein.

Nichtsdestotrotz, das Zimmer war – abgesehen vom Mief – sauber. Zudem waren sie nach der Anreise aus Paris müde und wollten nicht weiter nach einer Unterkunft suchen.

Tommy wühlte aus seinem Rucksack zwei Büchsen hervor. Dann machten es sich die beiden auf dem Doppelbett mit Bier und Zigarette bequem. Nebeneinander saßen sie mit dem Rücken zum Bettkopf, die Beine weit von sich gestreckt.

»Ich weiß nicht, ob es eine gute Idee ist, auf dem Bett zu trinken und zu rauchen«, meinte Ben, zog an seiner Zigarette und deutete mit dem Kopf auf eins der Post-its.

»Was soll schon passieren?« Tommy lachte vergnügt.

Tommy hatte ein herrliches Lachen. Eigentlich besaß er zwei davon. Er konnte entweder hemmungslos und schallend prusten oder heiter vor sich hin gluckern. Dies sprudelte oft spontan aus ihm heraus.

Gluckernd hielt er seine Bierdose hin und die beiden stießen auf London an.

In Bens Erinnerung sah der Gastgeber ein bisschen aus wie der Bauer aus *Shaun das Schaf*. Seine Frau ebenfalls, nur runder. Sie tauchten immer zu zweit auf und blickten unter ihren dicken Brillengläsern hervor, wenn sie das Wort an ihre Gäste richteten. Dabei mussten sie den Kopf weit in den Nacken legen. Wenn der Mann etwas sagte, wurde es von der Frau bestätigend wiederholt und umgekehrt. Dadurch dauerten Begegnungen mit ihnen doppelt so lange wie erhofft. Zumal man das Englisch der beiden kaum verstand. Es klang ein bisschen wie ein Blubbern. Die Worte konnte man nur erahnen, was wiederum schwirig war, da die beiden keine Mimik hatten. Gerne hätte Ben sie stattdessen um ein paar Post-its gebeten. Tommy gluckerte nicht selten, wenn die Gastgeber kamen oder gingen.

Bei einem ihrer Koffein- und Nikotin-Stopps am späten Nachmittag im Pub gegenüber ihres Bed and Breakfast wurden sie im *Time Out Magazine* auf ein Konzert der Band The Wedding Present aufmerksam. Nicht unweit von ihnen, nahe Notting Hill, sollte das Konzert noch am selben Abend in einem kleinen Club über die Bühne gehen. Sie beschlossen, die Zeit bis zum Konzertbeginn mit Pints und Burgern im Pub totzuschlagen. Schließlich konnten sie zu Fuß dorthin, und das Konzert würde nicht vor zehn Uhr beginnen.

Es war schon dunkel, als sie sich auf den Weg machten. Langsam torkelten sie über die Portobello Road Richtung Ladbroke Grove. Dort, beim Westway, der Autobahn, die Londons Zentrum mit den westlichen Suburbs verband, musste der Club sein. Zumindest hatte ihnen dies der Barkeeper beim Ausschenken des letzten Pints erklärt. Dass es dort um diese Zeit auch zwielichtige Gestalten geben könnte, hatte er ihnen allerdings nicht verraten.

»Hey, wollt ihr Dope?« Ein glatzköpfiger Typ mit grüner Bomberjacke und Springerstiefeln machte vor der Tube Station einen großen Schritt aus dem Nichts auf sie zu.

Ben erschrak wie ein Reh auf der Straße und starrte den Unbekannten mit aufgerissenen Augen an.

»Nein, danke. Brauchen wir nicht. Ist nett«, sagte Tommy und gluckerte, als wäre ihm gerade von einer zierlichen Frau eine Rose angeboten worden. Dann gingen sie schnell weiter.

»Hey, ihr Schwuchteln, wartet mal!«, rief es hinter ihnen.

Die beiden gingen in großen Schritten unter der Autobahnbrücke des Westways durch und bogen bei der nächsten Gelegenheit ab. Sobald sie aus dem Blickfeld des Glatzkopfs waren, rannten sie los, die Autobahn entlang. Als Tommy nichts mehr hinter sich hörte, riskierte er einen Blick zurück. Der Glatzkopf war ihnen nicht gefolgt. Die dunkle Straße, auf der sie sich nun befanden, glich einem langen Gang. Links der Westway, rechts eine rund zwei Meter hohe, mit schlechten Graffitis übersäte Mauer, die wohl die Häuser im Hintergrund abschirmen sollte. Der englische Nieselregen setzte ein und färbte die Nacht noch dunkler. An der nächsten Straßenkreuzung fanden sie wieder eine Unterführung. Dort lag zwischen der Autobahn und dem Bahngleis ein Weg, der, wie Ben fand, zu etwas führte, was wie ein Club aussah. Rechts über ihnen brausten die Autos auf dem Westway aus der

Stadt hinaus, links donnerte gerade ein Zug in die entgegengesetzte Richtung, und senkrecht über ihnen zeigte Londons Regen kein Erbarmen.

»Hier müsste es sein!«, meinte Ben mit hochgezogenen Schultern und den Händen in den Hosentaschen. Der kühle Regen lief ihm übers Gesicht.

»Das sieht aber irgendwie alles verlassen aus«, bemerkte Tommy.

Sie schauten nach oben, als ob dort ein Konzert stattfinden sollte, fanden aber nur den Westway und die Bahngleise.

»Vielleicht sind wir einfach zu spät?« Tommy versuchte, mit schnellen Wischbewegungen der Hand seine kurzen Haare trocken zu rubbeln.

»Nein, das glaube ich nicht – außerdem müsste doch irgendein Plakat oder ein anderer Hinweis zu finden sein«, sagte Ben. »Und vor allem Leute!«

Als sie wieder zurück zur Straße kamen, sahen sie zwei grelle Scheinwerfer auf sich zukommen. Die Scheinwerfer wurden langsamer und das dazugehörige Auto bremste schließlich so stark ab, dass es nun im Schritttempo neben ihnen fuhr. Ben spürte sein Herz im Hals bis zu den Ohren schlagen.

»Lass uns verschwinden!«, flüsterte er Tommy zu.

Zu spät.

»Habt ihr da hingepisst?«, schrie es aus dem Auto.

Was, dachte Ben oder sagte es sogar laut, denn die Frage wurde wiederholt.

Ben und Tommy wandten sich dem Auto zu und erkannten erst jetzt, dass es sich um einen Polizeiwagen handelte. Oder eher um ein kleines ziviles Auto, das randvoll mit Polizisten war, was irgendwie albern aussah.

Es war nicht die Zeit für Scherze. Tommy gluckerte trotzdem. Der Wagen hielt an, drei Polizisten stiegen aus und kamen auf sie zu, worauf der eine nochmals schreiend seine Frage wiederholte. Die anderen hatten jeweils eine Hand an der Hüfte platziert.

»Offenbar ist es hier ein Schwerverbrechen, wenn man sich in einem Hinterhof die Blase erleichtert«, flüsterte Ben.

»Man kann es ihnen nicht verübeln. Londons Straßen stinken aber auch oft nach Urin und weiß Gott noch was«, entgegnete Tommy.

»Wir haben einen Club gesucht ... *Time Out Magazine* ... Wir sind Touristen«, stammelte Ben auf Englisch.

Die Polizisten wollten es genauer wissen.

»An die Wand!«, befahl einer.

Mit den Händen an der Mauer, die Beine gespreizt wie Hampelmänner, standen Ben und Tommy mit dem Rücken zu den Polizisten da und wurden durchsucht. Der dritte Polizist tastete sich von unten nach oben durch. Er fand aber nur Zigaretten, Geld und Ausweise.

Kritisch begutachtete er die Pässe und übergab sie dann einem Kollegen im Auto. Als die Polizisten nichts fanden und auch die Ausweise in Ordnung zu sein schienen, ließen sie Ben und Tommy wieder laufen. Die drei Polizisten quetschten sich zurück in den Wagen zu den anderen. Noch bevor sie losfuhren, grinste der Fahrer sie an und wünschte ihnen eine gute Zeit in London. Sie sollten doch vorsichtig sein in dieser Gegend.

Ben und Tommy suchten den Westway noch eine Weile ab. Den Club fanden sie nicht mehr. Da sie mittlerweile klitschnass waren und keine Ahnung hatten, wo sie sich befanden, nahmen sie enttäuscht ein Taxi zurück zu ihrem Bed and Breakfast.

Im von Post-its umrahmten Bett tranken sie noch ein Bier aus der Dose und rauchten eine Zigarette dazu.

Tommy schnäuzte sich die Nase und zeigte Ben verdutzt sein Kunstwerk. Londons Rotz war rußig schwarz. Die beiden lachten. Tommy schallend.

»Du hättest dein Gesicht sehen sollen, als der Glatzkopf auf uns zukam«, bemerkte Tommy.

»Der hat auch mehr gewogen als wir beide zusammen«, erwiderte Ben.

»Ein bisschen Gras wäre noch cool gewesen«, meinte Tommy.

»Von diesem Typen? Ich weiß nicht!« Ben nahm einen Schluck aus der Dose.

»Wissen deine Eltern eigentlich, dass du kiffst?«, fragte Tommy.

»Ja. Meine Mutter hat zwei Tage lang geweint, als sie es rausgefunden hat. Hat mich echt mitgenommen«, antwortete Ben.

»Und dann?«

»Hab ihr versprochen, dass ich es sein lasse.«

»Das heißt, sie weiß es nicht«, bemerkte Tommy.

»Nein. Ich kiffe sowieso nicht mehr so viel.«

»Und dein Vater?«, fragte Tommy weiter.

»Lieber nicht. Aber den seh ich eh fast nie.« Ben nahm noch einen Schluck. »Der wohnt nicht mehr in Luzern.« Er reichte Tommy eine Parisienne.

»Hast du keinen Kontakt mehr zu ihm?« Tommy zündete sich die Zigarette an.

»Selten.«

»Wieso nicht?«, fragte Tommy.

»Der nörgelt nur rum. Manchmal kann er auch echt wütend werden.« Ben zündete sich auch eine Zigarette an.

»Deinetwegen?«

Ben nahm einen tiefen Zug, blies den Rauch in Richtung Decke und antwortete in einem gleichgültigen Ton: »Ach. Wegen allem Möglichen.« Er nahm einen weiteren Zug. »Früher waren meine Brüder und ich jedes zweite Wochenende bei ihm. Jetzt seh ich ihn noch einmal im Monat, höchstens.«

»Hast du ihn nie vermisst? Früher, meine ich?«, fragte Tommy.

Ben zuckte nur mit den Achseln. Die Gleichgültigkeit wich aus seinem Gesicht. Er trank sein Bier aus und blickte schwermütig ins Leere.

Die beiden saßen eine Weile still nebeneinander.

»Und bei dir?«, fragte Ben und drückte seine Zigarette im Glasaschenbecher auf seinem Nachttisch aus. »Wissen deine Eltern was vom Kiffen?«

Tommy stieß den Rauch geräuschvoll aus. »Mein Vater hat mich verprügelt, als er es herausgefunden hat«, antwortete er.

»Als ob!« Ben sah Tommy betroffen an.

»Na ja. Nicht wirklich verprügelt. Ein paar in die Fresse gab es aber.« Tommy zog an der Zigarette und versuchte, ein Lächeln aufzusetzen, als wollte er dem Gesagten mehr Leichtigkeit verleihen.

Tommy war zwar etwas kleiner als er, aber bestimmt immer noch über einen Meter achtzig groß. Ben konnte sich kein Bild davon machen, wie Tommys Vater über seinen kräftigen Freund herfiel.

»Hattest du dich nicht gewehrt?«, fragte Ben. »Ich meine, du bist doch inzwischen bestimmt stärker als er?«

»Nein. Die Schläge waren mir egal. Es war die Demütigung, die hat gesessen.« Tommy trank sein Bier leer, drückte die Büchse zusammen und ließ sie auf den Boden fallen. Er stand auf, holte sich zwei neue und gab eine Ben.

»Scheiß drauf!« Dann prostete er Ben zu. »Auf England!«

»Auf Schottland!«, sagte Ben.

»Auf Irland!«, meinte Tommy schließlich und gluckerte.

9

Ben tauchte an einem der nächsten Morgen tiefer als üblich. Sein Tiefenmesser zeigte mehr als vierzig Meter an, die Grenze für Sporttauchen. Dann fünfzig Meter. Er schwebte mit dem Bauch nach unten, den Kopf leicht angehoben, die Arme am Kopf vorbei nach vorn gestreckt. Die Unterschenkel standen senkrecht zum Rest des Körpers nach oben gerichtet, die Flossen parallel zum Rumpf. In der rechten Hand hielt er die Lampe. Ihr Licht verlor sich in der Tiefe. Ben war ruhig und bewegte sich nicht. Es war friedlich. Besser als meditieren, dachte er. Was, wenn er einfach hierbleiben würde? Alles wäre gut! Der Gedanke war verlockend.

Ben war nicht sicher, wie lange er schon hier unten war. Er kontrollierte mit dem Finimeter seinen Luftvorrat und blickte kurz auf den Tauchcomputer, um Zeit und Tiefe zu überprüfen. Er hatte keine Nullzeit mehr, das hieß, er müsste dekomprimieren. Den überschüssigen Stickstoff aus dem Blut bringen. Das kostete Zeit. Und Luft. Davon hatte er noch. Nicht mehr viel, aber es würde für einen kontrollierten Aufstieg reichen.

Dann knallte es hinter seinem Kopf und ein Schwall von Luftblasen umgab ihn. Die Luft entwich laut sprudelnd aus einem seiner beiden Tanks. Ben wurde zurück in die Realität gerissen. Ein Schlauch oder ein Dichtungsring war geplatzt. Jetzt musste es schnell gehen. Er griff mit der rechten Hand hinter den Kopf und drehte das Ventil des einen Tanks zu. Nichts.

Noch immer sprudelte die Luft unaufhörlich heraus. Er öffnete das Ventil wieder und schloss mit der anderen Hand den linken Tank. Nichts. Ben öffnete den Tank erneut und drehte die Brücke zu, die die beiden Flaschen miteinander verband. Mindestens ein Tank mit Luft würde jetzt verloren sein. Mit dem Zuschrauben der Brücke wollte er sicherstellen, dass es bei dem einen blieb. Beim Aufsteigen beobachtete er sein Finimeter. Die Nadel ging schnell zurück. Ein betrübliches Zeichen dafür, dass die Luft ebenso schnell entwich. Hoffentlich war es nur eine Flasche, dachte er noch, dann blockierte der Atemregler. Ben bekam keine Luft mehr. Die Flasche war leer. Das Sprudeln stoppte. Er wechselte auf den Atemregler der zweiten Flasche. Luft! Tatsächlich, die zweite Flasche war in Ordnung. Er kontrollierte sein Finimeter: 20 Bar.

Das war viel zu wenig. Aber wenigstens verlor er nicht noch mehr Atemgas. Er konnte nicht einfach zur Oberfläche hochschnellen. Das wäre zu gefährlich. Zu lange war er in dieser Tiefe gewesen. Er würde eine Dekompressionskrankheit riskieren. Vielleicht wäre er gelähmt. Im Notfall besser als zu ersaufen, dachte er. Der Tauchcomputer zeigte sechs Minuten bis zur Oberfläche an.

Okay, das musste reichen. Jetzt einfach ruhig bleiben. Ruhig atmen. Eine kribbelnde Hitze nahm seinen Körper von den Füßen bis zum Kopf ein. »Keine Panik! Du hast das geübt.«

Nach drei Minuten erreichte er eine Tiefe von sechs Metern. Hier musste er noch verweilen. Ben blickte erneut auf sein Finimeter.

»Nicht denken, Ben! Einfach atmen. Atme ein, atme aus!«

Ben beruhigte sich langsam. Der Puls sank. Ebenso die Atemfrequenz.

Er kontrollierte nochmals das Finimeter.

Es wird reichen, du wirst es schaffen, dachte er.

Noch eine Minute laut Computer. Dann meldete dieser: Dekompression beendet.

Ben tauchte auf, riss den Atemregler aus dem Mund und nahm einen tiefen Zug. Die Spannung löste sich. Er lachte erleichtert. Und zitterte am ganzen Körper. Ben setzte sich im flachen Wasser hin und entledigte sich dort noch seines Wings mit den Flaschen. Dann stieg er aus dem Wasser und taumelte zum Parkplatz. Erschöpft plumpste er vor dem Auto auf alle viere, setzte sich mit einem lauten Ächzen hin und lehnte sich mit dem Rücken gegen das Hinterrad. Er ließ den Kopf nach hinten auf die Karosserie fallen und atmete. Um aus dem Anzug zu kommen, fehlte die Kraft. Ein paar Minuten saß er so da.

»Scheiße! Fuck! Nie mehr so eine Scheiße! Verdammt!«, fluchte er vor sich hin. »Was habe ich mir nur dabei gedacht?!« Die Energie kam allmählich zurück. Er schleppte seine Tanks aus dem Wasser zum Kofferraum und schälte sich anschließend fluchend aus seinem Anzug.

Ben setzte sich ins Auto und klammerte sich mit beiden Händen am Steuerrad fest, die Arme gestreckt, den Kopf in den Nacken gelegt. Er atmete nochmals durch. Die Hände zitterten noch.

»Scheiße, verdammte!« Er startete den Wagen und fuhr heim.

Zu Hause angekommen, stürzte sich Fay auf ihn. Ben kniete sich nieder, sie leckte ihm über das Gesicht und er kraulte sie hinter den Ohren. »Fay, ich hatte solche Angst!«

Ben versuchte, nicht an den Vorfall zu denken, während er Wasser für die Nudeln zum Mittagessen aufsetzte. Um sich abzulenken, hörte er laute Musik und sang mit. Dort, wo er den Text nicht mehr wusste, reimte er sich etwas zusammen.

Wie üblich aß er vor dem Fernseher. Den Teller mit Nudeln, Olivenöl und geraffeltem Sbrinz hatte er auf seinem Schoß. Fay kaute neben ihm am Boden an einem Stängel aus Rinderhaut.

Als Ben nach dem Essen die Küche aufräumte, stieß er auf die Packung Temesta im Küchenschrank. Erst jetzt fiel es ihm auf. Er hatte nach dem Tauchgang keine genommen.

»Ich finde, es geht dir besser«, bemerkte Sarah. Sie blieben nach dem Essen am Tisch sitzen. Die Kinder waren mit Fay unterwegs.

»Es geht langsam. Ich musste mich jedenfalls schon seit einigen Tagen nicht mehr ruhigstellen«, antwortete Ben.

»Und du sprichst wieder.« Sarah lächelte.

»Das ist aber auch schon alles«, sagte Ben. Er griff zur Rotweinflasche und schenkte sich und Sarah ein.

»Willst du es den Kindern sagen?«, fragte Sarah. »Ich fühle mich nicht gut dabei, sie länger anzulügen. Du bist nun schon etwas auffällig lange im Homeoffice.«

»Hat Tim etwas bemerkt? Oder Sebastian?«, fragte Ben.

»Sebastian meinte neulich, er fände es toll, dass du immer daheim bist, wenn er von der Schule kommt«, sagte Sarah. »Und Tim fragte, ob du wegen deiner Beförderung so oft zu Hause arbeiten könnest.«

»Wieso hat er nicht mich gefragt?« Ben nahm einen Schluck Wein.

»Sie merken, dass etwas nicht stimmt, Ben«, erwiderte Sarah.

»Vielleicht sollte ich es ihnen sagen«, meinte er.

10

Ben saß Frau Dr. Lenz gegenüber. Den rechten Fuß hatte er auf dem Oberschenkel platziert, die Hände hielt er verschränkt in seinem Schoß. Er entschloss sich, ihr nichts über seine Taucheskapaden zu erzählen.

»Ist Ihnen noch immer übel?« Die Ärztin blätterte in ihren Notizen. Dabei leckte sie zwischendurch immer wieder ihren Zeigefinger ab.

»Nicht mehr so oft. Der Schwindel ist ganz weg.«

»Wie fühlen Sie sich sonst?« Ihren Blick richtete sie immer noch auf ihre Unterlagen.

»Ich habe ab und zu noch zittrige Hände und meine Konzentration lässt schnell nach – aber sonst – ich weiß nicht ...«

Ben schaute aus dem Fenster. Es war grau. Wie das Haus gegenüber. Würden in ein paar hundert Jahren einmal Menschen fasziniert vor diesem Haus stehen und sich über die einzigartige Baukunst freuen? Wohl eher nicht.

Er suchte nach Worten.

»Ich ... ich weiß nicht, es ist schwer zu beschreiben. Körperlich geht es mir besser. Aber ich fühle mich traurig. Und wertlos. Ich schäme mich.«

Die Ärztin schob mit dem Zeigefinger ihre dicke runde Brille hoch und sah Ben an. »Es gehört zu Ihrem

Krankheitsbild, dass Sie sich öfter niedergeschlagen fühlen«, entgegnete sie. »Wofür schämen Sie sich denn?«

»Einerseits fühle ich mich als Versager. Ich weiß, das ist albern.« Ben fummelte am Reißverschluss seines knöchelhohen Lederstiefels, der noch immer auf seinem Bein lag. »Aber andere machen Karriere, arbeiten den ganzen Tag, bewältigen ihre Probleme scheinbar locker, und ich bringe es nicht auf die Reihe ...«

»Andere kennen ihre eigenen Kinder nicht, opfern Familie und Freunde für die Karriere«, unterbrach ihn die Ärztin. »Glauben Sie mir, ich spreche aus Erfahrung. Diese Narzissten!« Frau Dr. Lenz schien sich sichtlich zu erregen. Sie kramte in der Packung vor ihr auf dem Tisch nach einem Kaugummi. Dann kaute sie kurz und fuhr fort. »Und andererseits?«

»Wie meinen Sie das?« Ben sah sie fragend an.

»Sie sagten, einerseits fühlen Sie sich als Versager – was Sie nicht sind. Und andererseits?«

Ben stellte seinen Fuß auf den Boden und rutschte im Sessel nach hinten. »Andererseits schäme ich mich für meinen jetzigen Zustand. Es gibt Menschen, die haben richtige Probleme. Sie haben entweder nichts zu essen, kein Dach über dem Kopf oder sind im Krieg«, fuhr er fort. »Oder sie haben keine Arbeit und würden alles dafür tun. Ich habe alles, sitze aber hier und versinke im Selbstmitleid.« Ben presste seine Lippen zusammen und schüttelte den Kopf.

Frau Dr. Lenz legte ihren Schreiber auf den Block auf ihrem Schoß, atmete einmal tief durch und holte aus: »Ein unbehandeltes Burnout führt nicht nur zu Herz-Kreislauf-Erkrankungen, die wiederum zu Herzinfarkt oder Schlaganfall führen, sondern auch zu einer schweren Depression. Fünfzehn Prozent aller Patienten mit schweren depressiven Episoden begehen Suizid. Allein in der Schweiz nehmen sich über tausend Menschen im Jahr das Leben. Vier pro Tag. Durch Suizid sterben siebenmal mehr Personen als durch Unfälle im Verkehr. Hören Sie also damit auf, sich für Ihren Zustand zu schämen. Sie sind damit nicht allein.« Sie hielt den Schreiber und ihre Notizen fest, während sie das eine Bein über das andere schlug. Den zweiten Arm stellte sie auf die Armlehne und stützte mit zwei Fingern an ihrer Schläfe und dem Daumen an ihrem Kiefer den Kopf auf. Sie sah Ben ernst an.

Er konnte den Blick nicht halten und schaute wieder aus dem Fenster.

Die Ärztin nahm die Hand vom Kopf und platzierte sie flach auf die Lehne. »Wissen Sie, schlechte Gedanken entstehen im Kopf. Genauso wie gute Gedanken. Sie haben die Wahl!«, fuhr sie fort.

Ben sah die Ärztin an.

»Ich verstehe, was Sie meinen.« Er hielt inne. »Das Problem ist nur, die negativen Gedanken schleichen sich an. Bis ich sie erkenne und mich dagegen entscheiden kann, ist es oft zu spät.« Ben atmete tief ein und fuhr mit beiden Händen durch seine Haare. »Ein Alkoholiker hat es leichter«, fuhr er fort. »Er sieht die Flasche vor sich und kann sich dagegen entscheiden.«

Die Ärztin wollte etwas sagen, aber Ben kam ihr zuvor: »Ich meine nicht, dass diese Entscheidung leicht ist. Aber er erkennt zumindest sofort die Flasche, seinen Gegner.« Er schnaubte. »Ich habe so viele Gedanken in meinem Kopf. Sie kommen ungebeten aus allen Richtungen. Bis ich sie als negative Gedanken erkenne, haben sie meinen Verstand bereits eingenommen. Ich müsste mich ständig entscheiden. Ich verstehe nicht, wie ich das anstellen soll. Es würde mir meine letzte Energie rauben.« Erschöpft nach diesem Monolog schaute Ben wieder aus dem Fenster.

»Ihrem Redefluss nach zu urteilen, geht es Ihnen etwas besser«, sagte Frau Dr. Lenz schließlich und schmunzelte. »Aber wie Sie sehen, ist das mit der Sucht so eine Sache.« Sie deutete auf ihre Kaugummipackung. »Das ist nichts, was von heute auf morgen kommt«, sagte die Ärztin, »aber Sie können heute beginnen. Entscheiden Sie sich für ein positives Leben. Verschwenden Sie keine Zeit mit Sachen, die Sie nicht ändern können. Sollten schlechte Gedanken kommen, nehmen Sie diese zur Kenntnis. Sie können die Gedanken beobachten – aber ohne sie zu bewerten. Und dann lassen Sie sie wieder weiterziehen.«

Sie machte eine kurze Pause und sah Ben in die Augen.

»Sie entscheiden, ob das Glas halb voll oder halb leer ist. Niemand sonst.« Sie griff nach ihrem Schreiber, und wieder fuhr ihre Hand in schnellen, abgehackten Bögen über das Papier.

Ben traute sich nicht zu fragen, was sie aufschrieb. Was waren wohl die Schlüsselwörter?

»Es gibt Übungen, die Ihnen helfen könnten, Ihren Fokus weg von negativen Gedanken zu bringen. Diese Übungen entspringen der sogenannten Achtsamkeit. Sagt Ihnen das etwas?« Ihre Stimme klang sanfter.

Ben nickte. Er hatte vor langer Zeit ein Buch von einem amerikanischen Arzt darüber gelesen. Es war sterbenslangweilig gewesen.

Frau Dr. Lenz und Ben unterhielten sich noch über Methoden der Achtsamkeit. Auch das Meditieren solle er beibehalten, wenn es ihm guttue. Dann war die Stunde um.

Auf dem Heimweg ging er die Sitzung nochmals im Kopf durch. Sie hatte recht, Selbstmitleid brachte nichts. Er musste akzeptieren, was vorgefallen war. Er musste sein Burnout akzeptieren. Leichter gedacht als getan.

11

Die Therapie dauerte mittlerweile schon mehrere Wochen. Wochen der Arbeitsabstinenz. Wochen, in denen Ben um jeden noch so kleinen Fortschritt kämpfen musste.

Auch diesen Morgen war er mit Fay zu einem langen Spaziergang aufgebrochen. Es war ein kalter, nebliger Frühherbsttag. Die Sonne musste schon aufgegangen sein. Jedenfalls war es nicht mehr dunkel. Sehen konnte man sie nicht. Der Himmel war versteckt.

Ben bog in den Waldweg ein. Der Nebel ließ die Baumstämme aussehen wie schwarze Pinselstriche, die nach oben hin verblassten. Die schon etwas schwache Sonne schaffte es aber nach einer Weile, den Nebel stellenweise zu bezwingen und einzelne Strahlen durch das Dickicht des Waldes zu senden. Lange gelbe Finger durchdrangen den Nebel und erzeugten hier und da auf dem Boden und an den Stämmen runde Spots. Einzelne Büsche und Äste leuchteten auf. Ein Strahl traf Ben ins Gesicht. Er blinzelte. Sanft, aber bestimmt forderte das Licht immer mehr Platz ein, bis es schließlich das gesamte Grau verdrängte. Einfach so.

Der Wald schien es zu genießen und hielt seine Äste und Blätter ganz still.

Ben stand nicht nur inmitten dieses Spektakels, er war Teil des Ganzen. Auf eine merkwürdige Art fühlte er sich bei diesem Gedanken geborgen. »Teil des Ganzen.«

Er schaute zu den Baumkronen hoch und es war, als würden die Bäume behütend und ohne zu werten auf ihn runterschauen.

Ben war glücklich. Nur einen Augenblick. Aber dieser Augenblick genügte, um etwas in ihm zu wecken: Hoffnung.

Er berichtete beim Abendessen von seinem Erlebnis.

»Wir sollten mal wieder eine Wanderung machen. Alle zusammen«, schlug Sarah unter Protest der Kinder vor.

»Ja.« Ben lächelte.

Dann erzählte er noch von einer großen, stattlichen Buche, die er am Waldrand entdeckt hatte.

»Ich bin ihr sicher schon tausendmal begegnet. Aber erst neulich ist mir aufgefallen, wie schön, wie majestätisch sie ist«, sagte er.

Sebastian schnitt Grimassen.

»Im Ernst!«, fuhr Ben fort. »Dieser Baum ist sicher über dreißig Meter hoch und sein Stamm ist so dick.« Ben spreizte die Arme, um die Ausmaße der Buche zu zeigen.

»Glaubst du, die ist schon alt?«, fragte Tim.

»Die ist bestimmt schon hundert Jahre alt«, antwortete Ben.

»So alt?«, fragte Sebastian, den das Thema langsam zu interessieren schien.

»Ja«, sagte Ben. »Ich habe mal gelesen, dass Buchen bis zu zweihundert Jahre alt werden. Manche sogar dreihundert Jahre.« Er nahm einen Bissen von der Lasagne. »Weißt du, wann eine Buche erwachsen ist?«, fragte er Sebastian.

Dieser schüttelte den Kopf.

»Mit hundert Jahren. Danach wachsen sie nicht mehr viel«, erklärte Ben.

»Die musst du mir mal zeigen«, sagte Sarah und legte ihre Hand auf Bens.

»Du machst große Fortschritte«, meinte Sarah, als sie schon im Bett lagen. Das gelbliche Licht der Nachttischlampe versprühte eine warme Atmosphäre.

»Ja, es geht mir etwas besser. Aber alles, was im Entferntesten mit geistiger Arbeit zu tun hat, ermüdet mich schnell.« Ben blickte zur weiß getäfelten Decke. »Manchmal fühlt es sich an, als hätte bei mir jemand den Reset-Knopf gedrückt. Als wäre alles weg und das System müsste neu geladen werden.«

Sarah presste die Lippen zusammen.

»Kannst du schlafen?«, fragte sie.

»Nicht durchschlafen, nein«, antwortete Ben.

»Möchtest du eine Schlaftablette von mir?«, fragte sie.

»Danke. Ich muss das auch so schaffen.« Er schenkte ihr ein kurzes dankbares Lächeln und starrte wieder zur Decke.

Sarah rutschte näher an Ben heran und begann zärtlich, sein Ohr zu küssen. Er wandte sich ihr zu und sie küssten sich auf den Mund. Ihr Atem roch nach Pfefferminz. Sie streichelte seine Wange, schob dann ihre Hand unter sein Hemd und strich zunächst über seine Brust und dann über den Bauch. Schließlich steckte sie die Hand in seine Unterhose und massierte ihn. Ben zeigte keine Erektion. Sarah nahm ihre Hand wieder raus und setzte sich rittlings auf ihn. Für eine Weile küssten sie sich einfach. Ihre Zunge war warm und feucht. Ben fuhr mit seinen Händen an ihrer Hüfte hoch. Sanft berührte er ihre Brüste. Sarah bewegte ihren Körper langsam auf und ab. Ben war erregt. Sarah zog sich ihr Oberteil aus und schlüpfte aus ihren Unterhosen. Dann zog sie Bens Hosen ein Stück runter und setzte sich wieder auf ihn. Er hielt mit beiden Händen ihre Hüfte. Sie machte leichte Kreisbewegungen. Nach ein, vielleicht zwei Minuten ließ er Sarah los und grunzte verärgert. Seine Erektion war weg.

»Es tut mir leid«, flüsterte er und versteckte sein Gesicht unter seinen Händen.

»Es muss dir nicht leidtun. Ist alles gut«, meinte Sarah, als sie sich neben ihn legte.

»Nein, ist es eben nicht.« Bens Stimme vibrierte. Er fuhr mit einer Hand über seine Stirn. »Scheiß Antidepressiva!«

»Das wird schon wieder«, sagte sie. »Möchtest du darüber sprechen?«

»Nein.« Seine Stimme klang gekränkt.

Sarah legte ihren Kopf auf Bens Brust und schlief bald darauf ein.

Ben streichelte ihr Haar. Er war hellwach.

12

Nach ein paar Tagen in London waren sie in den Zug nach Norden gestiegen. Bis nach Glasgow war es eine lange Reise. Wenn Ben nicht gerade sein kleines schwarzes Buch bearbeitete, genoss er es, einfach aus dem Fenster zu schauen und mit Musik vom Walkman in den Ohren die Landschaft an sich vorbeiziehen zu lassen.

Es hatte etwas Beruhigendes. Das monotone Rattern und Rütteln des Zuges, die Häuser und Bäume, die vor dem Fenster vorbeihuschten. Im Hintergrund die Wiesen und Felder, die sich nur langsam zu bewegen schienen. Es gab nichts zu tun. Nichts, was man hätte tun können. Außer essen, trinken, zeichnen und – Musik hören. Trotzdem ging es vorwärts. Man sah und spürte es. Eine neue Welt würde auf sie warten.

Glasgow war eine neue Welt. Eine Großstadt. Aber kein Vergleich zu London. Höchstens zum East End. Arbeitslosigkeit prägte die Straßen von Glasgow, deshalb waren sie auch unter der Woche belebt. Nicht mit Touristen, sondern mit Menschen, die nicht den ganzen Tag deprimiert zu Hause sitzen wollten. Einige waren dabei sehr umtriebig und verkauften auf der Straße Bootlegs von Konzertmitschnitten oder Zigaretten zweifelhafter Herkunft. Andere spielten in einer kleinen Band an einer

Straßenecke und wieder andere verwandelten Hinterhöfe in Fußballplätze. Und dann gab es noch jene, die unterwegs zum nächsten Wettbüro oder Pub waren.

Die Stadt im Norden hatte etwas Trostloses an sich. Die Menschen – auf den zweiten Blick – aber nicht, wie Ben und Tommy fanden. Das Mitgefühl und der Zusammenhalt waren groß. Außer beim Fußball. Beim Stadtderby zwischen den Celtics und den Rangers entlud sich der Frust. Ben und Tommy kannten die Ausschreitungen aus dem Fernsehen.

Sie wollten nicht lange in Glasgow verweilen. Nahe der Central Station mieteten sie ein kleines Hotelzimmer für zwei Nächte. Das Hotel war steril, aber günstig. Das Quartier hatte ein paar charmante, alte Häuser, die jedoch immer wieder kolossalen Betonblöcken, die an Osteuropa erinnerten, Platz machen mussten. Es war keine pittoreske Stadt, sie hatte aber Charakter.

Am ersten Tag schlenderten sie durch die Einkaufsstraßen im Zentrum. Ein Klamottenladen in einer Seitengasse der Union Street zog sie sofort an. Vor allem die Puppe im Schaufenster weckte ihre Aufmerksamkeit. Auf dem Kopf trug sie einen farbigen Irokesen. Das Shirt war löchrig und mit Ansteckern von Bands versehen. Unter dem kurzen Schottenrock kamen schwarze, grobmaschige Netzstrümpfe zum Vorschein. An den Füßen thronten rote Dr. Martens. Ben und Tommy stürzten ins

Geschäft. Nach etwas mehr als einer Stunde traten beide mit neuen schwarzen Acht-Loch-Stiefeln auf die Gasse. Ben hatte sich dazu ein schwarzes Hemd mit rotgelbem Paisley-Muster gekauft. Tommys Tasche enthielt neben den Docs noch ein Bandshirt von The Wedding Present. Ein paar Häuser weiter fiel ihnen ein Konzertplakat auf. Noch am selben Abend sollten The Pogues, eine irische Folk-Punk-Band aus London, im Barrowland, einem Club im Osten der Stadt, spielen. Die beiden sicherten sich euphorisch zwei Eintrittskarten im nächsten Ticketshop.

Die Stimmung war schon vor dem Konzert fröhlich und der Bierkonsum entsprechend hoch. Als die Band loslegte, verwandelte sich das Lokal vom ersten Takt an in einen pogenden Dampfkessel. Becher mit und ohne Bier flogen in alle Richtungen. Wurde man nass, wusste man nicht, ob es sich um Bier oder um den Schweiß eines Nachbarn handelte. Ben fühlte sich im Gemenge wie die Kugel eines Flipperkastens. Nach rund zwanzig Minuten spielten sie *Boat Train*. Shane MacGowan, der Sänger, fiel während des Songs um wie ein gefällter Baum. Die Folgen von Wodka-Orange, Bier und anderen toxischen Substanzen. Spider Stacy, der Mann an der irischen Flöte, sprang ein. Das Publikum unterstützte ihn und sang lauthals mit. Shane erwachte gegen Ende des Konzerts wieder aus dem Koma und sang noch *If I Should Fall With Grace From God*. Die Menge tobte. Viele der männlichen Fans hatten sich inzwischen ihrer T-Shirts entledigt. Sie schwangen sie entweder über ihren nackten Oberkörper oder hatten sie in Richtung Bühne geworfen.

Das Konzert war kurz, schnell und heftig. Ben und Tommy torkelten danach die Hauptstraße entlang Richtung Hotel. Die Gummisohlen ihrer neuen Dr. Martens quietschten in der keimfreien Eingangshalle des Hotels und verursachten mehr Aufmerksamkeit, als den beiden lieb war. Sie sahen verschwitzt aus. Ihre Kleider waren mit allem Möglichen vollgekleckert, und eine von Tommys Hosentaschen war gerissen und hing senkrecht nach unten. Zudem stanken sie nach Schweiß, Bier und Aschenbecher. Von der zugeknöpften Dame am Empfang ernteten sie kritische Blicke. Tommy gluckerte und nickte der älteren Dame lächelnd zu.

Im Zimmer knallten sie sich samt miefigen Kleidern und neuen Docs auf ihre Einzelbetten. Tommy lag auf der Seite, den Kopf auf die Hand gestützt, Ben saß aufrecht und lehnte mit dem Rücken gegen die Wand.

»Das war geil!« Tommys Augen glänzten. Er kramte eine Zigarette hervor.

»Der Killer!«, meinte Ben.

»Die Leute hier wissen, wie man Party macht.« Tommy zündete sich die Zigarette mit seinem Zippo an.

»Ja. Nicht wie bei uns.« Auch Ben nahm eine Parisienne aus seiner Packung.

»Bei diesem Konzert wären auch die steifen Schweizer nicht ruhig geblieben«, sagte Tommy.

»Wer weiß. War jedenfalls der Killer.«

Beide zogen zufrieden an ihren Zigaretten.

Ben schob sich eine Hand hinter den Kopf.

»Hast du dir schon mal überlegt, in ein anderes Land zu ziehen?«, fragte er nach einer Weile.

»Ich weiß nicht. In welches?«, fragte Tommy, der nun mit verschränkten Beinen auf dem Rücken lag.

»Na, in irgendeins. Zum Beispiel England«, sagte Ben.

»London wäre cool. Es müsste eine Großstadt sein. So auf dem Land hat es mir zu viele Leute.« Tommy nahm einen kräftigen Zug.

»Wie jetzt – und in der Stadt nicht?«, fragte Ben und lachte.

»Es fühlt sich nicht so an. Es ist anonymer. Man lässt dich in Ruhe.«

Ben nickte zustimmend.

»Und du?« Tommy richtete sich auf und tippte mit dem Zeigefinger auf die Zigarette über dem Aschenbecher, der sich auf dem Nachttisch zwischen den beiden Betten befand.

»London wär geil. Weg von zu Hause. Neu anfangen.«

»Einen Neuanfang? Hast du überhaupt schon mal was angefangen?«, fragte Tommy und gluckerte.

»Ich meine, weg von daheim. Neuer Ort, neues Glück«, antwortete Ben.

»Was ist denn bei dir zu Hause los?«, fragte Tommy.

Ben nahm einen weiteren Zug und blies den Rauch seitlich aus. »Meine Mutter ist immer gereizt. Ich glaube, sie ist etwas überfordert. Den ganzen Tag arbeitet sie. Abends säuft sie.« Ben betrachtete seine Hand, mit der er die Zigarette hielt. Die Finger waren gelb.

»Als ob«, meinte Tommy.

»Neulich rief mein Vater an.« Ben legte den Kopf in den Nacken. »Er hatte mitbekommen, dass mein Notenschnitt scheiße war. Er meinte zu meiner Mutter, wenn sie mich weiterhin so verhätschelt, würde ich noch schwul werden. Ich konnte ihn durch den Hörer schreien hören.«

Ben lächelte gequält und drückte seine Zigarette im Aschenbecher aus.

»Oh Mann, das ist krass.« Tommy schnalzte mit der Zunge.

»Als ob meine Mutter mich verwöhnen würde. Dafür fehlt ihr das Geld. Und die Zeit und Energie dazu«, sagte Ben und zog dabei die Augenbrauen abschätzig hoch.

»War dein Alter immer so drauf?«, fragte Tommy.

»Ja. Aber seit er mit dieser reichen Tussi zusammen ist, wurde es noch schlimmer.« Ben stieß die Luft durch seine Lippen. »Seitdem hält er sich für was Besseres.« Er zerknüllte seine leere Zigarettenpackung und warf sie in eine Ecke.

Tommy hielt ihm seine hin. »Was machen deine Brüder?«, fragte er.

»Danke!« Ben zündete sich die Zigarette an und legte sich auch hin. »Die sind älter als ich. Schon lange ausgezogen. Mit meinem Vater haben sie keinen Kontakt mehr. Mit meiner Mutter nur sporadisch. Ich sehe sie eigentlich jede Woche. Manchmal gehen wir was trinken. Oder ins Kino.« Ben sah zur Decke und beobachtete, wie der Zigarettenrauch sich dort langsam auflöste. »Wieso würdest du weg?«

»Ich habe manchmal das Gefühl, bei uns ist alles vorprogrammiert. Wie in dem Song *Birth, School, Work, Death*. Weißt du, was ich meine?«

»Ja, geiler Song. Wie hießen die noch mal?«, fragte Ben.

»The Godfathers.«

»Genau.« Ben nickte. «Was ist mit deinem Alten los? Hat er dich schon oft geschlagen?«

»Das ist eine andere Geschichte.« Tommy war für einen Moment still. »Ich sehe ihn selten. Wie meine Mutter. Sie sind die ganze Zeit am Arbeiten. Kohle scheffeln.«

»Muss ja nicht schlecht sein«, sagte Ben mit einem neckischen Ton in der Stimme.

»Nein. Ich meine, sie kümmern sich um mich und so«, fuhr Tommy fort. »Aber ich glaube, nur, damit die Nachbarn nicht dummschwätzen. Sie interessieren sich nicht für meine Hobbys oder meine Träume.«

Die beiden lagen noch eine Weile schweigend mit ihren Kleidern auf dem Bett. Die neuen Docs hatten sie immer noch an.

Ben begann, leise *I'm a Man You Don't Meet Everyday* von The Pogues zu summen. Er liebte ihre Balladen. Die Punksongs waren okay. Vor allem live. Aber es waren die gefühlvollen, melancholischen Geschichten vom Leben, die ihn berührten. Als er zu Tommy herübersah, schlief dieser schon. Ben holte sein Skizzenheft aus dem Rucksack hervor und setzte sich damit wieder aufs Bett. In wenigen, aber präzisen Strichen zeichnete er ein treffendes Porträt von Shane MacGowans Charaktergesicht. Die abstehenden Ohren, die kurzen Locken, die Stummelzähne, sogar die treuen Augen mit dem gläsernen und traurigen Blick waren unverkennbar auf dem Papier. Ben betrachtete sein Werk. Er war nicht zufrieden damit. Müde legte er das Heft zur Seite, rauchte noch eine Zigarette und summte weiter, bis auch er einschlief.

Von Glasgow aus fuhren sie weiter nach Edinburgh.

Was für ein Kontrast, dachte Ben.

Die hügelige Hauptstadt Schottlands mit ihren gepflasterten Gassen war unglaublich schön. Wie aus einem Film, der im neunzehnten Jahrhundert spielte. Oder früher. Er konnte sich gut vorstellen, wie damals noch Pferde und Kutschen das Bild der Straßen dominiert hatten. Und dann noch Edinburgh Castle, das über der ganzen Stadt thronte – Ben und Tommy kamen aus dem Staunen nicht mehr heraus. So sehr, dass sie zuerst einmal ins nächste Pub mussten.

Ein Bier und ein paar Zigaretten später machten sie sich auf die Suche nach einer Unterkunft. Sie wurden bald fündig. Bei einer älteren und charmanten Dame bekamen sie ein Zimmer. Die Dame war so freundlich und hilfsbereit, dass Ben und Tommy sich ein wenig für ihr Äußeres schämten. Schließlich waren sie mit dem Rucksack schon länger unterwegs und die Kleider rochen nicht mehr ganz nach Frühlingsbrise. Auch sahen sie nicht mehr aus wie Schwiegermamas Lieblinge. Um einen halbwegs guten Eindruck zu hinterlassen, verzichteten sie in der Unterkunft auf das Rauchen. Hier wohnten sie für drei Tage.

Am letzten Abend besuchten sie einen Club in der Calton Road am Rande der Altstadt. Der Club befand sich im unteren Stockwerk eines älteren Gebäudes mit Gittern vor den Fenstern. Er war gut besucht. Hauptsächlich von Goths, Punks und Indie-Fans. Entsprechend war die Musik genau nach Bens und Tommys Geschmack. Drinnen war es feucht, heiß und stickig. Zigarettenrauch und Bierdunst tränkten die Luft. Die Tanzfläche war voll. Der DJ spielte *Christine* von The House of Love. Da die beiden nicht tanzen wollten, saßen sie mit einem Bier an einem kleinen Tisch und beobachteten das Treiben, mit dem rechten Knie und dem Kopf zum Takt der Musik wippend. Ben trug seit Glasgow nur noch seine Dr. Martens. Tommys Füße hingegen waren von Blasen geplagt, sodass er vorübergehend wieder mit seinen alten Latschen unterwegs war.

»Ich muss mal auf die Toilette.« Tommy stellte das Bier auf den Tisch und verschwand in der Menge.

Bens Blick wanderte durch den Club. Er trommelte mit seinen Fingern zur Musik auf seinen Oberschenkel. Auf der Tanzfläche erspähte er einen jungen Mann mit langen Haaren und einer schwarzen Lederjacke, auf deren Rückseite groß in Weiß ein stilisierter Männerkopf auf einem fünfzackigen Stern auszumachen war. Darüber stand *Merciful Release*. Das sieht cool aus, dachte er und fragte sich gleichzeitig, ob dem Mann mit der Jacke in dieser stickigen Luft nicht heiß war. Neben ihm tanzte eine attraktive Frau, etwa in seinem Alter. Sie hatte langes schwarzes Haar, das mit viel Haarspray auftoupiert war. Ihre Arme waren bis zu den Fingern mit einem löcherigen Netz bedeckt. Sie trug ein breites Nietenarmband und einen schmalen Nietengürtel über ihrem kurzen und ärmellosen Overall aus Leder. Sie schwang Hüfte schwingend ihre Arme um den Hals des Langhaarigen mit der Lederjacke und küsste ihn.

Bens Blick schweifte weiter und blieb an der Bar hängen. War das Tommy? Tatsächlich! Er stand am Tresen und unterhielt sich so vertraut mit einer jungen Frau, als würde er sie schon ewig kennen. Sie war hübsch. Ben konnte aus der Ferne erkennen, dass sie große, freundliche Augen hatte, eine kleine Nase und ein etwas knabenhaftes Gesicht mit einem breiten Lächeln. Sie trug eine Jeansjacke, deren Ärmel sie umgekrempelt hatte, und war im Vergleich zu den anderen Gästen nur wenig geschminkt. Tommy war in seinem Element. Er lachte und berührte dabei sanft den Arm des Mädchens. Sie stießen mit den Bierflaschen an.

Plötzlich stützten sich zwei Hände mit langen schwarzen Fingernägeln von hinten auf Bens Schultern ab. Er zuckte zusammen. »Hi, my name is Angel«, lallte eine schottische Frauenstimme von der Seite in Bens Ohr. Dann kam sie hinter ihm hervor, setzte sich auf Tommys Stuhl und nahm einen Schluck aus dessen Bierflasche.

Sie hatte schwarz gefärbte und lockige Haare, volle rote Lippen und trug ein schwarzes, mit Spitzen versehenes Kleid. Sie sah ein bisschen aus wie Bellatrix Lestrange.

Angel zauberte unter ihrem Kleid eine Zigarette hervor, steckte sie langsam in ihren roten Mund und zündete sie an. Ebenso langsam schlug sie ein Bein über das andere. Sie trug schwarze Netzstrümpfe und hochgeschnürte Stiefel. Während sie genüsslich an der Zigarette zog, hielt sie Ben mit ihrem Blick fest. Dieser starrte sein Gegenüber konsterniert an. Sie rückte näher an ihn heran und flüsterte ihm ins Ohr:

»Das Leben ist hart – aber ohne Harten gibt es kein Leben.«

Dann blies sie den Rauch mit spitzem Mund zur Decke.

Ben hustete. Viel mehr brachte er nicht hervor. Verlegen starrte er sie an und war froh, dass man in diesem Licht nicht erkennen konnte, wie rot er wurde. Hatte er das richtig verstanden? Er versuchte zu lächeln, sprechen ging nicht. Sie flüsterte ihm noch mal etwas ins Ohr, was Ben daran zweifeln ließ, ob er wirklich Englisch verstand. Dann küsste sie ihn. Mit Zunge.

Ben saß zunächst nur da und ließ sie gewähren. Sie roch nach Rauch, Bier und einem Parfum, dessen Geruch er nicht zuordnen konnte. Weihrauch? Angel knabberte an seinem Ohr und flüsterte ihm nochmals etwas zu. In diesem Moment kam Tommy zurück und blieb grinsend vor dem Tisch stehen.

»Willst du uns nicht bekannt machen, Ben?«

Ben schaute zu Tommy hoch. Sein Mund war rot verschmiert von ihrem Lippenstift. Er sah benommen aus. Angel stand auf, warf Ben einen verführerischen Blick zu und ging in Richtung Toilette.

»Tommy, lass uns abhauen!«, flüsterte Ben energisch.

»Was? Du knutschst hier mit dieser Braut! Wieso willst du weg?« Tommy hob fragend seine Hand. »Ich hab gerade ein Mädchen kennengelernt.« Er deutete zur Bar, wo die junge Dame mit Jeansjacke etwas verloren dastand.

»Die ist eine Nummer zu groß für mich, außerdem ist sie viel älter«, meinte Ben. Er redete hastig und sah dabei immer wieder zur Toilette.

»Was ist los mit dir?«, erwiderte Tommy.

»Die ist völlig durchgeknallt oder high oder beides! Die wird mich umbringen, zerfleischen und dann an die Hühner verfüttern!«

»Welche Hühner?« Tommy sah Bens Angst und amüsierte sich.

Jedenfalls gluckerte er kurz und schlug dann vor, zunächst mal abzuwarten.

Ben und Tommy gingen an die Bar und Tommy stellte ihm seine neue Bekanntschaft vor. Ben begrüßte sie mit einem kurzen, nervösen Lächeln. Sie hatte wirklich schöne Augen. Dann entdeckte er Angel.

Er stieß Tommy den Ellenbogen in die Rippen.

»Was zur Hölle?«

Tommy hielt sich die Hand an die gestoßene Stelle und sah ebenfalls zu Angel rüber.

Sie befand sich auf der anderen Seite, in der Nähe der Toilette, und sprach mit einem großen, dicken Hooligan mit gestreiftem Fußballtrikot. Neben seinen kräftigen Armen waren auch seine Glatze und sein Hals mit Tattoos übersät. Über seine rechte Wange schien eine Narbe vom Ohr bis zum Mundwinkel zu verlaufen.

»Mit wem spricht sie da?«, fragte Tommy.

»Was weiß ich. Mit dem Teufel?«, meinte Ben.

Angel deutete mit dem Kopf zu Ben. Ihr Begleiter blickte nun ebenfalls in Bens Richtung, und dann, als ob er nach Bestätigung suchte, wieder zurück zu Angel. Diese nickte.

Ben und Tommy schauten dem Gespräch aus der Ferne zu. Auch Tommys neue Bekanntschaft beobachtete das Geschehen.

»Mit dem würde ich mich nicht anlegen. Hat hier letzte Woche einen zu Brei geschlagen«, meinte sie überraschend trocken, nahm ihr Bier und tauchte in der Menge unter.

»Lass uns verschwinden!«, schlug Ben vor.

»Ja, das sieht nach Ärger aus«, erwiderte Tommy mit aufgerissenen Augen. Seine Stimme klang schrill.

Als sie zum Ausgang eilten, sahen sie, dass sich die tätowierte Glatze ebenfalls in Bewegung setzte und auf sie zukam. Zum Glück befand sich eine überfüllte Tanzfläche zwischen ihnen und dem Hooligan, sodass sie schneller beim Ausgang waren als er.

Ben und Tommy begannen zu rennen. Die Treppe hoch zur Straße. Der große Dicke hinterher. Dabei schubste er die Tanzenden einfach zur Seite. Draußen angekommen, fragte Tommy: »Wohin jetzt?«

»Keine Ahnung. Weg!«, antwortete Ben und rannte einfach die Straße runter. Tommy folgte ihm.

Ein kurzer Blick zurück bestätigte Tommys Befürchtung. Der Glatzkopf machte Jagd auf sie.

»Scheiße, er kommt!«

Tommy zog Ben in eine ansteigende gepflasterte Seitenstraße. Sie rannten sie hoch.

Der Hooligan kam ebenfalls die Straße raufgekeucht.

»Was hat dieser Wichser nur für ein Problem?«, brüllte Ben.

Nach weiteren zwanzig Metern bogen sie zwischen zwei Häusern in eine leicht abfallende Gasse ab. Etwas weiter unten kamen sie an eine Kreuzung mit vier möglichen Fluchtwegen.

»Wenn wir Glück haben, hängen wir ihn jetzt ab!«, sagte Ben zwischen seinen keuchenden Atemzügen.

»Mann, ich hätte nicht so viel trinken sollen«, sagte Tommy. »Normalerweise würde ich den locker abhängen.«

»Du solltest vor allem nicht so viel rauchen!«

»Das sagt der Richtige!«

Sie rannten weiter. Tommy verknackste sich auf dem Pflasterstein den rechten Fuß und verlor dabei einen seiner alten Latschen.

»Verdammt, verfluchte Scheiße! Ben, warte!«

Er fasste sich an den Knöchel und wollte schon zurück zu seinem Schuh humpeln, als Ben ihm unter die Schulter griff. »Lass ihn liegen«, schrie er und schleppte Tommy weiter.

An der nächsten Verzweigung stoppten sie kurz und prüften ihre Umgebung.

»Was ist, wenn er meinen Schuh findet?«, fragte Tommy besorgt.

»Der wird ihm nicht passen. Außerdem stinkt der zu sehr«, sagte Ben.

»Nein, ich meine, wenn er meinen Schuh hat, kann er ja auch mich finden.«

»Denkst du, der Fettsack sucht ganz Edinburgh ab, um jemanden zu finden, dem der Schuh passt? Du bist doch nicht das verdammte Aschenputtel!«

Hinter einem Wohnhaus fanden sie einen großen, mit einem Flachdach bedeckten Hauseingang, der nicht beleuchtet und umgeben von Gebüschen und Briefkästen war. Sie setzten sich dort hin und warteten völlig außer Atem ab.

»Oh Mann!« Bens Kopf war rot, der ganze Körper kribbelte. Er fühlte sich berauscht.

»Scheiße!«, sagte Tommy, gluckerte und zündete sich eine Zigarette an.

»Wie kannst du jetzt bloß rauchen? Ich kriege immer noch keine Luft!«, sagte Ben.

»Deinetwegen wurden wir durch halb Edinburgh gejagt! Außerdem habe ich meinen Schuh verloren! Ich brauche jetzt eine Zigarette!«, antwortete Tommy und hustete sich die Lunge frei.

Ben stand auf und streckte vorsichtig seinen Kopf aus dem Versteck. Er blickte nach rechts, dann nach links. Der Glatzkopf war weg. Die Anspannung ließ langsam nach.

»Oh Mann!«, wiederholte sich Ben und lachte. »Wo sind wir hier eigentlich?«

»Keine Ahnung«, sagte Tommy und zog so stark an seiner Zigarette, als wollte er sie mit einem einzigen Zug rauchen.

Ein paar Zigaretten später wagten sie sich vorsichtig aus ihrem Versteck und blickten die Straße auf und ab. Noch immer kein Hooligan in Sicht.

Tommy schaute sich um. Eine junge Frau trat etwas weiter die Straße runter zwischen zwei Häusern ins Laternenlicht.

»Dort drüben ist eine Frau. Lass uns sie nach dem Weg fragen«, sagte er.

Ben blickte in die Richtung, in die Tommy zeigte. Die Frau trug einen Trenchcoat mit hochgeschlagenem Kragen, der ihre langen Haare umschloss. An ihrer Schulter hing eine rote Handtasche. Sie trug schwarze Hosen und hohe Absätze, auf denen sie in schnellen, kleinen Schritten voranstelzte.

Die beiden eilten zur Frau hin.

»Entschuldigung«, fing Ben an.

Weiter kam er allerdings nicht, denn die Frau schlug ihm ihre Handtasche ins Gesicht, packte diese dann unter ihren Arm und rannte auf ihren Stöckelschuhen um Hilfe schreiend davon.

Es war schon nach Mitternacht. Die beiden sahen wohl nicht mehr sehr vertrauenswürdig aus. Vor allem Tommy, der mit nur einem Schuh über die Straße humpelte.

Schottischer Bindfadenregen setzte ein. Tommys Gluckern verstummte.

Spätnachts kamen sie in der Unterkunft an. Leise tappten sie zu ihrem Zimmer.

Ben schloss die Tür hinter sich.

»Dieser verdammte Idiot!«, sagte Tommy, dessen schuhloser Fuß triefend nass war. Dann setzte er sich aufs Bett.

»Was für ein Psycho!«, ergänzte Ben, während er aus seinem Rucksack eine Kekstüte hervorkramte und sich anschließend ebenfalls – klatschnass, wie er war – auf sein Bett schmiss. Er stopfte sich einen Keks nach dem anderen in den Mund.

»Hast du sein Tattoo gesehen?«, fragte er und schmatzte.

»Welches?« Tommy lachte höhnisch.

»Das Hakenkreuz auf seinem Hals. Ich konnte es erkennen, als wir im Club losgelaufen sind«, sagte Ben.

»Was?! Wer tätowiert sich so eine Scheiße?«

»Nazis, nehme ich mal an«, sagte Ben und stopfte noch mehr Kekse in sich hinein.

»Was stimmt mit diesen Typen nicht?« Tommy schüttelte seinen Kopf.

»Wahrscheinlich haben sie einen Vater zu Hause, der auch so ein Arschloch ist. Irgendwo müssen sie diese Gewalt gelernt haben. Ich wette, die wurden in ihrer Kindheit verprügelt«, meinte Ben. Im selben Augenblick erinnerte er sich daran, was Tommy ihm über seinen Vater erzählt hatte. »Sorry! Ich wollte nicht ...«, setzte Ben an, sich zu entschuldigen.

»Schon gut«, meinte Tommy. Er begann, mit seinem Zippo zu spielen. Er öffnete den Deckel und schloss ihn wieder. Klick. Klack. Immer wieder. Der Geruch von Benzin breitete sich aus. Dann begann auch er, reihenweise Kekse in sich hineinzuschieben.

Sein Knöchel schmerzte nicht mehr und er schien nach ein paar Keksen mit sich und der Welt wieder im Reinen zu sein.

»Oh Mann, was für ein Abend!«, sagte Tommy schließlich und gluckerte. »Scharf war sie aber«, meinte er dann.

»Wer?«, fragte Ben.

»Deine Braut«, antwortete Tommy und ergänzte: »Im Club.«

»Nicht mein Fall«, antwortete Ben. »Deine Freundin an der Bar hat mir besser gefallen. Sie hatte schöne Augen.«

»Schöne Augen?« Tommy lächelte mokant. »Stehst wohl mehr auf den Smiths-Typ?«, fragte er dann.

»Wahrscheinlich«, antwortete Ben.

Das Stichwort war gefallen und die beiden unterhielten sich noch über Musik. Auf eine Zigarette wurde aus Rücksicht auf die charmante alte Dame verzichtet.

13

Als Ben am Tauchplatz angekommen war, steckte er zuallererst eine Fahne am Ufer in den Grasboden, die den Bootsfahrern signalisieren sollte, dass ein Taucher im Wasser war. Dann baute er seine Ausrüstung zusammen und schlüpfte in den Trockentauchanzug. Er blieb einen Moment am Ufer stehen und betrachtete die Wasseroberfläche.

So vertraut, und doch bildet sie eine klare Grenze zwischen zwei komplett verschiedenen Welten, dachte er. Unscheinbar trennte sie Zivilisation und Wildnis. Die Wildnis unter Wasser hatte etwas Geheimnisvolles für ihn. Als würde sie eine verschworene Gemeinschaft beheimaten. Da unten konnte man verloren gehen. Das Leben an Land schien dem Leben unter Wasser völlig egal zu sein. Ob die Fische von uns wissen? Wie wir von einem Termin zum nächsten rennen? Wahrscheinlich nicht, dachte er. Konnten Fische ein Burnout haben? Er musste lachen, machte sich fertig und tauchte ab.

Seine Aufmerksamkeit galt zunächst nur seiner Atmung und natürlich seinen Instrumenten, die ihm verrieten, wie tief er tauchte, wie lang er schon unter Wasser war und wie viel Luft er noch hatte. Das Leben war plötzlich simpel.

Nach dem letzten Vorfall tauchte er nicht mehr allein in größere Tiefen. Das meiste Leben spielte sich sowieso im Flachwasserbereich ab. Diesen Herbst gab es außerordentlich viele Fische. Ben konnte ihr Treiben aus nächster Nähe beobachten. Aus Jägern wurden Gejagte und umgekehrt. Das Fressen und Gefressen werden geschah lautlos und undramatisch. Völlig selbstverständlich. In der einen Sekunde konnte ein kleiner Fisch noch hier sein – in der nächsten schon im Maul eines größeren. Keine Kondolenz, keine Trauerfeier – aber auch keine Siegerposen. Keine Erniedrigungen, dachte Ben. Die Fische nahmen sich nur so viel, wie sie zum Leben brauchten.

Ben wurde von einem Schwarm gefangen genommen. Wie im Auge eines Hurrikans war er von Tausenden kleinen Fischen umgeben, die ihn umkreisten. Er versuchte, sich nicht zu bewegen, um den Schwarm nicht zu stören. Die Fische schienen aber ohnehin Gefallen an den Luftblasen zu finden, die Ben in regelmäßigen Abständen ausblies. Ein paar große Hechte schwebten, ohne sich zu bewegen, unweit von ihm außerhalb des Schwarms und beobachteten neugierig das Schauspiel. Es war ein unbeschreibliches Gefühl. Ein paar Fische, und die Welt war in Ordnung. Er war erleichtert, dass er nicht nur in vierzig Metern Tiefe abschalten konnte.

Im Wissen darum, dass er nur Gast da unten war, verhielt Ben sich ruhig und agierte lediglich als Beobachter. Einfluss auf das Geschehen zu nehmen, kam für ihn nicht infrage. Es war an diesem Morgen, dass Ben beschloss, keinen Fisch mehr zu essen.

Am Nachmittag schlief Ben mit dem Buch in den Händen auf dem Sofa. Fay lag neben ihm und beanspruchte fast so viel Platz wie er.

Plötzlich schoss er mit beiden Beinen und Armen in die Höhe. Sein Herz raste. Benommen blickte er sich um. Wo war er? Er musste geträumt haben.

Das Festnetztelefon klingelte.

»Hallo?« Ben klang verschlafen.

»Ben? Bist du das?« Es war Bens Vater.

»Ja. Ich bin's. Hallo.« Ben rieb sich mit der Hand die Augen.

»Hast du geschlafen?«, fragte sein Vater mit einem vorwurfsvollen Ton.

»Was? Nein. Wie kommst du auf die Idee?« Ben räusperte sich. »Wieso rufst du überhaupt zu Hause an?«

»Dein Handy war aus«, erwiderte sein Vater.

Ben war verwirrt. »Wie viel Uhr ist es?«

»Was ist denn mit dir los? Es ist nach fünf«, antwortete sein Vater leicht genervt.

In diesem Moment kam Tim die Treppe runter. Ben sah ihn verblüfft an und winkte ihm kurz zu.

»Hör zu. Ich möchte, dass ihr am Dreiundzwanzigsten zu uns kommt. Zum Abendessen. Ivanas Sohn ist dann hier«, sagte Bens Vater bestimmt.

»Was? Ich weiß nicht. Ich glaube, da können wir nicht«, stotterte Ben.

»Wieso nicht?«, fragte sein Vater barsch. »Habt ihr schon was vor?«

»Nein. Mir geht es nicht gut. Ich bin krank«, stammelte Ben.

»Das verstehe ich nicht. Wieso weißt du jetzt schon, dass du dann krank bist?«

Ben nahm einen tiefen Atemzug, ballte die Hand zu einer Faust und meinte: »Ich habe ein ...« Er holte noch einmal Luft. »... ein Burnout.«

Ben hörte für einen Moment nur das Atmen seines Vaters.

»Das gibt es doch nicht!«, meinte dieser dann in schroffem Ton.

»Wie meinst du das?«, fragte Ben.

»Burnout. Dieses Theater! Jeder ist mal ein bisschen erschöpft oder hat schlaflose Nächte. Hatten wir früher auch!« Seine Stimme wurde lauter.

Ben wusste nicht, wie ihm geschah. Er schluckte leer, atmete nur oberflächlich.

»Ben? Bist du noch dran? Hast du mich verstanden? Geh mal an die frische Luft! Das wirkt Wunder!«, fuhr sein Vater fort.

»Okay. Ja. Ich muss jetzt los«, murmelte Ben.

Dann legte er auf. Es verging keine Minute, da klingelte das Telefon bereits wieder. Ben ließ es klingeln.

14

»Ich habe kein Selbstvertrauen mehr«, sagte Ben mit kleinlauter Stimme. Sein Blick haftete an der grauen Betonwand auf der gegenüberliegenden Straßenseite. Er drehte seinen Kopf und sah die Ärztin an. »Wie kann ich das zurückgewinnen? Früher habe ich nur so gestrotzt vor Selbstvertrauen.« Er hielt kurz inne. »Ich habe mich nicht darum gekümmert, was morgen war. Wenn ich etwas ausprobieren wollte, habe ich es getan. Wenn ich etwas erreichen wollte, habe ich dafür gearbeitet – ohne immer alles zu hinterfragen. Früher war es mir egal, was andere von mir denken. Nun bin ich so verdammt unsicher.«

Frau Dr. Lenz hielt den Blickkontakt. »Was war denn früher anders?«

Sein Blick wanderte von der Ärztin auf den Boden. Er erinnerte sich an die unbeschwerte Zeit. An die Abenteuer mit Tommy. Wieso war damals alles so leicht, fragte er sich. Er atmete schwer. »Ich bin erwachsen geworden«, meinte er dann knapp und zuckte mit den Achseln.

Er hasste seine Antwort. Auch wenn er nicht Peter Pan war, hatte er dem Erwachsenwerden und somit den Erwachsenen immer skeptisch gegenübergestanden. Jetzt gehörte er dazu. Hatte das Erwachsensein allein mit dem

Alter zu tun? Nein, das Alter empfand er eher als Vorteil. Schließlich brachte es viele Freiheiten mit sich. War es die Heirat, die Kinder? Auch das wollte Ben nicht glauben. Er liebte seine Frau und seine Kinder. War es der Beruf, die Verantwortung? Die Abhängigkeit von einem regelmäßigen Einkommen? Schon eher. Ben schaute aus dem Fenster. Er musste plötzlich an Holden Caulfield aus *Der Fänger im Roggen* denken.

Die Ärztin riss ihn wieder in die Behandlung zurück. »Es ist wahr«, stimmte sie ihm zu. »Mit dem Alter und mit Familie tragen Sie mehr Verantwortung. Dafür erhalten Sie auch etwas zurück. Außer, Sie sind mit einem Narzissten verheiratet.« Frau Dr. Lenz griff sichtlich aufgebracht zur Kaugummipackung, steckte sich einen mit einer schnellen Handbewegung in den Mund, kaute und atmete zwei-, dreimal ein und aus.

Ben sah die Ärztin verdutzt an. Verlegen fuhr er sich mit der Zunge über die Lippen. Die plötzliche Ruhe war seltsam. Wie ihr verzweifelter Griff nach den Kaugummis. Ben räusperte sich, um die Stille zu durchbrechen.

»Es gibt Menschen, die denken nur an sich selbst. Niemand sonst ist ihnen wichtig«, fuhr Frau Dr. Lenz fort. Sie schien sich wieder gefangen zu haben. »Denen ist nicht zu helfen. Von denen dürfen Sie sich nicht runterziehen lassen.« Sie blätterte kurz in ihren Notizen und sagte dann mit einem sachlichen Blick: »Wenn ich

Sie richtig verstanden habe, denken Sie außerdem, dass Sie wegen des Berufes nicht mehr so unbeschwert leben können wie früher. Können Sie das präzisieren?«

Ben wusste nicht, wo er anfangen sollte.

»Es ist wie in einem Bild von Escher«, begann er niedergeschlagen. »Jeder Schritt nach oben führt zwangsläufig wieder nach unten. Ich komme nicht von der Treppe weg. Sie hat kein Ziel. Nach jeder Arbeit, die ich erfolgreich abgeschlossen habe, kommt schon die nächste. Wenn ich mich verbessere, sehe ich noch mehr Dinge, die nicht perfekt sind. Mit jedem Lob höre ich Kritik.« Ben zog nachdenklich seine Augenbrauen zusammen und schüttelte den Kopf. »Mir fehlen die Zeit und die Energie, mich so zu entwickeln, dass ich zufrieden bin.« Er stockte. »Dass andere mit mir zufrieden sind.« Dabei fiel ihm das letzte Gespräch mit seinem Vater ein.

Frau Dr. Lenz machte eine ihrer lautlosen Notizen.

»Ich höre aus Ihrer Aussage Verschiedenes heraus. Da habe ich zunächst zwei Fragen: Erstens, fühlen Sie sich überfordert oder unterfordert in Ihrem Beruf? Zweitens, was erhalten Sie für ein Feedback von Ihren Mitarbeitern und Vorgesetzten?«

Ben musste nicht lange überlegen.

»Ich fühle mich bei meiner Arbeit eher unterfordert – aber nicht in meinem Leben. Die Rückmeldungen sind durchweg positiv. Trotzdem kann ich es nicht würdigen.«

»Haben Sie einmal überlegt, eine Laufbahnberatung zu machen? Vielleicht gäbe es für Sie noch andere Herausforderungen? Sie müssen nicht für immer dasselbe tun.« Die Ärztin schob mit Zeigefinger und Daumen ihre Brille zurecht.

»Tatsächlich habe ich vor ein paar Tagen einen Test bei einer Berufsberatung gemacht. Es waren zunächst vor allem generelle Fragen, den Charakter betreffend. Dann noch ein paar spezifische zu meinem Curriculum. Ich habe sie alle nach bestem Wissen und Gewissen beantwortet. Das Resultat war dann für mich überraschend.« Ben zog die Augenbrauen leicht hoch. »Der Test hat mir mehr oder weniger meinen Beruf in der Lebensmittelbranche vorgeschlagen. Den verdammten Beruf, den ich bereits ausübe.« Ben musste schmunzeln.

»Gibt es denn noch andere Interessen außer der Chemie und dem Tauchen?«, fragte die Ärztin.

»Ich habe früher viel gemalt.« Ben wurde nachdenklich. »Ist schon lange her. Es war meine Leidenschaft. Mein Ventil.« Er blickte melancholisch aus dem Fenster. »Aber damit lässt sich kein Geld verdienen.« Ben presste die Lippen zusammen und zog die Mundwinkel nach hinten.

»Sie können doch in Ihrer Freizeit malen. Als Hobby«, schlug die Ärztin vor.

»Ja. Das könnte ich«, antwortete Ben kleinlaut. Sein Blick hing wieder an der grauen Fassade hinter dem Fenster. Er dachte an seinen Berufsalltag, an das Familienleben. Wenn er nicht arbeitete, war er Ehemann, Vater und Hausmann. Da gab es nicht mehr viel Raum für kreative Entfaltungen. Wie hat meine Mutter das damals bloß geschafft, fragte er sich und stieß verblüfft die Luft aus der Nase aus.

»Möchten Sie noch etwas hinzufügen?«, fragte die Ärztin, die ihn die ganze Zeit ansah.

»Nein, nichts«, antwortete Ben.

»Gut.« Die Ärztin kritzelte etwas in ihre Notizen und blätterte um. Sie hatte ein leeres Blatt vor sich.

»Halten Sie sich für einen Perfektionisten?«, fragte sie.

»Ja«. Ben musste nicht lange überlegen. Er nickte, als fühlte er sich ertappt.

»War das schon immer so?«, stocherte sie weiter.

»Ich war im Studium sehr ehrgeizig – das bin ich auch heute noch. Ich gebe mich nicht so schnell zufrieden mit meiner Arbeit. Es gibt immer etwas, was ich besser machen könnte. Auch Bestnoten haben mich nie überzeugt. Oft hielt ich es einfach für Glück.« Ben knibbelte nervös an seinen Fingernägeln.

Die Ärztin nickte, als fühlte sie sich von Bens Aussage bestätigt.

»Lassen Sie mich Ihnen folgenden Rat geben: Gut ist gut genug – oft besser als perfekt. Sie müssen die Welt nicht ständig neu erfinden. Das erwartet niemand von

Ihnen. Auch Sie selbst sollten das nicht erwarten oder anstreben. Das können Sie gar nicht. Überlegen Sie mal, wie viel Zeit Sie in Ihren Perfektionismus investieren!«

Sie machte eine Pause und lehnte sich im Sessel zurück, so, als müsste Ben das Gesagte zunächst verdauen.

»Es ist nun mal so, wir haben nicht unendlich viel Zeit und Sie müssen sich gut überlegen, was Sie mit der Zeit, die Ihnen in Ihrem Leben geschenkt wurde, anfangen möchten!«, fuhr sie mit ernster Stimme fort. »Sie müssen jetzt leben. Sie erhalten die Zeit nicht zurück. Verbringen Sie mehr Zeit mit Ihrer Familie oder mit Ihren Hobbys, mit etwas, das Sie glücklich macht. Wir leben zum Glück in einem Land, wo wir uns das auch leisten können. Verbringen Sie keine Zeit mit Dingen, die Ihnen Energie rauben, ohne etwas zu bewirken. Gehen Sie haushälterisch mit der Zeit um. Füllen Sie, wo und wann immer es geht, Ihre Tanks auf! Ihr Verlangen nach Perfektionismus raubt Ihnen die letzte Energie, weil Sie das Unmögliche anstreben.«

Ben nickte. Es erschien logisch. Und dennoch verhielt er sich anders. Irgendetwas in ihm sorgte für Unruhe, für Antrieb. Sorgte dafür, dass er sich nie zufriedengab, dass er sich schuldig fühlte, wenn er nicht ständig nach Verbesserung, nach Perfektion strebte.

Wurden wir nicht alle so erzogen, fragte er sich. »Gib dein Bestes!«, pflegte sein Vater stets zu ihm zu sagen.

Was war das Beste? Das Beste für wen? Für ihn oder für seinen Vater? Ben wurde schwindlig. Er senkte seinen Blick zwischen die Beine auf den Boden. Das Gerede über den Perfektionismus war nachvollziehbar und doch etwas platt. Es sagte sich so leicht.

Die Ärztin beobachtete ihn. »Es ist nicht leicht, sich von einem Tag auf den anderen zu ändern. Aber Sie müssen daran arbeiten. Es ist wichtig«, sagte sie. »Beginnen Sie mit kleinen Sachen. Lassen Sie etwas Unvollkommenheit in Ihre Tagesplanung einfließen.«

Für einen Moment war es still. Ben atmete seinen Schwindel weg.

Er blickte zur Ärztin hoch. »Wie geht es Ihnen? Mit dem Rauchen, meine ich?«

Bens Frage kam für die Ärztin wohl etwas unerwartet. Sie lächelte verlegen. »Na ja, sagen wir es mal so. Ich bin froh, dass es diese Kaugummis gibt. Meine Absicht, mit dem Rauchen aufzuhören, kam zu einem denkbar ungünstigen Zeitpunkt.« Sie stand auf. »Ich möchte nächstes Mal über Ihr Selbstvertrauen sprechen. Für heute reicht es.« Ben erhob sich darauf auch von seinem Sessel und schlug mit den Händen leicht auf seine dunkelblauen Jeans, als wollte er etwas abklopfen.

»Denken Sie daran, was ich Ihnen bezüglich des Perfektionismus gesagt habe«, fügte sie noch hinzu, als sie Ben die Tür aufhielt.

Ben schritt zur Tür und sah in seinem Spiegelbild im großen Fenster, wie ein Haarbüschel von seinem Platz abgerückt war. Er ließ es, wo es war.

15

Ben begann, seine Ärztin zu mögen. Sie hatte sein Vertrauen gewonnen. Er sprach mit ihr über Dinge, wie er es sonst nur mit seiner Frau konnte. Das Umsetzen ihrer Ratschläge fiel ihm allerdings noch schwer. Dennoch begann er allmählich zu begreifen, dass er schlussendlich allein da durchmusste. Er selbst musste mit seiner Umgebung, mit den gesetzten Bedingungen seiner Umwelt, seiner Mitmenschen klarkommen. Nichts und niemand würde sich ihm anpassen.

Zu Hause angekommen, wollte er zunächst Tommy anrufen, tat es aber nicht. Noch immer schämte er sich für sein Burnout. Er hatte so lange keinen Kontakt mehr zu ihm gehabt. Es sähe so aus, als würde er sich nur melden, wenn es ihm schlecht ginge, dachte Ben.

Stattdessen holte er sich eine Tasse Kaffee aus der Küche und setzte sich auf das Sofa. Fay war ihm gefolgt, setzte sich demonstrativ vor ihn hin und sah Ben aus großen, braunen, vorwurfsvollen Augen an.

»Später, Fay. Wir gehen schon noch raus.« Er kraulte Fays dickes und wolliges Fell am Hals.

Ben nippte am Kaffee und ließ sich gedanklich wieder in die Zeit zurückfallen, als er mit Tommy unterwegs gewesen war.

Von Edinburgh aus waren sie mit dem Zug weiter nach Oban gefahren. Tommys Onkel war vor ein paar Jahren dorthin ausgewandert. Sie wollten ihn besuchen und ein paar ruhige Tage bei ihm und seiner Familie verbringen.

Auf der Strecke fuhren sie an hügeligen, wunderbar melancholischen Graslandschaften vorbei, an kleinen romantischen Wäldern, noch kleineren und heimeligen Landhäusern und unzähligen Burgen und Schlössern.

Tommys Onkel wartete bereits am Bahngleis und winkte ihnen zu. Nach einer herzlichen Begrüßung fuhren sie im Jeep zu seinem Haus etwas außerhalb von Oban. Es war idyllisch gelegen, umgeben von Nichts. Das war zumindest Bens erster Eindruck. Das Haus stand allein in einer hügeligen Graslandschaft. Er erinnerte sich noch genau an das Haus. Es war kein romantisches altes Landhaus aus dem neunzehnten Jahrhundert, eher ein Einfamilienhaus aus den Sechzigerjahren. Keine aufregende Architektur. Orangefarben. Doch es stand so selbstbewusst in dieser bezaubernden, aber rauen Landschaft und beherbergte sicher und stolz eine fünfköpfige Familie. So, als wüsste es um die Gefahren der Natur. Als würde es die Familie beschützen.

Nicht mal Vögel konnte man hier hören. Alles, was man vernahm, war der Wind. Blieb dieser aus, war es nur noch still. Diese Stille, diese raue Natur und die gleichzeitige Geborgenheit, das war es vor allem, woran sich Ben später noch gern zurückerinnerte.

Ben und Tommy saßen am ersten Abend mit der Familie zusammen am großen Tisch und genossen ihr Essen, das glücklicherweise nicht ihrer Gewohnheitsnahrung von Sandwich und Bier entsprach. Es standen viele kleine Happen in farbigen Schüsseln auf dem Tisch, ein ordentliches Stück Brot und eine Karaffe Wasser. Der Onkel stellte neugierig Fragen über Tommys Familie. Sie sprachen über alte Zeiten und lachten hin und wieder über das eine oder andere vergangene Ereignis. Die Kinder waren ebenfalls neugierig über ihren Besuch und fragten vor allem ihrem Cousin Löcher in den Bauch. Ben aß vergnügt und lauschte dem Gespräch. Wurde er angesprochen, wirkte er etwas unbeholfen. Dieses Familienidyll war für ihn ungewöhnlich. Zu Hause aß er meistens allein vor dem Fernseher Tiefkühlkost aus dem Ofen. Um nichts Falsches zu machen oder unhöflich zu sein, bedankte er sich ständig für alles Mögliche.

Nach dem Abendessen wollte der Onkel mit den beiden noch etwas weiterplaudern und lud sie deshalb zu einem Glas Whisky im Wohnzimmer ein. Die Ledersessel machten laute Geräusche, als sie sich setzten. Das Zimmer war nur spärlich beleuchtet. Der Onkel zündete ein paar Kerzen an und holte aus der Kommode unter dem Fernseher eine Flasche und eine Zigarre hervor. Er streckte Ben einen zur Hälfte gefüllten Tumbler entgegen. Ben schnupperte am Whisky. Ein rauchiger Geruch schoss ihm in die Nase. Dann prosteten sie einander zu und der Onkel zündete sich mit einem Streichholz die Zigarre an. Umgehend füllte starker Tabakgeruch den Raum. Der erste Schluck war für Ben eine Offenbarung. Das Getränk in seinen Händen war so geschmacksintensiv und rauchig, wie es sich schon in der Nase gezeigt hatte. Trotzdem war der Whisky nicht aufdringlich. Im Gegenteil. Er hatte etwas Elegantes. Das hatte nichts mit dem Whisky zu tun, den er bis jetzt verkostet hatte. Tommys Onkel konnte Bens Überraschung in seinem Gesicht lesen.

»Ist gut, nicht wahr?«, lächelte er.

»Ich hab so etwas noch nie getrunken«, sagte Ben mit großen Augen.

Tommy und sein Onkel sprachen noch über die Familie. Ben hörte ihnen zu, schnupperte immer wieder an seinem Whisky und genoss jeden Schluck davon. Seine Gedanken folgten zufälligen Strömen, und schon bald hatte er sich aus dem Gespräch ausgeblendet. Er lächelte zufrieden vor sich hin und freute sich auf die nächsten Tage bei Tommys Onkel und auf die kommenden Wochen ihrer Reise.

Nach ein paar Tagen verabschiedeten sie sich von der Familie und fuhren weiter über Fort William nach Inverness.

Die beiden klebten mit ihrer Nasenspitze am Fenster ihres Zugabteils und saugten den Anblick, der ihnen geboten wurde, geradezu auf. Da waren immer wieder diese majestätischen, aber irgendwie traurigen Hügel, dazwischen schwarze kleine Seen, umgeben von ein paar wenigen Nadelbäumen. Keine Straßen, keine Häuser. Weit und breit. Das Wetter war nicht besonders. Der Himmel grau. Aber immer, wenn sich ein paar Sonnenstrahlen ihren Weg durch die Wolken brannten und auf das Grün der Hügel stießen, leuchteten diese dramatisch auf.

Ehrfurcht. Das beschrieb die Empfindung beim Anblick dieser Landschaft wohl am besten, erinnerte sich Ben.

In Inverness blieben sie nur eine Nacht. Die Stadt war hübsch, aber klein und irgendwie touristisch langweilig. Nachdem sie Nessie bei ihrem Ausflug nach Loch Ness nicht entdecken konnten, fuhren sie weiter. Richtung Westen. Richtung Küste, tiefer in die Highlands hinein.

Es war ein Klischee, aber sie kamen sich so klein und unbedeutend vor in dieser Kulisse. Es war nicht nur die überwältigende Natur. Die vielen alten und zerfallenen Burgen mit ihrem verlorenen Stolz schlugen einem die eigene Vergänglichkeit um die Ohren. Sie waren Zeugen der Geschichte dieses Landes. Der Kriege, die hier geführt wurden. Der vielen Feste, die hier gefeiert wurden. All das Leben und Treiben. Die guten und die schlechten Zeiten. Sie waren vorüber. Geblieben waren Ruinen, die nur erahnen ließen, was hier einmal gewesen war.

Als sie mit dem Zug nicht mehr näher an die Küste herankamen, fuhren Ben und Tommy per Anhalter weiter. Ein älterer Herr, ein Schotte, nahm sie in seinem Truck mit. Er war sehr wortkarg, und wenn er sprach, verstanden sie nichts. Ben und Tommy wollten aber nicht unhöflich wirken und so lächelten und nickten sie, wenn sie es für angebracht hielten. Der ältere Herr lud sie nach kurzer Fahrt an der Küste in einem winzigen Dorf ab.

Da es hier nichts zu tun gab und auch kein Pub auszumachen war, zogen sie zu Fuß weiter. Spätnachmittags erreichten sie nach einer zweistündigen Wanderung einen steinernen Hügel ohne viel Grün. Der Blick auf das Meer war atemberaubend. Der Ozean erzeugte viele kleine, silbrig schimmernde Wellen, die sich mitunter zu größeren überlagerten. Trotzdem wirkte er ruhig. Kontrolliert. In der Ferne erhob sich vor ihm die Isle of Skye.

Es war kalt und windig. Wenigstens regnete es nicht. Spontan beschlossen sie, hier ihr Zelt aufzustellen. Bald saßen sie im windgeschützten Zelt, aßen ihr Sandwich und blickten wortlos aufs Meer. Glücklich und zufrieden.

Die Sommertage waren lang so hoch im Norden, sodass sie sich noch bei Dämmerung schlafen legten. Das Zelt war klein und hässlich gelb. Aber es war warm darin. Die beiden lagen nebeneinander in ihren Schlafsäcken.

»Denkst du, dass dein Onkel hier oben glücklich ist?«, fragte Ben.

»Ich denke schon. Er sah jedenfalls zufrieden aus«, antwortete Tommy und betrachtete die schwarzen Ränder unter seinen Fingernägeln. »Er konnte sich selbstständig machen und eine Familie gründen. Mit einem Haus.«

»Das wär wohl nichts für dich, was? Auf dem Land mit Familie.« Ben blickte zu Tommy rüber.

»Ich bin zwar eher der Stadtmensch, aber hier könnte ich es mir auch vorstellen. Es müsste in der Pampa sein. So wie bei meinem Onkel. Da bist du ungestört und kannst dein Ding machen.«

»Was für ein Ding?« Ben schnupperte an seinem Schlafsack und verzog sein Gesicht. Der alte olivgrüne Schlafsack roch nach feuchtem Keller. Ben versuchte, ihn ein Stück nach unten zu schieben, weg von seinem Gesicht. Er hing jedoch fest. Fluchend wälzte er sich hin und her.

Tommy schaute Ben belustigt zu und antwortete dann: »Das sagt man doch so. Ich weiß nicht. Musik. Malen. Schreiben. So etwas.«

»Und von was würdest du leben?« Ben hatte schlussendlich seinen Schlafsack dort, wo er ihn haben wollte.

»Na, ich wäre ein bekannter Künstler. Der Eigenbrötler aus der Pampa«, sagte Tommy und gluckerte. »Das wäre doch auch was für dich«, fügte er hinzu.

»Ein Leben als Eigenbrötler?« Ben sah Tommy prüfend an.

»Ja, das auch.« Tommy lachte. »Nein. Ich meine das mit dem Malen.«

Ben blickte stumm zur Zeltdecke.

»Mit deinem Talent könntest du sicher ein paar Bilder verkaufen und davon leben.« Tommy hatte sich auf die Seite gelegt und den Kopf aufgestützt.

»Ich weiß nicht. Ist doch nur Träumerei«, antwortete Ben. »Besser was Richtiges studieren.« Er spürte Tommys Blick.

»Das ist dein Vater, der jetzt spricht, oder? Nicht du.« Tommys Stimme wurde ernster.

Ben schwieg.

»Wieso hörst du überhaupt auf deinen Alten? Ich dachte, deine Eltern sind geschieden?« Tommy schnalzte mit der Zunge.

»Wer sagt denn, dass ich auf ihn höre?«, fragte Ben beleidigt.

Tommy antwortete nicht auf die Frage. Er legte sich wieder auf den Rücken. »Wir könnten gemeinsam hierhin auswandern«, sagte er dann ruhig. »Du malst die Bilder und ich verhökere sie.«

»Ja«, antwortete Ben. »Das wär cool.«

Tommy schlief kurz darauf ein. Ben hörte noch eine Weile dem Wind zu und wie er sich am Zelt zu schaffen machte. Dann schlief auch er ein.

Am Morgen wurden sie von einem Sturm wachgerüttelt. Ein harter und kalter Wind fegte über den steinigen Hügel. Sie zogen sich Hose und Schuhe an, packten alles zusammen und krochen umgehend aus dem Zelt, um nicht darunter begraben zu werden.

Der Regen traf sie im Gesicht wie winzige Kieselsteine.

Ben und Tommy machten sich so schnell wie möglich daran, das Zelt einzuholen, das wie das Segel eines Schiffes im Wind lag und nur von den vier Heringen im Boden gehalten wurde.

Da der Boden im Wesentlichen aus Moos und Stein bestand, gab dieser dem Zelt nicht viel Halt. Tatsächlich riss die nächste Böe das Zelt samt Heringen heraus und hob es in die Luft. Tommy kreischte laut und hell, während Ben hilflos zuschaute, wie das Zelt vom Wind mitgerissen wurde. Immer höher stieg es. Die Heringe fielen zu Boden, als wollte der Wind sagen: »Die könnt ihr haben, der Rest gehört mir!«

Die beiden starrten hilflos nach oben. Vor dem inzwischen dunkelgrauen Himmel musste das aufgeblasene gelbe Zelt von weithin sichtbar sein. Aus Osten drängten sich ein paar Lichtstrahlen durch das finstere Wolkengebräu und erhellten kurz das Zelt. Wäre es nicht Tommys Zelt gewesen, das hier die Hauptrolle in diesem Schauspiel innehatte, so wäre diese kunstvolle Inszenierung wohl von beiden sehr geschätzt worden. So aber begannen sie zu rennen. Keuchend sprangen sie auf dem Hügel über unzählige Steine in die Richtung, in die das Zelt getrieben wurde. Das Zelt wurde immer kleiner und verschwand schließlich hinter einer nicht erreichbaren Klippe.

Klatschnass, mit einer Zigarette im Mund und nun leichterem Gepäck, suchten Ben und Tommy den Weg, von dem sie gekommen waren. Nach rund einer Stunde fanden sie eine Straße. Da sie keine Ahnung hatten, wo sie sich befanden, legten sie ihre Rucksäcke ab und beschlossen, per Anhalter weiterzureisen. Der Sturm hatte sich inzwischen wieder etwas beruhigt und der Regen machte eine Pause.

»Hast du viel für das Zelt bezahlt?«, fragte Ben.

»Nein, es gehört – gehörte – meiner Cousine. Die wird sich freuen.«

»Sag ihr einfach, es wär uns gestohlen worden.«

»Nein, das ist schon okay.« Tommy nahm einen Zug von seiner Zigarette. »Scheiß Sturm!«, fügte er dann hinzu.

Die beiden lachten, setzten sich auf ihr Gepäck und warteten auf eine Mitfahrgelegenheit. Sie wollten noch am selben Tag auf die Insel Skye. Da die Gegend nicht so dicht besiedelt war, mussten sie länger als sonst warten, bis ein Fahrer sich ihrer erbarmte.

Sie erreichten den Fährhafen erst am späten Nachmittag. Die Überfahrt erfolgte wortlos. Zu stark zog der Ausblick auf die Berge und das Meer die beiden in den Bann. Der Himmel riss kurz auf und die Sonne zeigte, wozu sie imstande war. Die Berge, die Hügel, das Meer, sie alle wussten, wie sie sich in diesen Strahlen so richtig in Szene setzen konnten. Alle möglichen Blau- und Grüntöne kamen leuchtend zum Vorschein. Der Wind schob die nächste Wolke vor die Sonne, bis wieder ein paar Strahlen den Weg zur Erde fanden und die Inszenierung von vorn begann.

16

»Wie sieht es mit Ihrer Energie aus? Konnten Sie inzwischen Ihre Tanks wieder etwas füllen?«, fragte die Ärztin an einem neuen Termin, an einem neuen Tag.

Der Schreiber in ihrer Hand war überraschend ruhig. Aber die Haare sahen heute so aus, als wollten sie in alle Richtungen fliehen.

»Es geht mir besser als noch vor ein paar Wochen. Mein Herzrhythmus hat sich normalisiert. Ich bin ruhiger geworden«, antwortete Ben.

Die Ärztin nahm dies zufrieden zur Kenntnis.

»Ich möchte mit Ihnen über Ihr Selbstvertrauen sprechen. Hmm ... Wofür wurden Sie als Kind gelobt?«, fragte sie.

»Gelobt?« Ben schaute die Ärztin verdutzt an.

»Ja, können Sie sich erinnern, wofür Sie von Ihren Eltern gelobt wurden?«, fragte Frau Dr. Lenz erneut.

Ben überlegte länger.

»Ja, nein ... Ich weiß nicht. Mir fällt im Moment nichts ein.«

»Na ja, vielleicht, wenn Sie etwas gut gemacht haben, wenn Sie zum Beispiel Ihr Zimmer aufgeräumt oder gute Noten nach Hause gebracht haben?«

»Meine Eltern haben sich sehr über meine Promotion gefreut«, antwortete Ben schließlich.

»Das ist nicht loben, da waren Ihre Eltern stolz«, entgegnete Frau Dr. Lenz.

»Meine Mutter hat viel gearbeitet, mein Vater war nicht da ... Ich weiß nicht.« Ben massierte sich mit der Hand die Stirn. Er wollte nicht, dass seine Eltern in einem schlechten Licht dastanden. Er konnte sich an die Zeit mit seinen Freunden erinnern, an das Spielen in seiner Kindheit, an seine Schulzeit – wenn auch nicht gerne –, aber an ein Lob seiner Eltern konnte er sich nicht erinnern.

»Das macht nichts, vielleicht kommt Ihnen bis zum nächsten Mal noch etwas in den Sinn.« Die Notiz auf ihrem Block war kurz.

»Wissen Sie, was Selbstvertrauen ist?«, fragte Frau Lenz.

Ben überlegte. Als er keine Antwort gab, fuhr die Ärztin fort.

»Das Selbstvertrauen hat mit der Wahrnehmung Ihrer Fähigkeiten zu tun. Damit, wie viel Sie sich zutrauen und wie viel Vertrauen Sie in sich selbst haben.« Die Ärztin saß aufrecht auf ihrem Sessel und sprach mit einer dozierenden Stimme.

Ben hörte gespannt zu.

»Die Tatsache, dass Sie sich im Beruf dauernd mit anderen vergleichen und denken, dass die anderen Ihnen überlegen sind, ist ein starkes Indiz dafür, dass Sie tatsächlich ein Problem mit Ihrem Selbstvertrauen haben. Auch, dass Sie Ihre Erfolge eher dem Glück zuschreiben als Ihren Fähigkeiten, ist ein deutliches Anzeichen.«

Bens Augen wurden größer. Er blies seine Wangen auf und ließ die Luft nur langsam entgleiten. Dann befeuchtete er mit der Zunge seine Lippen.

»Woher habe ich das?«, fragte er. »Das war nicht immer so!«

»Das ist schwierig zu sagen. Deshalb wollte ich wissen, ob Sie als Kind gelobt wurden. Oft sind es nämlich falsche Überzeugungen, die sich bereits in der Kindheit bilden. Wenn die Eltern oder Lehrpersonen dauernd mit hohen Ansprüchen zu Ihnen sprechen, vielleicht sogar mit Verachtung, dann kann sich die Idee ausbilden, nicht genug Ressourcen zu haben, um ein kompetenter Mensch zu sein.« Die Ärztin neigte etwas ihren Kopf und sah Ben mitleidig an, als wüsste sie bereits, dass dies bei Ben der Fall war.

Ben blickte bedrückt zur Uhr. Der Sekundenzeiger schien beinahe stillzustehen. Ein Schauer lief ihm über den Rücken. Für einen Moment dachte er, er müsste sich übergeben. Sie hatte recht. Stumm saß er da.

Die Ärztin beugte sich nach vorn. Durch ihre Brille fokussierte sie ihn und wartete, bis er sie ansah. Dann fuhr sie mit sanfter Stimme fort: »Sie müssen die negativen Gedanken loswerden. Darüber haben wir auch schon gesprochen. Das ist eine Übungssache. Das geht nicht von heute auf morgen.«

Ben nickte.

»Vermeiden Sie unbedingt, sich mit anderen zu vergleichen. Jeder hat seine Fähigkeiten und seine Grenzen. Wenn wir uns vergleichen, neigen wir dazu, nur die Fähigkeiten der anderen zu sehen und diese zu vergrößern. Deren Grenzen sehen wir nicht. Wir neigen dann auch dazu, unsere Fähigkeiten zu minimieren. Erkennen und akzeptieren Sie Ihre eigenen Fähigkeiten und Grenzen.« Sie richtete sich wieder auf, während ihr Blick nicht von Ben abließ.

Ben wandte den Kopf ab und schaute aus dem Fenster. Das graue Betonmonster starrte ihn an.

»Was ist ein Burnout?«, fragte Tim nach dem Abendessen.

Sebastian saß daneben und spielte mit seinem Legoraumschiff.

»Ich bin – war – erschöpft.« Hilfesuchend sah er zu Sarah. Ich hätte mich besser auf dieses Gespräch vorbereiten sollen, dachte er.

»Papa hat zu viel gearbeitet«, sagte Sarah und setzte ihr warmes Lächeln auf.

»Kann man zu viel arbeiten?«, fragte Sebastian, ohne von seinem Spiel abzulassen.

»Manchmal schon«, meinte Sarah sanft.

»Musst du ins Spital?«, fragte Tim. Er sah zunächst seinen Vater, danach seine Mutter besorgt an.

»Nein, es geht mir schon wieder besser.« Ben räusperte sich. »Ich meine, gut – es geht mir wieder gut.«

Tim schien beruhigt zu sein. Er nickte.

»Darf ich jetzt in mein Zimmer hoch?«, fragte Sebastian.

»Ich hab noch Hausaufgaben«, sagte Tim.

»Okay. Wenn ihr Fragen habt ...«, begann Ben.

»Nö«, meinte Tim, und weg waren beide. Ben schaute ihnen nach. »Meinst du, das war eine gute Idee?« Er drehte seinen Kopf zu Sarah, die begann, die Teller zusammenzustellen.

»Auf jeden Fall. Ich möchte nicht länger ein Geheimnis daraus machen«, sagte sie, ohne Ben dabei anzuschauen.

Ben horchte auf. »Hast du es wem erzählt?«, fragte er und kratzte sich über den Augen.

»Nein. Niemandem«, antwortete sie. »Und wenn – wäre das so schlimm?«

»Nein. Wahrscheinlich nicht. Ich möchte einfach selbst darüber entscheiden können.«

Sie standen auf und brachten das Geschirr in die Küche.

»Du gehst ja bald wieder arbeiten, dann werden die Leute so oder so darüber sprechen«, sagte Sarah.

»Welche Leute meinst du?«, fragte er.

»Ich meine deine Kollegen von der Arbeit.«

»Oh.« Ben räumte ein paar Teller in den Geschirrspüler.

»Du bist sicher nicht der Einzige in der Firma«, bemerkte sie.

»Mit einem – Burnout? Ich weiß nicht.« Ben machte immer eine kurze Pause vor diesem Wort. Er hasste es.

»Deinem Vater hast du es aber erzählt?«, fragte Sarah.

»Ja. Er weiß Bescheid. War aber nicht begeistert.«

»Du kennst ja deinen Vater.« Sarah lächelte. Sie spülte einen Topf ab.

»Ja«, antwortete Ben knapp.

17

Sie hatten die Insel Skye noch am frühen Abend erreicht.

»Wo wollen wir übernachten?«, fragte Tommy.

»Na, zelten werden wir diese Nacht offenbar nicht!«, entgegnete Ben und blickte zum Himmel, als ob das Zelt noch da oben wäre.

»Meinst du, dass es hier ein Bed and Breakfast gibt?«

»Keine Ahnung.« Tommy zuckte mit den Achseln. Seine Hände hatte er in die Taschen gesteckt.

»Da vorne ist ein Pub. Vielleicht können die uns weiterhelfen.«

»Ich habe sowieso Hunger. Und ein Bier könnte ich auch vertragen!«

Die Prioritäten waren gesetzt.

Im Pub angekommen, nahmen sie in der Nähe des Pooltisches Platz. Das Pub war sehr traditionell, alt, mit einem verschnörkelten, aus Holz gearbeiteten Bartresen, der zwei größere Räume abtrennte. In einem der Räume stand der Pooltisch, im anderen thronte in der Mitte der Wand gegenüber vom Fenster, aus dem man den Atlantik erspähen konnte, ein großer Kamin. Überall an den Wänden hingen Bilder von Fischern und ihren Fängen, von Fußballspielern und anderen schottischen Helden. Die Tische und Bänke waren nicht so alt wie das Pub. Trotzdem hatten sie schon einiges erlebt. Das verrieten die vielen Kratzer und Kerben und vor allem ihr Geruch. Eine Mischung aus Bier, Tabak, Frittieröl und Fisch.

Ben und Tommy bestellten sich je ein Lager und einen Burger. Der Barkeeper bediente sie wortlos. Auch die Frage, ob es in der Nähe ein Bed and Breakfast gebe, rief nur eine Mischung aus Achselzucken und einem Kopfschütteln hervor. Wobei das Kopfschütteln höchstens einer halben Kopfdrehung entsprach. Dann zog er sich mit der Bestellung wortlos in die Küche zurück.

»Was machen wir jetzt?« Ben sah Tommy fragend an.

»Lass uns eine Runde Pool spielen, bis das Essen kommt«, sagte dieser.

Die beiden hatten kaum eine Runde gespielt, als das Essen und die Getränke serviert wurden. Wiederum wortlos, dieses Mal mit einem halben Kopfnicken. Ben und Tommy beendeten das Spiel frühzeitig und machten sich über die Burger her. Nach dem Essen vertieften sie sich mit ein paar Zigaretten und noch mehr Lager in wichtige Gespräche über Musik.

Um sie herum füllte sich das Pub allmählich. Der Pooltisch wurde inzwischen rege von Einheimischen genutzt. Ben und Tommy hatten mittlerweile genug Pints getrunken, um diese mutig herauszufordern. Tommy wagte es als Erster, ein Pfundstück auf den Tisch zu legen. Das war die Herausforderung. Der Verlierer des aktuellen Spiels schied aus, der Gewinner blieb. So kam Tommy zu seinem Spiel.

Er schlug sich recht ordentlich, der Schotte war aber eindeutig der bessere Spieler und gewann schlussendlich. Gesprochen wurde nicht viel. Ben hatte auch schon eine Pfundmünze gesetzt und war als Nächster dran. Der Schotte begann und brillierte mit den ersten Stößen. Ben dachte schon, er würde gar nicht erst zum Spielen kommen. Doch dann vermasselte es der Schotte: Die weiße Kugel traf seine grüne nicht wie gewünscht, worauf diese knapp das Loch verfehlte. »Fuck! Damn it!«, fluchte er und trat einen großen Schritt vom Tisch zurück, um Ben Platz zu machen. Endlich kam dieser zu seinem ersten Stoß. Lager und Tabak verliehen Ben nicht gerade eine ruhige Hand, dafür aber eine gehörige Portion Selbstvertrauen. Er hielt mit. Der Schotte hatte schließlich noch zwei Kugeln zu versenken. Die erste Kugel traf jedoch nur die Bande, sodass Ben wieder dran war. Auch bei ihm waren es noch zwei Kugeln. Bevor Ben ansetzte, überlegte er kurz, ob es eine gute Idee war, als Fremder das Spiel zu gewinnen. Der Abend war bereits fortgeschritten und alle im Pub hatten schon ordentlich getrunken. Noch war die Stimmung ausgelassen und heiter. Aber was, wenn er als Ausländer, als Tourist, einen Einheimischen besiegte? Ben konnte nicht anders, versenkte seine Kugeln souverän und gewann das Spiel.

Der Schotte schaute verdutzt auf den Tisch und dann in Bens Gesicht. Als er realisierte, was gerade passiert war, nahm er den Queue in die rechte Hand und ging auf Ben zu. Für einen Moment dachte Ben, es gäbe Ärger. Der Schotte aber öffnete seine Arme, nahm Ben zur Brust und gratulierte ihm grinsend zum Sieg. Dann stellte er sich vor.

»Ich bin Ian. Wer seid ihr?« Mit der freien Hand signalisierte er dem Barkeeper, dass er drei Pints benötigte.

Ben und Tommy stellten sich als Touristen vor.

Immer wieder wurde auf ein neues Spiel gesetzt. Mal war Tommy dran, er gewann allerdings nie, dann wieder Ben. Sie spielten praktisch den ganzen Abend. Um etwa Viertel vor elf läutete der Barkeeper die kleine Glocke rechts über dem Tresen und schrie: »Letzte Runde, Leute! Letzte Runde!«

Kurz nach elf versperrte er die Tür mit einem großen, schweren Schlüssel und überprüfte dann, ob sie wirklich zu war, indem er ein paarmal an der Türklinke rüttelte. Die Sperrstunde galt offenbar nicht für Gäste diesseits der Tür. So spielten und tranken Ben und Tommy noch bis nach Mitternacht weiter.

»Wo wohnt ihr hier auf der Insel?«, wollte Ian wissen, als alle drei gerade nicht am Spielen waren. Dass sie noch keine Unterkunft für die Nacht hatten, war ihnen bis jetzt entweder egal oder sie hatten es vergessen.

Tommy sah kurz zu Ben rüber, als ob der eine Antwort hätte, und meinte schließlich: »Keine Ahnung. Wir dachten, es gäbe hier ein Bed and Breakfast in der Nähe oder so.«

Ian stammelte gut angetrunken irgendwas auf Schottisch, was schwer zu verstehen war. Alles, was sie mitbekommen hatten, war, dass er einen Schlafplatz für sie hätte. Ob sich dieser bei ihm zu Hause oder an einem anderen Ort befand, war ihnen entgangen. Mangels Alternative nahmen sie jedoch dankend an. Und so folgten sie dem Schotten mitsamt Gepäck in die Nacht hinein.

Sie gingen die kleine Straße entlang an ein paar farbigen Häusern vorbei. Das Meer auf der anderen Straßenseite rauschte friedlich. Lange waren sie nicht unterwegs, als sie zu einem Wäldchen kamen. Umgeben von Bäumen stand dort in einer Lichtung ein Wohnwagen. Ian deutete auf diesen und bewegte sich auf ihn zu. Taumelnd blieb er davor stehen und versuchte, einen Schlüssel aus seiner Hosentasche hervorzukramen. Nach einigen Misserfolgen gelang es ihm. Die nächste Herausforderung bestand darin, das Schlüsselloch mit dem Schlüssel zu treffen. Tommy gluckerte. Ian fluchte.

Als der Wagen endlich offen war, machte Ian das Licht an.

»Kommt rein.« Seine Stimme kratzte. Er ließ die Tür offen und ging vor. Dann deutete er auf die eine Seite des Wohnwagens, auf der sich ein Sofa befand. Das war wohl Tommys und Bens Schlafplatz. Am anderen Ende befand sich Ians Bett.

»Hast du eine Toilette?«, fragte Tommy, der nervös wie ein kleiner Junge von einem Bein auf das andere hüpfte. Ian zeigte mit der Hand nach draußen. Tommy verschwand hinter einem der Bäume.

Als Tommy und Ben sich für das Schlafengehen bereit machten, ging Ian raus. Er blieb ein Weilchen weg. Vielleicht eine Viertelstunde oder mehr. Die beiden machten sich keine großen Gedanken um sein Verbleiben. Was sie allerdings stutzig machte, war die Flasche Whisky, die Ian unter dem Arm trug, als er wieder zurückkam.

»Wo hast du die her um diese Zeit?« Ben schaute ihn mit großen Augen an.

Ian meinte nur, dass es hinter den Bäumen ein Einfamilienhaus gebe, in dessen Keller mehrere Whiskyflaschen lagerten, und dass um diese Zeit sowieso alle schliefen. Schließlich sei es ein Wochentag.

Die beiden waren sich nicht sicher, was sie mit dieser Information anfangen sollten. War der Schotte in das Haus nebenan eingebrochen, um eine Flasche Whisky zu stehlen? Ben blickte zu Tommy, der nur mit den Schultern zuckte.

Ian öffnete die Flasche, holte aus einem Schrank neben der Tür drei kleine Gläser und schenkte ein. Die Flasche wurde brüderlich geteilt. Ian prahlte noch mit seinen Erfolgen beim Poolspiel und erzählte etwas über seine Familie. Ben konnte dem Schotten nur schwer folgen. Ob es am Dialekt lag oder an dem vielen Bier und Whisky? Wahrscheinlich an beidem, dachte Ben. Irgendwann knallte er auf die Matratze und war weg. Der Schlaf kam und dauerte bis in den späten Morgen hinein.

Ben und Tommy hatten überraschend gut geschlafen. Tommy auf dem Sofa, Ben auf dem Boden auf einer Luftmatratze, deren Luft allerdings aufgrund eines Lecks nach wenigen Minuten entwichen war. Als die beiden wach waren und sich umschauten, war Ian weg.

»Vielleicht musste er zur Arbeit«, sagte Ben.

»Vielleicht räumt er aber auch gerade das Nachbarhaus aus und kommt bald mit einer Kunstsammlung und einem Tresor zurück«, sagte Tommy und gluckerte.

Nachdem die beiden angezogen waren, kam Ian tatsächlich zurück. Allerdings ohne Beute. Nüchtern und bei Tageslicht betrachtet, war er deutlich jünger, als sie gestern noch gedacht hatten. Er war höchstens zwei oder drei Jahre älter als sie.

»Ihr könnt nebenan auf die Toilette, wenn ihr müsst. In der Küche gibt's was zu futtern.« Er grinste und deutete auf das Nachbarhaus. Obwohl es nüchtern etwas einfacher war, ihn zu verstehen, sahen die beiden zunächst einander und dann Ian so an, als hätten sie gar nichts verstanden. Also führte er Ben und Tommy in den Garten und durch eine Hintertür ins Nachbarhaus.

»Sind die Besitzer in den Ferien?«, fragte Ben flüsternd.

Tommy zuckte nur mit seinen Achseln.

Als sie die Küche betraten, stand eine Frau vor dem Herd und bereitete Eier zu. Sie drehte sich um, lächelte und begrüßte die beiden. Es war Ians Mutter.

Ben schüttelte der Frau erleichtert die Hand. Tommy gluckerte vor sich hin. Dann wurden sie von ihr großzügig mit frischem Rührei, Toast, Bohnen in Tomatensauce und gebratenem Speck verwöhnt.

Nach dem Frühstück verabschiedeten sich Ben und Tommy von Ian und seiner Mutter und bedankten sich tausendmal für die Gastfreundschaft.

Fay riss Ben aus seinen Erinnerungen zurück. Sie sprang auf das Sofa und stupste ihn zunächst mit der Pfote, dann mit ihrer Schnauze an.

Ben schaute Fay mit großen, überraschten Augen an. Erst da realisierte er wieder, wo er war.

»Ist ja gut. Wir gehen jetzt.«

Er begab sich zur Diele, wo Fays Leine an einem Haken an der Wand neben dem Eingang hing, und leinte sie an. Dann schlüpfte er in seinen dunkelblauen Dufflecoat und zog seine schwarzen Stiefel an.

Er dachte an Schottland. Alles war damals so einfach gewesen mit Tommy. Alle Probleme hatten sich fast wie von selbst in nichts als Erinnerungen aufgelöst. »Was bin ich bloß für ein Weichei geworden«, sagte er zu sich selbst, als er mit Fay aus der Tür trat.

Auf ihrem Weg kamen sie zur mächtigen Buche, die es ihm schon auf früheren Spaziergängen angetan hatte. Sie war noch immer so anmutig und schön, wie er es den Kindern und Sarah zu beschreiben versucht hatte.

Er blieb stehen und betrachtete sie. Ihr Stamm war rundum mit einer leichten hellgrünen Moosschicht bedeckt. Er war verdreht. Das hatte er noch nie bemerkt. Es schien, als hätte sie sich auf ihrem Weg in die Höhe einmal um sich selbst gedreht.

Da es nicht weiterging, legte sich Fay neben ihn und schnüffelte ihren beschränkten Halbkreis ab.

Er blickte den Stamm entlang nach oben zur Baumkrone. Es war ruhig. Kein Wind, keine Menschen. Er spürte eine Wärme. Ging die von der Buche aus? Ben fühlte sich plötzlich ganz leicht. Als wären seine schlechten Gedanken mit seinem Blick ebenfalls die Baumkrone hochgeglitten und von dort über die Äste und Zweige in alle Richtungen verstreut worden. Er war leer – aber auf eine gute Weise.

Er ließ die Leine fallen und konnte in dem Moment nicht anders, als die Buche spontan zu umarmen. Ihr Stamm war so dick, dass er mit den Armen nicht mal bis zur Hälfte kam. Er legte die Wange auf das Moos. Es fühlte sich gut an.

Er hatte mal davon gelesen. Von Menschen, die in den Wald gingen, um Bäume zu umarmen. Damals hatte er nicht gewusst, was er als rational denkender Wissenschaftler davon halten sollte.

Ab diesem Tag konnte Ben es morgens kaum abwarten, seine Buche wiederzusehen.

»Ich war neulich wieder bei der Buche«, erzählte er Sarah eines Abends. Sie saßen draußen im Garten auf der Lounge. Vor ihnen loderte ein Feuer in einer Metallschale. Sie tranken Bordeaux.

»Ich habe sie umarmt.«

Sarah wandte ihren Blick vom Feuer ab und schaute Ben leicht belustigt an.

»Im Ernst«, meinte Ben und sah ihr in die Augen.

»Okay«, meinte sie. »Das ist etwas ungewohnt. Ich meine, für dich«, sagte Sarah, um ihr Lächeln zu erklären. »Gab es einen speziellen Grund?«, fragte sie.

»Nein. Mir war danach«, antwortete er. »Glaub mir, ich war mindestens so überrascht wie du.«

Sie nippten beide an ihrem Rotwein.

»In letzter Zeit spüre ich eine Veränderung«, fuhr er fort. Er blickte ins Feuer. Sein Gesicht reflektierte das unstete Licht.

»Es ist, als ob gewisse Wahrnehmungen – ich kann es nicht genau benennen – geschwächt wären. Als wären sie in den Hintergrund getreten und unwichtig geworden. Andere, unscheinbare und unwichtige Dinge nehme ich dagegen gestärkt wahr.«

»Ich kann dir nicht ganz folgen«, meinte Sarah und nahm einen Schluck, wobei sie Ben im Auge behielt.

»Es ist, als würde ich einen neuen Sinn entwickeln. Einen Sinn für etwas, was nicht stofflich ist und doch genauso präsent«, führte er aus.

»Du wirst mir jetzt aber nicht noch Scientologe oder so was.« Sie stieß ihm mokierend mit dem Ellenbogen gegen den Arm.

»Nein, das hat damit nichts zu tun«, antwortete er leicht verärgert. »Es ist, als ob alles, was wichtig war, plötzlich unwichtig wäre und umgekehrt. Ich kann es auch nicht wirklich beschreiben.« Nachdenklich betrachtete er das glühende Holz in der Feuerschale.

»Vielleicht hat es mit meinem Zustand zu tun, dass ich diese Dinge jetzt wahrnehme. Sind sie deswegen nicht real?«, fragte er eher rhetorisch. »Ich glaube, diese Dinge waren schon immer da.«

»Welche Dinge?« Sarah begriff noch immer nicht, was Ben ihr mitteilen wollte.

»Verständnisvolle Bäume, Fische. Als wäre alles eins.« Er hörte sich selbst und wie albern das klang. Er schwenkte sein Rotweinglas und leerte es dann mit einem großen Schluck.

Sie saßen beisammen am Feuer. Sarah rutschte näher an Ben heran und legte ihren Kopf auf seine Schulter.

18

An jenem Morgen, als Ben das erste Mal wieder zur Arbeit fuhr, war er nervös. Viele Gedanken gingen ihm auf einmal durch den Kopf. Bens Magen rebellierte. In seinem Hirn war nicht weniger los. Würde er den Tag, ohne zu erbrechen, überstehen? Das Temesta hatte er abgesetzt. Er musste ohne hier durch.

Auf dem Weg drehte er im Auto die Musik laut auf. Rise Against. Sein Herz raste. Wie ein Irrer schlug er mit der Hand im schnellen Takt der Punkrockmusik auf sein Lenkrad ein und sang mit. Die Verdrängung funktionierte, bis er in die Straße einbog, in der er arbeitete.

Er bremste, fuhr den Wagen an den Straßenrand und hielt an. Er konnte nicht weiter. Mit beiden Händen umklammerte er das Lenkrad. Das Auto hinter ihm begann zu hupen. Ben hörte es nicht und atmete. Das Glas ist halb voll, dachte er. Und dann: Scheiße noch mal.

Er machte die Musik aus und schloss die Augen. Atmen. Es tauchten Bilder von Sarah auf, wie sie sich küssten. Wie er die Kinder ins Bett brachte. Dann stand er mit Fay vor der Buche im Wald. Tommy lächelte und winkte ihm von der Isle of Skye zu.

Das Pochen im Hals wurde schwächer. »Okay, du kannst das«, sagte er sich zwischen zwei Atemzügen. Er beruhigte sich. Ben atmete noch ein paarmal ein und aus. Dann öffnete er seine Augen, setzte den Blinker und fuhr weiter.

Er parkte vor seinem Büro. Bevor er ausstieg, hielt er kurz inne, um seinen Zustand zu überprüfen. So weit, so gut. Nicht optimal, aber er würde es schaffen. Auf dem Weg zum Eingang streifte er seine feuchten Hände am Mantel ab.

Ein Kollege vom Labor kam gerade aus dem Büro der Marketingchefin und sah Ben kommen. Er lächelte und wartete, bis er bei ihm war. Der Kollege fasste Ben am Oberarm: »Schön, dich wieder hier zu haben.«

Die Herzlichkeit und das Mitgefühl, die er in dieser kurzen Berührung spürte, machten Ben Hoffnung.

Die Marketingchefin trat nun auch aus ihrem Büro.

»Hallo, Ben!« Sie strahlte. »Gut siehst du aus.«

»Danke, es war ein langer Weg.« Ben lächelte verlegen. Der Kollege vom Labor verabschiedete sich wieder. »Man sieht sich.« Er winkte Ben kurz zu.

»Ich weiß, wovon du sprichst. Meinen Mann hat letztes Jahr dasselbe Schicksal getroffen«, sagte sie. Der Ton ihrer Stimme war neutral. So, als würde sie über Butterbrote sprechen.

Ben schaute sie überrascht an. »Das habe ich nicht gewusst«, stammelte er.

»Na ja. Du bist nicht allein. Ich wünsche dir jedenfalls einen guten Start!« Sie klopfte Ben auf die Schultern und verschwand wieder im Büro.

Er ging noch ein paar Schritte auf dem blau gesprenkelten Teppich den langen Gang hinunter und stand dann vor seiner hellgrauen Bürotür.

Sein Name und seine Stellung waren auf einem rechteckigen silbernen Schild neben der Tür angebracht. *Dr. Ben Hartmann*, stand da, und in der Zeile darunter: *Head R&D*. Er griff zur Türklinke, atmete tief ein und betrat sein Büro.

Unverändert lag es vor ihm. Er hängte seinen Mantel an den Ständer neben der Tür. In kleinen, langsamen Schritten ging er auf seinen Arbeitsplatz zu und sah sich dabei immer wieder um. Der nach künstlichen Orangen riechende Duft des Reinigungsmittels ließ ihn leer schlucken. Sein Mund war trocken. Dann setzte er sich auf den schwarzen Ledersessel mit der langen Rückenlehne vor seinen Tisch. Vor ihm lächelte ihn seine Familie und Fay aus einem schmalen silbernen Rahmen an. Wieder hielt er kurz inne.

Den ersten Schritt hatte er geschafft.

Während des Tages wurde er meist herzlich von seinen Kolleginnen und Kollegen begrüßt. Eine Handvoll erkundigte sich nach seinem Befinden. Ben gab erstaunlich offen und direkt Auskunft über seine Gesundheit. Erstaunlich deshalb, weil er am Morgen noch nicht gewusst hatte, was er auf all die Fragen, die kommen würden, wirklich antworten sollte. Noch immer schämte er sich für sein Burnout.

»Andere haben das Thema Burnout nicht angeschnitten und so getan, als wäre ich nie weg gewesen«, erzählte er Sarah am Abend. Sie saßen nebeneinander auf dem Sofa.

»Eine Kollegin fragte mich, ob ich mich ausruhen konnte. Sie meinte, sie sei manchmal auch müde nach der Arbeit.« Ben schüttelte den Kopf. Es war dieselbe Kollegin, die er mal auf einem Spaziergang angetroffen hatte.

»Wie hat dein Chef reagiert?«, fragte sie und stellte ihre Füße auf den Salontisch, sodass ihre Beine angewinkelt waren.

»Eigentlich hatte ich erwartet, als Erstes ins Büro vom Kliegel gehen zu müssen. Quasi als Begrüßung«, antwortete Ben. Er hob seine Füße ebenfalls und platzierte sie neben Sarahs. »Um sicherzustellen, dass man mir die Arbeit wieder anvertrauen kann«, bemerkte er in einem spöttischen Ton.

Sarah nickte und nahm einen Schluck aus ihrem Wasserglas. »Hätte ich auch erwartet«, sagte sie, als hätte sie die Bemerkung überhört.

»Ich habe aber nichts von ihm gehört«, sagte Ben und hob verwundert seine Augenbrauen.

Sarah zuckte nur mit den Achseln.

»Den ganzen Tag, obwohl er im Haus war«, fügte Ben hinzu, um der Tatsache, nichts von Kliegel gehört zu haben, mehr Gewicht zu verleihen.

Ben wusste nicht, ob er über das Verhalten seines Chefs erleichtert oder düpiert sein sollte. Er entschied sich für weder-noch und nahm an, dass es wohl irgendeinen Grund geben würde für das Schweigen, es ihm letztendlich aber egal sein konnte.

»He«, sagte Sarah. Sie stupste ihn mit ihrem Bein sanft an und lächelte. »Du hast es geschafft!«

Die ersten Arbeitstage verliefen ohne Auffälligkeiten. Ben versuchte, sich nicht von negativen Gedanken ablenken zu lassen und seinen Job so gut wie möglich zu machen. Er scheute allerdings den Kontakt zu seinen Kollegen. Er kam, verrichtete seine Arbeit und ging nach Hause.

Abends war er erschöpft. Einen Tag in der Woche, dachte er. Das war alles, wozu er momentan imstande war.

Nachts hatte Ben wieder vermehrt Albträume. Sie hatten alle mit der Arbeit zu tun. Nicht selten blamierte er sich in seinen Träumen vor den Arbeitskollegen. In anderen Träumen wiederum gelang es ihm nicht, etwas zu erledigen oder zu erreichen. Zum Beispiel musste er einmal zu einem wichtigen Treffen. Er wusste, um welche Zeit es war, aber nicht, wo. Planlos irrte er im Haus umher. Er ging von Büro zu Büro, in der Hoffnung, den richtigen Ort zu finden. Aus Angst, sein Gesicht zu verlieren, traute er sich nicht, jemanden zu fragen. Immer schneller raste er den dunklen Flur entlang von Tür zu Tür. Als er schließlich das richtige Zimmer gefunden hatte, warteten bereits alle auf ihn. Er trat hinein. An einem langen, ovalen Tisch saßen Unbekannte in schwarzen Anzügen, weißen Hemden und schwarzen Krawatten. Die Frauen trugen schwarze Blazer und graue Blusen. Alle schauten zu ihm rüber, sprachen aber kein Wort. Dann lief ihm ein kalter Schauer über den Rücken. Er hätte das Meeting leiten sollen. Er war überhaupt nicht vorbereitet. Eine Frau, die auf der anderen Seite des Eingangs saß, trug eine schwarze Sonnenbrille. Sie hämmerte eine Notiz in ihren Laptop. Kalter Schweiß bildete sich auf Bens Stirn. Er versuchte zu improvisieren. Da er aber nicht mal den Grund für das Treffen kannte, hielt er einen Vortrag zum falschen Thema. Niemand hörte ihm zu. Dann rannte er weg. Den Flur entlang. Alle Bürotüren zum Flur hin waren geschlossen. Der Flur selbst wurde immer länger und länger. Ben war allein. Seine Beine wurden schwer. Er kam nicht mehr vom Fleck. Er wollte rennen. Aber nicht einmal das gelang ihm noch.

Neulich war er mit Alexander, seinem Stellvertreter, am Mittag in der Kantine gewesen. Ben wollte von ihm auf den neusten Stand gebracht werden. Alexander war ein paar Jahre jünger und etwas kleiner als Ben. Er hatte in Basel Chemie studiert und in den USA promoviert. Verheiratet war er nicht, Kinder hatte er auch keine. Alexander berichtete von den Ergebnissen einer Forschungsarbeit, an der er und einige Mitarbeiter von Ben beteiligt waren. Die Ergebnisse seien letzte Woche viral gegangen. Sogar Kliegel höchstpersönlich habe ihn gebeten, eine Präsentation zusammenzustellen. Alexander machte kaum eine Pause beim Sprechen. Sein Essen hatte er noch nicht angerührt. Er sei völlig euphorisch und arbeite seither achtzehn Stunden am Tag an der Weiterentwicklung. Er sei überzeugt davon, dass sie an etwas Bahnbrechendem dran seien.

»Stell dir vor, was für Perspektiven sich daraus ergeben würden«, meinte er.

Ben war perplex. »Wieso weiß ich nichts davon?«, fragte er.

»Kliegel wollte dich damit nicht belasten. Außerdem erzähl ich es dir ja gerade.«

Dann sprach er weiter. Ben sah, wie sich Alexanders Lippen bewegten, wie er mit den Händen gestikulierte, wie sein Essen noch immer unberührt vor ihm lag, wie er sein Handy hervorkramte und Ben ein Diagramm zeigte. Wie er sein Handy auf den Tisch legte, seine Lippen sich noch immer bewegten. Er spürte den kalten Schweiß auf seiner Stirn. Sein Blickfeld verjüngte sich konzentrisch. Ben wollte ein Glas Wasser trinken. Beim

Anheben merkte er aber, dass er es nicht bis zum Mund schaffen würde. Er konnte es nicht ruhig halten, also stellte er es wieder hin. Alexander schien nichts bemerkt zu haben und immer noch zu sprechen.

19

Mittlerweile war es Herbst. Mehr als fünf Monate nach Bens Burnout waren vergangen. Die Novembertage verschmolzen zu einem grauen Brei. Ein Tag verging, dann der nächste. Jeder verlief genauso wie der zuvor. Es war kein besonders kalter November. Auch der dicke, tief liegende Nebel, der sonst für eine gewisse Romantik sorgte, blieb aus. Es gab nur Hochnebel. Die Art von Nebel, die den Himmel lückenlos bedeckte und weder Sonne noch Mond oder den Sternen gestattete, sich zu zeigen. Hier und da gab es etwas Regen. Aber auch dieser entsprach mehr einem Nieseln als einem richtigen Herbststurm.

Eigentlich mochte er diese Zeit. Es wurde ruhiger. Anders. Wenn der Nebel dick war, konnte er den Horizont verschlingen. Die Menschen waren dann weiter weg. Hinter dem Nebel. Mit dem ersten Schnee würde noch mehr Ruhe kommen. Er würde den Verkehr zum Erliegen bringen. Er würde die Ordnung auf der Erde wiederherstellen. Wichtiges von Unwichtigem trennen.

Dieser November aber war langweilig und grau. Entsprechend war seine Stimmung. Müde, lustlos, Tage abhakend.

Das Leben im See zog sich mit zunehmender Kälte in größere Tiefen zurück. Das Seegras verschwand. Der See wurde leer. Steine, Wasser, Dunkelheit.

Einer dieser langweiligen Novembertage hatte der Natur den letzten Glanz geraubt, als Ben mit Fay auf dem Weg zur Buche war. Er hatte seine marineblaue Fischermütze tief in die Stirn gezogen, den Kragen seiner braunen Jacke hochgestellt. Ein eisiger Nordostwind hatte Luzern im Griff.

Ben versuchte, sich an das letzte Gespräch mit seiner Ärztin zu erinnern. »Es ist in vielen Situationen wichtig, Beobachtung und Bewertung zu trennen. Nicht nur Beobachtungen von Ihnen, sondern auch von anderen Personen oder Situationen. Sie sollten lernen, nicht immer zu bewerten. Das ist der wichtige Punkt«, hatte sie gesagt. Ben wischte mit dem Handrücken seine Nase sauber.

Sie hatte recht. Manchmal konnte er beim Anblick eines neuen Praktikanten, der in Sandalen zur Arbeit kam, dessen ganzen Lebenslauf heraufbeschwören. »Du bist ein frustrierter Nörgler!«, hatte ihm sogar Sarah mal bei einem Streit an den Kopf geworfen.

Es solle ihm helfen, weniger Erwartungen aufzubauen, meinte die Ärztin. »Wer ständig bewertet, lebt dauernd mit einer gewissen Erwartungshaltung.«

Auch das war wahr. Vor allem die Erwartungen an sich. Der Ursprung seiner Frustration waren unerfüllte Erwartungen an sich.

Der letzte Gedanke blieb hängen.

Er musste lernen, Dinge hinzunehmen, wie sie waren.

Ich muss mehr Wein kaufen, dachte Ben und grinste.

Inzwischen hatte die Buche alle Blätter fallen lassen. Nackt stand sie vor ihm. Ihr Stamm war fest im Boden verwurzelt. Nach oben verzweigte er sich in kräftige, stolze Äste, die nach außen immer dünner wurden und schließlich in immer feinere Zweige mündeten, die in alle Richtungen abstanden und von Weitem an die Haare von Frau Dr. Lenz erinnerten.

Auch ohne ihre Blätter strotzte sie vor Selbstbewusstsein und Stärke. Die stolze Buche schien sich nicht zu fürchten vor dem Winter, vor dem, was kommen würde. Als wüsste sie, dass der nächste Frühling ihr die Krone wieder aufsetzen würde.

Ben atmete leicht. Mit dem Kopf im Nacken schloss er die Augen und lächelte. Fay fraß unbekümmert ein paar Grashalme am Wegesrand.

Auf dem Heimweg philosophierte Ben in seinem Kopf über Glück. Er hatte mal gelesen, dass gemäß einer Umfrage in Großbritannien die Leute am glücklichsten waren, wenn sie Sex hatten. Andere gaben an, dass sie beim Shopping Glück empfanden, und wieder andere, wenn sie Drogen nahmen.

Klar konnte bei den genannten Dingen Lust, Freude oder Ekstase empfunden werden. Als wäre man für einen Moment König der Erde. Diese Gefühle haben nichts mit Glück zu tun, dachte Bem. Glück ist nichts, das man fühlt, wie zum Beispiel Trauer oder Wut. Es ist auch nichts, das man besitzt, wie zum Beispiel ein gutes Los. Es ist mehr ein Sein an sich. Ben ging die letzten Worte nochmals im Kopf durch. Ergab das Sinn?

Jedenfalls war er zu dieser Erkenntnis gekommen, als das Glück ihn vor ein paar Tagen unverhofft heimgesucht hatte.

Es war eine flüchtige Begegnung gewesen. Das Glück war einfach gekommen, zwei, vielleicht drei Sekunden lang geblieben und war dann wieder weg. Als dies geschah, war Ben gerade in der Küche gewesen und hatte die Arbeitsplatte sauber gewischt. Keine Tätigkeit, die unter den Top Ten der britischen Studie zu finden war, dachte er. Definitiv nicht vergleichbar mit Sex oder der Wirkung von Drogen, auch wenn es Leute geben sollte, die Hausarbeit liebten. Und dann, in einem völlig belanglosen Moment, war Ben vollkommen zufrieden mit sich. Er wollte nichts, vermisste nichts. Hier und jetzt war alles gut. Er *war* einfach. Als hätte er alles, was ihn irgendwie beschäftigte, losgelassen. Ohne Wenn und Aber. Das war Glück.

Natürlich war er überglücklich gewesen, als er geheiratet hatte oder als seine Kinder auf die Welt gekommen waren. Aber das in der Küche war anders.

Vielleicht war es aber auch die Wirkung der Antidepressiva, die er spürte. Dann hieße es 1:0 für die Drogen, dachte der Wissenschaftler in ihm.

Zu Hause gab Ben Fay einen Kaustängel. Die Kaffeemaschine brummte, während er sich Milch aus dem Kühlschrank holte. Ein Magnet auf der Kühlschranktür mit einem goldenen keltischen Kreuz auf grünem Hintergrund erhaschte Bens Aufmerksamkeit.

Mit der Milch in der Hand starrte er das Souvenir aus den letzten Irlandferien an.

20

Ben und Tommy nahmen eine lange Zugreise auf sich, um Schottland zu verlassen und nach Nordengland zu fahren. Von dort brachte sie eine Fähre nach Dublin.

Sie verbrachten nur zwei Tage dort. Dublin gefiel ihnen ganz gut. In den verbleibenden zwei Wochen wollten sie allerdings noch mehr von Irland sehen. Auch von Nordirland.

Die Eisenbahnstrecke Dublin–Belfast war zu dieser Zeit berüchtigt. Man sagte, dass jeder zweite Zug wegen einer Bombendrohung gestoppt würde. Ben und Tommy wussten nicht, ob das, was man sich erzählte, auch den Tatsachen entsprach. Jedenfalls wurden sie und ihr Gepäck auf kriegstaugliche Utensilien untersucht, bevor sie den Zug betreten konnten. Vielleicht war tatsächlich was dran an dem Erzählten?

Der Zug erreichte ohne unerwünschten Halt und ohne Drohung Belfast. Gedroht wurde ihnen während der Fahrt nur in einem mehr oder weniger verständlichen Englisch von einem älteren mitreisenden Iren in ihrem Abteil. Ob es die laute Musik, die qualmenden Zigaretten oder das Bier war, was für Aufregung sorgte, konnten sie nicht verstehen. So machten sie die Musik aus, rauchten nur noch alle halbe Stunde eine Zigarette und tranken die Bierdose leer, ohne eine neue zu öffnen.

Ben und Tommy wurden schlagartig in eine alternative Realität versetzt, kaum dass sie einen Fuß auf den Bahnsteig der Lanyon Place Station in Belfast gesetzt hatten.

Bens Blick fiel auf zwei Soldaten. Sie trugen grüne Kampfanzüge und schwere schwarze Helme. Das Visier des einen Soldaten stand geöffnet vom Helm weg. Der andere hielt es unten, vor dem Gesicht. Beide hatten ein langes schwarzes Gewehr an der rechten Seite hängen. Am Gurt trugen sie auf der linken Seite jeweils einen Schlagstock. Noch andere Utensilien waren am Gurt befestigt. Ben konnte es nicht genau erkennen. Ein Messer oder eine Pistole, vermutete er. Seine Hände wurden feucht. Er schaute wortlos zu Tommy. Dieser starrte ebenfalls auf die Soldaten. Bens Herz hämmerte. Zögerlich und stumm liefen sie den Bahnsteig entlang in Richtung Ausgang, die Richtung, in der die Soldaten waren. Sie durchsuchten gerade die Taschen zweier Frauen. Die eine Frau war jung, vielleicht Anfang zwanzig. Sie hatte lockiges braunes Haar und trug einen langen blauen Mantel. In den Händen hielt sie eine geflochtene beigefarbene Tasche. Der Soldat mit gehobenem Visier stocherte darin herum. Stoisch ließ sie ihn gewähren. Die andere Frau war deutlich älter. Sie trug ein braun-weiß gemustertes Kopftuch und ebenfalls einen langen Mantel. Darunter blitzte auf Brusthöhe ein großes silberfarbenes Kreuz hervor. Ihr Mund und ihre Augen verrieten die Angst. Zögerlich hielt sie dem anderen Soldaten ihre Einkaufstasche hin.

Kaum waren Ben und Tommy an den Soldaten vorbeigegangen, kamen zwei weitere auf sie zu. Sie sahen exakt genauso aus wie die hinter ihnen. Der eine signalisierte mit gehobener Hand, dass sie stehen bleiben sollten. Der zweite sagte etwas, das Ben nicht verstand, und deutete auf seinen Rucksack. Ben bemerkte, wie seine Knie weich wurden. Nervös nahm er den Rucksack ab. Tommy tat es ihm gleich. Die Soldaten waren an ihnen allerdings nicht sonderlich interessiert. Sie gaben ihnen zu verstehen, einen Schritt von ihrem Gepäck zurückzumachen. Dann fielen sie über die Rucksäcke her.

»Willkommen in Belfast!«, sagte Tommy und lachte spöttisch, als sie weitergehen durften.

Ben war still.

Vor dem Haupteingang des Bahnhofs stand ein grünes gepanzertes Militärfahrzeug mit riesigen schwarzen Rädern. Eine kleine geöffnete Luke war über dem Vorderrad auszumachen. Die Öffnung zum Beifahrersitz. Auf dem Dach erhob sich eine blaue, von einem Metallgitter geschützte überdimensionale Glühbirne. Der Wagen wurde von zwei weiteren Soldaten flankiert.

Tommy blickte um sich. »Schauen wir uns nach einem Hotel um?«, fragte er, scheinbar unbeeindruckt von der Präsenz des Militärs.

Ben sah nach rechts die Straße runter. Ein weiterer Soldat stand vor einem Abfalleimer und prüfte vorsichtig mit der Spitze des Gewehrs dessen Inhalt.

»Ja, lass uns gehen. Weg von hier«, antwortete er.

Sie gingen die große Hauptstraße, die East Bridge Street, entlang in Richtung Zentrum. Rechts von ihnen kam an einer Ampel ein Panzerwagen zum Stehen. Aus der Luke auf dem Dach spähte ein Soldat. Seine Schusswaffe hatte er auf das Auto hinter sich gerichtet. Bens Blick wanderte vom Soldaten zum Autofahrer. Ein Mann mittleren Alters saß unbeeindruckt hinter dem Steuer des grauen Vauxhalls. Als die Ampel wieder auf Grün schaltete, sah der Soldat von seinem Ziel nicht ab.

Um ins Zentrum zu gelangen, mussten Ben und Tommy die Hauptstraße überqueren. Sie warteten zusammen mit anderen Passanten an der Fußgängerampel. Mitten auf der Straße unter der Ampel bemerkte Ben einen weiteren Soldaten.

»Es wimmelte hier von Militär!«, sagte er empört.

»Ist ja auch Nordirland«, bemerkte Tommy schulterzuckend.

Der Soldat unter der Ampel stand in seinen schweren Kampfstiefeln da und beobachtete sie. Ben schaute ihn ebenfalls an. Die Ampel wechselte auf Grün. Ben und Tommy gingen los. Der Soldat wich mit seinen Augen nicht von Ben ab. Im Gegenteil. Er wandte sich ihm zu, hob seine Waffe, setzte an und zielte direkt auf Bens Kopf.

Bens Knie ließen ihn fast zusammensacken. Seine Halsschlagader pochte. Ben zwang sich, weiterzugehen. Der Soldat behielt während der ganzen Zeit, bis sie die große Straße überquert hatten, Bens Kopf und seinen Gewehrlauf auf einer Linie. Der Schusslinie.

Ben wusste nicht, wie ihm geschah. Unter größter Anstrengung setzte er einen Fuß vor den anderen. Langsam. Bloß nicht auffallen. Aber nichts passierte.

Erst aus einiger Entfernung drehte sich Ben nach dem Soldaten um. Dieser hatte schon den nächsten Passanten im Visier.

Ben blieb kurz stehen, kramte aus seiner Hosentasche die zerknüllte Parisienne-Packung hervor und zündete sich mit zittriger Hand eine Zigarette an. Tommy beobachtete ihn.

»Was ist denn mit dir los?«, fragte er.

»Mir gefällt es hier nicht.« Ben nahm einen tiefen Zug.

»Wir sind doch erst angekommen«, erwiderte Tommy.

»Hast du denn die Soldaten nicht bemerkt?« Ben pustete den Rauch seitlich aus dem Mund, um ihn Tommy nicht ins Gesicht blasen zu müssen.

»Ja, die sind hier überall. Die IRA und so sind ja bei uns täglich in den Nachrichten«, meinte Tommy.

»Das ist aber nicht die IRA, das sind englische Soldaten.« Ben zog immer noch sichtlich aufgebracht an seiner Zigarette.

»Eben, mein ich doch.«

»Findest du das nicht ein bisschen krass hier?«, fragte Ben in einem vorwurfsvollen Ton.

»Doch. Klar.« Tommy zündete sich auch eine Zigarette an. »Ich meine ja nur. Es ist nicht ganz überraschend.«

Ben saß im Hotelzimmer auf seinem Bett und starrte aus dem Fenster. Er hätte weinen können. Nicht unbedingt, weil er zum ersten Mal in einen Gewehrlauf hatte sehen müssen. Auch nicht wegen der Kontrollen. Es war die ganze Situation. Das ganze Bild. Diese absurde Realität. Er nahm sein schwarzes Buch hervor und begann, darin zu malen. Nach wenigen Minuten kam auf dem Papier ein Soldat zum Vorschein, der kauernd sein Gewehr angelegt hatte und durch das Zielfernrohr etwas anvisierte, während vor ihm ein kleiner Junge in Schuluniform mit Zuckerwatte in der Hand vorbeiging.

Als Nächstes stand Derry auf der Reiseroute – oder Londonderry, wie es wegen ein paar reichen Handelsfirmen im über 800 Kilometer weiter südlich gelegenen London auch genannt wurde. Derry war die zweitgrößte Stadt in Nordirland. Wer die Geschichte Nordirlands rund um die IRA etwas mitverfolgt hatte, wusste, dass die Reise von Belfast nach Derry eine Reise vom Regen in die Traufe bedeutete. Ben und Tommy waren sich dessen bewusst, und dass die Traufe kein Rinnsal war, wurde den beiden sofort klar, als sie aus dem Zug stiegen.

Ben war sich nicht sicher, ob es mehr Passanten oder mehr Soldaten waren, die sich auf dem Bahnsteig herumdrückten. Anders als in Belfast, dachte er, gab es hier auch mehr Polizisten.

Ein Polizist mit schusssicherer Weste in Begleitung eines Soldaten kam auf die beiden zu. Der Soldat hielt das Gewehr mit beiden Händen vor sich, leicht zum Boden geneigt. Sein Gesicht war unter dem Visier nicht auszumachen.

»Was wollt ihr hier?«, fragte er mit schroffer Stimme und einem eigentümlichen Dialekt.

»Wir sind aus der Schweiz. Reisen durch Irland«, antwortete Tommy.

Ben war etwas ruhiger als in Belfast. Würde er sich an diese groteske Welt gewöhnen?

»Papiere!«, befahl der Polizist.

Er blätterte durch die Pässe, während der Soldat einen Blick in die Rucksäcke warf.

Der Polizist gab ihnen die Ausweise zurück und signalisierte mit einem Kopfschwenker, dass sie verschwinden sollten. Sie durften weiter.

Auf der Straße vor dem Bahnhof angekommen, wurden sie von Sonnenschein und blauem Himmel begrüßt. Die Luft war kühl. An einer Fahnenstange wehte eine riesige britische Fahne in den Farben Rot, Weiß und Blau.

Auf der gegenüberliegenden Seite befanden sich rund fünf Soldaten und zwei weitere Polizisten. Drei der Soldaten saßen auf einer Bank. Sie trugen keine Helme. Einer rauchte. Ein anderer trug schwarze Kopfhörer und hielt ein schwarzes Funkgerät mit einer langen dünnen Antenne in der Hand. Die Polizisten unterhielten sich und lachten dabei immer wieder. Die beiden stehenden Soldaten hatten ihre Helme auf und hielten ihre Gewehre in Bereitschaft. Sie blickten abwechselnd die Straße rauf und runter. Eine etwas dickere Frau mit Kopftuch und dünnem Mantel ging mit einem Mädchen an der Hand an den Soldaten und Polizisten vorbei. Das Mädchen trug einen grauen Faltenrock, weiße Kniestrümpfe und eine rote Strickjacke. Sie erzählte der Frau mit großen, leuchtenden Augen etwas. Die Männer mit den Waffen nahm sie anscheinend gar nicht wahr.

Auf dem Weg zum Hotel wurden Ben und Tommy mehrmals angehalten, um sich auszuweisen. Sie waren mittlerweile schon ein paar Wochen unterwegs und ihr Äußeres konnte die Spuren dieser Reise nicht länger verbergen. Womöglich sahen sie für die Wachleute deswegen verdächtig aus. Vielleicht sahen sie aber auch aus wie gefährliche Katholiken. Ein gefährlicher Katholik schien hier allerdings eine Tautologie zu sein.

Die Stimmung in Derry war anders als in Belfast. Fröhlicher. Sorgloser. Zumindest tagsüber. Auch das Stadtbild schien sich stark von Belfast zu unterscheiden. Den beiden gefiel, was sie sahen. Zum einen war Derry kleiner und von sanften Hügeln umgeben. Zum anderen floss der Foyle mit einer Gelassenheit durch die Stadt und stellte so einen Pol dar, welcher der Stadt eine natürliche Ruhe verlieh. Im Zentrum standen viele pittoreske Backsteinhäuser. Derry war hübsch und hatte Charakter.

Nachdem sie ihr Gepäck im Hotelzimmer abgelegt hatten, schlenderten sie durch die alten gepflasterten Gassen, bis sie sich entschieden, im nächsten Pub unweit des Foyles etwas zu essen. Es war ein altes Pub, dessen Wände bis zur Mitte mit dunkelbraunem Holz und darüber mit einer gelb-grünen Tapete mit Blumenmuster verkleidet waren. Die Wandlampen waren im Jugendstildesign mit goldigen Haltern und tulpenförmigen Leuchten. Die einfachen Holzdielen waren stark abgenutzt, ebenso die Tische und Stühle. Die Decke hing so tief, dass Ben sich am Trägerbalken, der noch tiefer hing, fast den Kopf stieß. Irgendwo befand sich ein Tresen, der für die Größe des Pubs auffällig klein und aus massivem Holz gezimmert war. Über dem Tresen hing eine große, bronzefarbene Uhr mit römischen Ziffern. Nicht ganz ins Bild passen wollte der riesige graue Ghettoblaster mit seinen überdimensionalen Boxen.

Nach dem Essen blieben Ben und Tommy noch auf ein Bier. Es sollte nicht bei einem bleiben. Die Nacht war schon über Derry hereingebrochen und die Stimmung im Pub änderte sich von Sich-Verpflegend zu Sich-Betrinkend. Mit anderen Worten, es war wie gewohnt. Alles war gut.

Sie schlossen schnell Bekanntschaften. Drei Iren nahmen mit ihren Pints bei ihnen am Tisch Platz.

»Ihr seid nicht von hier, oder?«, sprach sie der erste Ire an.

Er war kaum älter als sie, sah aber aus, als hätte er mehr erlebt in seinen jungen Jahren, als ihm lieb war. Er war gut gelaunt, lachte viel und trank mehr als Ben und Tommy zusammen. Sein Lachen offenbarte eine große Lücke in der oberen Zahnreihe.

Ben und Tommy stellten sich vor.

»Touristen?!«

Patrick, so hieß der Ire mit Zahnlücke, konnte kaum glauben, dass jemand seine freie Zeit in Derry verbringen wollte.

»Wenn ich Geld hätte, würde ich nach Spanien fahren oder nach Amerika!«, fügte er hinzu, um seinen Standpunkt zu verdeutlichen.

Die anderen beiden am Tisch hießen Sean und Alex. Sie waren etwas älter als Patrick.

Es herrschte ein reges Treiben im Pub. Fröhlich, friedlich, laut. Aus dem Ghettoblaster plärrte Musik, die allerdings hinter all den Stimmen, hinter dem Gelächter und Klirren der Gläser kaum auszumachen war. Sie war da, aber man nahm sie erst wahr, wenn sie aus war, weil zum Beispiel die Kassette gewechselt werden musste.

Immer wieder kamen Leute an den Tisch, um sich mit den drei Iren zu unterhalten. Meistens ging es um Fußball, Hurling oder Rugby. Es war klar, dass es ihr Stammlokal war. Ihre Heimat. Ben und Tommy unterhielten sich mit den Iren – weniger über Sport, dafür umso mehr über Musik. Die drei Iren waren sich einig, das U2, Boomtown Rats und Thin Lizzy die größten Bands waren, die es je auf Erden gegeben hatte – was wohl so viel hieß wie in Irland.

»Vielleicht noch A House«, meinte Alex. Sean lachte daraufhin lauthals.

»Du magst U2? Cool!«, meinte Patrick, als Ben ihm erzählte, er habe U2 1987 in Basel gesehen, und orderte noch eine Runde Bier für alle. Die fünf stießen auf die größten Rockbands der Welt an.

Dann öffnete sich die Eingangstür, etwa zwei Tische von Ben und Tommy entfernt. Von einer Sekunde auf die nächste wurde es ruhig. Keine Stimmen, keine Musik, erst recht kein Lachen. Nicht mal das Klirren der Gläser konnte man mehr hören. Niemand bewegte sich.

Es war ganz so, als hätte jemand dem Treiben im Pub zugeschaut und dann von einem Moment zum anderen die Pause-Taste gedrückt. Jeder hielt mit den Händen sein Pint fest und starrte es an. Ben schaute zur Tür. Zuerst entdeckte er einen Polizisten mit kugelsicherer Weste und der Hand am Pistolenhalfter. Am Gurt hingen Handschellen. Hinter ihm trat ein Soldat herein. Es hätte derselbe sein können wie jener in Belfast, der auf ihn gezielt hatte. Sie sahen alle gleich aus. Das Maschinengewehr hielt er einsatzbereit vor seine Brust. Es war eine unwirkliche Situation.

»Wer sind die und was wollen die hier?«, fragte Ben Patrick, den Iren mit der Zahnlücke.

»Halt die Fresse, bleib ruhig!«, sagte Patrick aus seinem Mundwinkel, ohne den Kopf zu drehen. »Der schlägt dich sonst zu Brei!« Sein Gesicht war angespannt.

Ben und Tommy taten daraufhin dasselbe wie alle anderen: Schweigend, mit gesenktem Blick, starrten sie ihre Biergläser an. Der Polizist und der Soldat beanspruchten den ganzen Raum für sich.

Aus seinem Augenwinkel bemerkte Ben, wie der Polizist an ihrem Tisch vorbeiging. Hinter ihm der Soldat. Er blieb stehen. Ben konnte nicht erkennen, ob er sich für ihren Tisch oder den dahinter interessierte. Er sah nur die Tarnhosen und hörte ein metallisches Klicken. Beide, Polizist und Soldat, gaben sonst absolut keinen

Ton von sich. Man hörte nur die schweren Stiefel auf den alten Holzdielen.

Der Soldat ging weiter. Ben wagte es nun, aufzublicken. Er sah, wie die beiden zum Tresen gingen. Der Barkeeper schaute sie nicht an, er vermied jeden Augenkontakt. Langsam wischte er mit einem Tuch den Tresen ab.

»Starr nicht dahin!«, ermahnte ihn nun Sean.

Ben senkte seinen Blick wieder. Tommy traute sich kaum zu atmen. Der Polizist und der Soldat verschwanden in eine andere Ecke des Pubs und waren nicht mehr zu sehen. Die Ruhe und Starre aber blieben. Nach einer Weile konnte man am Stampfen erkennen, dass die Ordnungshüter zurück waren. Sie gingen wieder an ihrem Tisch vorbei. Langsam. Dann waren sie weg.

Die Pause-Taste wurde wieder gelöst und das Treiben im Pub ging weiter, als wäre es nie unterbrochen worden. Die Tatsache, dass die Iren sich offensichtlich nicht über den Besuch unterhielten und sich wieder ihrem Lieblingsthema – Sport – zuwandten, zeigte, wie alltäglich diese groteske Situation offenbar war. Sie gehörte zum Pub-Besuch wie das Bier oder das Poolspiel.

»Was sollte das eben?«, wollte Ben von Patrick wissen.

»Die suchen nach IRA«, war seine Antwort. Er schnalzte mit der Zunge und sagte etwas auf Gälisch, das Ben nicht verstand.

»Was, hier?« Ben war überrascht.

Er blickte um sich, als wollte er selbst nach Terroristen Ausschau halten. Alle sahen aus wie gewöhnliche Leute.

»Nicht nur hier. Sie machen in allen Pubs auf dieser Seite der Stadt Razzien. Wenn ihnen jemand verdächtig vorkommt, wird er mitgenommen. Zum Verhör.« Als der Ire dieses Wort sagte, formte er mit seinen Händen zwei Gänsefüßchen.

»Siehst du das?« Patrick zog die Oberlippe hoch und zeigte mit dem Finger auf die Zahnlücke.

Sie war so groß, dass man einen kleinen Finger hätte hineinstecken können.

»Was ist damit?«, fragte Ben.

»Ein Soldat hat mir den Gewehrkolben in die Fresse geschlagen. Vor rund zwei Monaten«, erzählte Patrick.

»Wieso?«, fragte Tommy, der dem Gespräch zwischen Ben und Patrick zugehört hatte.

»Wieso? Es braucht kein Wieso. Vielleicht habe ich ihn zu lange angestarrt, vielleicht gefiel ihm meine Visage nicht. Vielleicht war ich einfach zur falschen Zeit am falschen Ort. Wieso!« Patrick fand die Frage wohl überflüssig. Er schüttelte mit einem spöttischen Lachen seinen Kopf und nahm einen großen Schluck. Das Pint knallte er wieder auf den Tisch, sodass etwas Bier über den Glasrand schwappte.

»Wenn denen etwas nicht passt, wird man verprügelt«, fuhr er dann fort und wischte sich mit dem Handrücken den Bierschaum vom Mund. »Mein Kumpel hier«, er zeigte auf Alex, »wurde letzte Woche an einem Kontrollposten niedergeschlagen. Er muss dort jeden Morgen durch, wenn er ins College will. An dem Tag hatte er etwas zu Hause vergessen. Er hatte den Posten bereits passiert und wollte zurück. Das kam den Scheißsoldaten suspekt vor.«

»Das können die doch nicht machen! Gibt es keine Polizei?«, fragte Ben.

»Die war ja dabei!«, brüllte Patrick und lachte, als wollte er Ben wegen seiner Naivität auslachen.

Ben bestellte noch eine Runde Bier für alle am Tisch. Als die Pints ankamen, meinte er: »Ich verstehe das nicht. Da, wo wir wohnen, gibt es auch Katholiken und Protestanten. Es gibt keine Probleme deswegen. Ich bin zum Beispiel katholisch und mein Freund Tommy hier ist ein Protestant – wir verstehen uns prächtig.«

»Fuck them!«, lallte es vom Nebentisch her. Ein Mann um die vierzig mit Kurzhaarschnitt. Offenbar waren sie im katholischen Viertel, stellte Ben fest.

»Wir haben nichts gegen Protestanten. Wir haben nur etwas gegen die verdammten Engländer!«, meinte Patrick, worauf Sean einstimmte: »Fuck them!«, und demonstrativ einen großen Schluck von seinem Pint nahm. »Fucking cunts!«

Dann sang Alex ein Lied auf Gälisch. Mit dem Pint in der einen Hand, gab er mit der anderen den Takt vor. Nicht lange, und Sean und Patrick sangen mit. Als Alex aufstand und sich singend in alle Richtungen drehte, grölte bald das ganze Pub mit. Am Schluss klatschten einige, andere johlten.

Ben wechselte das Thema. Er wollte nicht mehr darüber sprechen. Abgesehen davon erschien ihm der vierzigjährige Ire vom Nebentisch nach dem Lied noch unberechenbarer. Diese Gewalt war so sinnlos wie jede Gewalt. Aber sie hatte System, dachte er. Vermutlich seit Hunderten von Jahren. Es war allerdings beunruhigend, dass die Gewalt spürbar und in unmittelbarer Nähe war.

Tommy sprach über das Konzert von The Pogues in Glasgow und wie Shane sturzkanonenvoll das halbe Konzert lang auf der Bühne gelegen hatte. Die Iren lachten anerkennend und schienen stolz auf ihren Shane zu sein. Tommy erzählte ihnen noch weitere Räubergeschichten von der bisherigen Reise. Den Iren gefiel es. Hin und wieder stießen sie mit den beiden an oder klopften Tommy auf die Schultern.

Ben klinkte sich nach einer Weile aus dem Gespräch aus. Er musste über sein Zuhause nachdenken. Über seine Kindheit, darüber, wie er aufgewachsen war. Die

Probleme zu Hause wirkten im Vergleich zu den Konflikten hier lächerlich.

Er konnte hier einfach das Thema wechseln und über etwas anderes sprechen. So tun, als ginge es ihn nichts an. Was ja eigentlich der Fall war. Im schlimmsten Fall würden die Soldaten oder Polizisten ihn zu seiner Botschaft bringen und er könnte dann nach Hause. Okay, vielleicht nicht im schlimmsten Fall, dachte Ben. Im schlimmsten Fall hätte er eine Kugel im Kopf. Im zweitschlimmsten Fall einen Gewehrkolben. Aber im drittschlimmsten Fall würde er verhört, er würde sich ausweisen, es würde sich herausstellen, dass er nur Tourist und kein Terrorist war, die Botschaft würde das irgendwie bezeugen und dann könnte er nach Hause fahren. Die vielen Iren und Briten, die hier lebten, konnten das nicht. Sie konnten zwar im Pub eine gute Zeit verbringen, aber der Rahmen blieb. Den konnten sie nicht verlassen. Nicht, ohne alles zurückzulassen. Es schien auch nach Jahren des Streits nicht möglich zu sein, dem Rahmen eine andere, erträglichere Form zu geben.

Für Ben war es zudem noch eine andere Erfahrung: Zu Hause waren die Anschläge der IRA in aller Munde. Fast keine Woche war in den letzten Jahren vergangen, ohne dass der Nordirlandkonflikt und die Attentate der IRA in den Nachrichten gewesen waren. Und jetzt, hier in einem katholischen Pub (was auch immer zur Hölle das sein sollte), fürchtete er die IRA nicht. Auch nicht tagsüber auf der Straße. Er fürchtete sich vor dem, was dieser Konflikt mit den Leuten machte. Und er fürchtete die Soldaten, die omnipräsent waren und ihre Macht gegenüber den einfachen Leuten nicht selten missbrauchten. Er konnte sich an keine einzige Nachrichtensendung erinnern, die gezeigt hätte, wie Soldaten einen Jugendlichen auf der Straße oder in einem Pub verprügelten. Zum Wohle und Schutz der Bevölkerung.

»Ben, hey! Ben!« Patrick stieß ihm in die Rippe. »Was zur Hölle hängst du hier so deprimiert rum?!«

Abrupt wurde Ben zurück ins Geschehen gerissen.

»Sorry, bin wohl etwas müde«, gab er verlegen von sich.

»Ach was, jetzt wird gefeiert!«, meinte Patrick und bestellte noch ein paar Pints.

Das Treiben im Pub ging seinen gewohnten Gang. Gegen elf Uhr abends war die Stimmung auf dem Höhepunkt – eine Niederlage für die Nüchternheit. Irgendwo wurde ein weiteres Lied angestimmt und das ganze Pub sang lautstark mit feuchter Kehle mit. Hier und jetzt schien alles gut.

21

»Hallo, Ben.« Sarah war am Telefon.

»Sarah, du hast Glück. Ich komme gerade von der Ärztin.«

»Hör zu. Mein Meeting nach dem Mittag wurde abgesagt. Wollen wir zusammen mittagessen?«, fragte sie.

»Das wäre schön. Wo und wann?«, fragte Ben.

»In einer halben Stunde im Helvetia?«

Sarah war noch nicht da, als Ben im Restaurant in der Luzerner Neustadt ankam. Das Restaurant war gut besetzt. Er ergatterte einen Tisch am Fenster. Ben studierte das Menu auf der großen schwarzen Schiefertafel, die auf der gegenüberliegenden Seite von ihm an der Wand hing. Plötzlich berührten ihn zwei kalte Hände von hinten am Hals. Es war Sarah. Sie küsste ihn aufs Haar und nahm vis-à-vis von ihm Platz.

»Das ist eine Überraschung«, meinte Ben und sah sie mit einem großen Lächeln im Gesicht an. Sie sah gut aus. Wie immer. Ihre langen blonden Haare hatte sie zu einem kecken Pferdeschwanz zusammengenommen. Unter ihrem schwarzen ärmellosen Kleid trug sie einen weißen Rollkragenpullover. Darüber hing eine roségoldene Kette, an der ein Anhänger mit keltischen Ornamenten baumelte. Ihre kastanienbraunen Augen strahlten.

»Schön, dass du Zeit hast!«, sagte Ben und griff nach ihrer Hand.

»Leider nur eine Stunde. Dann muss ich los.«

»Immerhin.«

Sarah bestellte Bratwurst mit Rösti, Ben den vegetarischen Mittagsteller. Spinatpizokel mit Gemüse.

Ben erzählte von seinem Treffen mit der Ärztin.

»Sie meinte, ich sei wie das hässliche Entlein.« Ben lächelte verhalten.

»Das musst du mir erklären.« Sarah lachte.

»Ich habe ihr von der Arbeit erzählt. Dass ich mir manchmal so klein vorkomme.« Er sprach mit einer leisen, zerbrechlichen Stimme.

»Ist das so?«, fragte Sarah.

»Ich fühle mich im Umgang mit meinen Arbeitskollegen einfach nicht wohl – ich gehöre da nicht hin«, sagte Ben. Er entfaltete die weiße Stoffserviette und legte sie sich auf den Schoß.

»Was meinst du damit?«, fragte sie.

»Meine Kollegen«, sagte er. Seine Stimme wurde lauter. »Sie fahren Ski, sie gehen wandern, sie fliegen auf die Malediven, sie haben schnelle Autos, sie gehen zum Yoga, sie haben dieselben Frauen, dieselben Männer, dieselben Kinder.« Ben machte eine Pause, während er etwas nervös auf seinem Stuhl herumrutschte. »Ich kann mich nicht mit ihnen unterhalten.«

»Du bist ihr Chef. Nicht ihr Freund.« Sarah strich mit ihrer Hand über den Anhänger. »Natürlich gehörst du dorthin«, sagte sie.

Der Kellner servierte ihr Essen. Er stellte Ben die Bratwurst hin und Sarah die vegetarischen Pizokel. Die beiden grinsten und tauschten ihre Teller.

»Manchmal warte ich immer noch auf den Tag, erwachsen zu werden«, meinte Ben. Seine Stimme war dünn.

Sarah nahm einen Bissen von der Wurst und schaute Ben kauend an.

»Es scheint, als ob ich den entscheidenden Moment verpasst hätte. Als ob das Erwachsensein eines Tages an meine Tür geklopft hätte und ich nicht zu Hause war«, fuhr Ben fort. Dann gabelte er ein Stück Blumenkohl auf. »Ich weiß nicht ... Das alles sollte mich kaltlassen. Tut es aber nicht.«

»Was hat die Ärztin dazu gemeint?«, fragte Sarah.

»Sie hat mich gefragt, ob ich die Geschichte vom hässlichen Entlein kenne.« Ben wurde lauter. Er lächelte. »Du glaubst es nicht, aber ich brachte die verdammte ...« Er zuckte zusammen, fuhr mit der Serviette an den Mund und schaute rechts und links, um zu prüfen, ob jemand sein Fluchen gehört hatte. »Tschuldigung. Ich brachte die Geschichte nicht zusammen«, sagte er dann leiser.

Sarah grinste.

»Sie meinte, ich sei das hässliche Entlein – ein Schwan in der falschen Gruppe.« Ben nahm einen Schluck Wasser. Seine Augen glänzten.

»Das muss dir geschmeichelt haben.« Sarah schmunzelte.

»Nimmt sie immer noch Nikotinkaugummis?«, fragte sie dann.

»Ja. Ich glaube, das hat etwas mit ihrem Mann zu tun«, antwortete Ben.

»Sie ist verheiratet?«

»Ich weiß nicht, vielleicht war sie es.« Ben zuckte mit den Achseln.

»Ist das nicht seltsam? Ich meine, so vor dir«, bemerkte Sarah.

»Mich stört es nicht. Ich finde es noch sympathisch. Macht sie menschlich.«

Sarah tunkte ein Stück Wurst in die Zwiebelsauce, während Ben das letzte Stück Pizokel in den Mund steckte.

»Ich überlege mir, zu kündigen.« Ben klang ernst und bestimmt.

Sarah schluckte und sah Ben mit halboffenem Mund an.

»Es ist einfach nicht mein Ding.« Er machte eine Pause und schob das Messer mit einer unbewussten Bewegung ein Stück zurück. »Nicht mehr«, fuhr er fort. »Dieses emotionslose Produzieren, Verkaufen, mehr Produzieren – das bin nicht ich.«

Sarah legte ihr Besteck hin. »Das kannst du doch nicht ernst meinen?«

»Ich weiß nicht. Ich möchte was anderes machen. Etwas Neues.« In seiner Stimme schwang Verzweiflung mit.

»Du hast einen tollen Job. Verdienst gut. Willst du das alles aufgeben?« Sarahs Hals lief rot an. Sie klang aufgebracht. »Was willst du denn machen?«, fragte sie.

»Ich weiß nicht. Etwas Sinnvolles. Ich möchte am Abend heimkommen und das Gefühl haben, etwas gemacht zu haben, was die Welt weiterbringt. Oder was sie zumindest nicht noch mehr zugrunde richtet.«

»Ist das jetzt eine Art Midlife-Crisis?« Sarah legte ihr Besteck parallel zueinander auf den Teller und lehnte sich zurück.

»Nein.« Ben blickte aus dem Fenster und dann zu ihr. »Ich bin nicht glücklich, Sarah.«

Sie nahm einen tiefen Atemzug. Ihr Gesicht war ernst. »Hat es etwas mit mir zu tun?«, fragte sie ruhig, aber mit Nachdruck.

»Nein. Natürlich nicht. Wie kommst du darauf?« Ben sah Sarah mit großen, feuchten Augen an.

»Hast du dich schon mal gefragt, wie es mir die ganze Zeit ging?« Sie presste ihre Lippen zusammen.

»Es tut mir leid«, sagte Ben kleinlaut.

»Du hast mich nicht einmal gefragt, wie es mir geht in den letzten Wochen und Monaten.« Sie klang verbittert.

Ben fühlte, wie das Blut aus seinem Gesicht wich. Für einen Moment dachte er, er müsste sich übergeben. Er schluckte.

»Es tut mir leid.« Er nahm Sarahs Hand.

Sie ließ ihn gewähren und drehte ihren Kopf zum Fenster.

22

Es war ruhig gewesen im Zugabteil, in dem Ben und Tommy in den Süden von Irland gefahren waren. Der Besuch im Norden des Landes hatte zu viele Eindrücke hinterlassen. Die Gewalt machte sprachlos. Dagegen war der Hooligan in Schottland ein Katzenfurz gewesen, dachte Ben, als er den Bäumen zuschaute, wie sie vor seinem Fenster vorbeizogen.

Die Fahrt führte sie zunächst nach Sligo. Hier übernachteten sie auf einem Bauernhof bei einem Schäfer, der im Sommer Zimmer an Touristen vermietete. Die Welt war weit weg. Am Nachmittag nach ihrer Ankunft wanderten sie spärlich ausgeschilderte Wege entlang durch die Felder in der Umgebung. Aus der unendlich geduldigen und ruhigen Landschaft in den verschiedensten Grüntönen schöpften sie wieder Hoffnung. In einem kleinen Dorf nahmen sie im einzigen Pub draußen an der Sonne Platz und bestellten sich ein Murphys.

»Mann, tut das gut«, meinte Tommy schließlich. »Keine Hooligans, keine Soldaten.«

»Und keine Banker«, stimmte Ben mit ein und grinste.

»Ha! Genau! Hier scheint die Welt in Ordnung zu sein.«

»Menschen können echt bescheuert sein.« Ben zündete sich eine Zigarette an.

»Und trotzdem. Patrick und seine Kumpels scheinen das Leben mehr zu genießen als die meisten bei uns. Es ist verrückt.« Tommy gluckerte wieder. Zum ersten Mal seit Langem, fiel Ben auf. Nachdem er sich in Belfast noch unbeeindruckt vom ganzen Konflikt gegeben hatte, schien ihn die Situation in Derry mehr mitgenommen zu haben.

»Vielleicht deshalb«, fügte Ben hinzu. Er begann leise den Refrain von *Ask* zu singen, die Töne füllten ihn mit einer unbeschreiblichen Wärme. Tommy stimmte sanft mit ein und zusammen sangen sie, bis sich ein Lachen in ihnen aufbaute und schließlich herausbrach. Eine Welle der Erleichterung und Freude durchströmte sie und für einen Augenblick schien alles um sie herum in Ordnung zu sein.

»Ich glaub, das ist der beste Song von The Smiths«, meinte Tommy.

»Yep. Kannst du dir vorstellen, dass es für Morrissey nur Gott und Elvis gibt?«, fragte Ben.

»Ich weiß nicht, so erfolgreich, wie die sind. Und schlecht sieht er ja auch nicht aus«, antwortete Tommy. »Der kann bestimmt jede seiner weiblichen Fans haben.«

»Oder jeden!« Ben lachte.

»Meinst du, er ist schwul?«, fragte Tommy.

»Weiß nicht. Kommt's drauf an?«, fragte Ben zurück.

Tommy zuckte mit den Achseln. »Nö.«

Am Abend, als Tommy unter der Dusche stand, saß Ben allein mit einer Zigarette und einer Dose Murphys vor dem Haus und blickte ins Land. Die Aussicht von hier war fantastisch. Hinter dem Grün, unweit vom Bauernhof, erhob sich das Meer. Man konnte es riechen und hören. Der dunkelblaue, fast schwarze Atlantik wirkte geheimnisvoll. Als hätte er viel gesehen, wollte aber nicht darüber sprechen. Seine Unruhe verriet ihn aber. Ben liebte den Ozean und genoss diesen Moment hier draußen so, als würde er nicht mehr wiederkommen.

Am nächsten Tag fuhren Ben und Tommy mit dem Zug nach Galway. Die Stadt hatte sie wie zwei alte Freunde begrüßt und sofort in die Arme geschlossen. Die farbigen Häuser bildeten einen herrlichen Kontrast zum grauen Himmel. Die Hunderte von Jahren alten Pubs luden zum Verweilen ein. Zum Vergessen. Ben und Tommy nahmen die Einladung nur allzu gerne an.

In den Straßen wurde musiziert. Und wie. Die irische Musik tänzelte verführerisch um Herz und Verstand.

Galway versprühte Internationalität und Größe. Intellekt und Kunst. Mit Liebe und Zärtlichkeit. Und – wie irgendwie alles in Irland – mit einer wohligen Melancholie, die sich der schnellen und oft oberflächlichen Moderne entgegenstellte. Galway war die auf ein paar

Straßen konzentrierte irische Kultur mit all ihren Stereotypen. Nur war Galway alles andere als klischeehaft. Es war echt. Die Kultur wurde hier gelebt.

Auch wenn es heute fast unvorstellbar war, so gab es damals nicht so viele Touristen in Irland, erinnerte sich Ben. Ein paar Deutsche und Schweizer, die wegen der Musik oder zum Wandern nach Irland kamen, und eine Handvoll Amerikaner auf Besuch bei Verwandten oder auf der Suche nach ihren Vorfahren.

In einem kleinen Park im Zentrum der Stadt lernten Ben und Tommy zufällig zwei junge Männer kennen. Sie kamen mit ihnen ins Gespräch, weil der eine ein T-Shirt von New Order trug und Tommy beim Vorbeigehen spontan den Daumen gehoben hatte.

Sie stellten sich als Robert und Fin vor. Als sie erfuhren, dass Ben und Tommy Touristen waren und sich nur für kurze Zeit in Galway aufhielten, überredeten sie sie, auf eine Pub-Tour zu gehen. Sie müssten unbedingt die besten Pubs der Stadt kennenlernen.

Ben und Tommy folgten den beiden in die William Street, wo sie an einer Oscar-Wilde-Statue vorbeikamen, zum ersten Halt, dem Garavan's. Vor dem Pub spielten vier Jungs, wahrscheinlich Brüder und keiner älter als zwölf, traditionelle irische Lieder. Sie waren so jung und spielten dermaßen gut, dass Ben eine gewisse Scham überkam, als er an sein eigenes musikalisches Talent dachte. Ben und Tommy blieben stehen und hörten den beiden zu. Nachdem sie das Stück beendet hatten, warf ihnen Tommy eine Pfundmünze in die Gitarrentasche am Boden.

»Ihr mögt irische Musik?«, fragte Robert, der Ire mit dem T-Shirt von New Order.

»Ja, das ist ein Grund, weshalb wir in Irland sind«, antwortete Tommy.

»Dann haben wir später noch den perfekten Ort für euch«, sagte Robert und öffnete die Tür zum Garavan's.

»Wie lange bleibt ihr in Irland?«, wollte Fin wissen. Fin war etwas über zwanzig, sommerlich gekleidet mit blauen Jeans und weißem T-Shirt.

»Noch rund eine Woche«, meinte Ben. »Wir waren zuerst in Nordirland und dann in Sligo.«

Sie nahmen an einem kleinen quadratischen Tisch in einer Ecke des Pubs Platz. Ben und Tommy setzten sich auf die Holzbank an der Wand. Die beiden Iren saßen auf kleinen runden Hockern.

»Nordirland?«, fragte Fin, während Robert meinte: »Verdammte Briten!«

Dieses Mal wechselte Ben schon früh das Thema.

»Zuvor waren wir in Schottland«, fuhr er fort.

»Da haben wir The Pogues gesehen. Mann, das ging ab!«, unterbrach ihn Tommy und gab dieselbe Geschichte wie ein paar Tage zuvor zum Besten.

Die Iren hörten mit großen Augen zu und lachten an den erwarteten Stellen.

»In London wollten wir zu Wedding Present, haben uns aber verlaufen«, erzählte Tommy weiter.

»Was zum Teufel?«, lachte Robert. »Wie konntet ihr nur!«

Tommy erzählte vom Dealer, der Flucht und von dem mit Polizisten vollgestopften Auto.

Den Iren gefielen die Geschichten. Als Tommy ihnen noch von der Jagd in Edinburgh erzählte und davon, wie er den Schuh verloren hatte, krümmten sich die beiden vor Lachen. Die vier verstanden sich gut und die Gespräche flossen. Wie das Kilkenny.

Nach rund zwei Stunden machten sie sich wieder auf den Weg. Sie folgten der Straße weiter nach unten und kehrten nach wenigen Minuten schon im nächsten Pub ein. Dem Taaffes.

Robert zog an seiner Zigarette, die er in der rechten Hand hielt. In der linken hatte er sein Pint. Er stieß den Rauch nach oben aus und meinte dann: »Ihr habt's gut, wisst ihr? Ihr müsst stinkreich sein, wenn ihr einfach so verreisen könnt.« Seine Zunge wurde schon langsam schwerer.

Ben lachte und winkte ab. »Nein, leider nicht. Wir reisen mit dem Zug oder per Anhalter.«

»Ich kann mir nicht mal ein Ticket nach Dublin leisten«, meinte Robert und nahm einen Schluck von seinem Pint.

»Kein Geld?«, fragte Tommy.

»Keinen Job«, erwiderte Fin.

»So geht es vielen von uns. Keinen Job, kein Geld, keine Freundin!« Fin lachte.

»Wovon lebt ihr denn?«, wollte Tommy wissen.

»Ich lebe noch zu Hause. Meine Mutter gibt mir manchmal etwas Geld.«

Robert nickte zustimmend.

»Das ist scheiße!«, rief Ben. »Die Runde hier geht auf uns.«

»Nein! Auf keinen Fall!«, protestierte Robert. »Ihr seid unsere Gäste!«

Ben und Tommy warfen sich kurze Blicke zu. Es war ihnen unangenehm.

»Mir gefällt es hier wegen der Menschen«, fuhr Tommy fort. »Ihr seid viel lockerer als die biederen Spießer bei uns. Ihr macht Musik. Ihr feiert. Seid freundlich. Heisst uns willkommen, obwohl wir Fremde sind.« Tommy gestikulierte mit beiden Händen und warf dabei fast sein Pint um.

»Ja, bei uns rennen alle von morgens früh bis abends spät dem Geld hinterher. Sie vergessen das Leben«, bekräftigte Ben.

»Das Leben?«, fragte Robert rhetorisch. »Mein Leben findet im Pub statt. Manchmal habe ich einen Gelegenheitsjob. Dann kann ich meiner alten Dame zu Hause wieder mal etwas Geld bringen, damit sie die Miete bezahlen kann.« Er setzte sein Pint an und leerte die übriggebliebene Hälfte Bier mit einem Zug. Dann stellte er das Glas lautstark ab. »Ich war an der Uni. Geschichte. Seit dem Abschluss bin ich arbeitslos.« Er drückte die Zigarette im Aschenbecher aus und kramte mit der anderen Hand schon die nächste aus der Packung.

Ben nahm sein Pint in die Hand. Er schaute sich den weißen Schriftzug auf dem roten Hintergrund seines Glases an und meinte: »Die einen, die kein Geld haben, wollen es. Die anderen, die schon etwas haben, wollen mehr. Und diejenigen, die zu viel haben, bringen sich um. Bei uns hängt sich einer nach dem anderen auf. Vor allem Banker. Und die Kinder setzen sich die Nadel. Verrückte Welt.« Er stürzte sich den Rest des Glases in den Rachen.

Die Iren lachten. Ben hatte es aber gar nicht als Witz gemeint. Er stand auf und ging zum Tresen. Er stolperte in einen Gast, der eben hineingekommen war, kratzte sich verlegen am Kopf und nuschelte: »Sorry.« Mit der nächsten Runde Kilkenny auf einem runden Tablett kam er in kleinen Schritten zurück, die ganze Konzentration auf die vier vollen Pints gerichtet.

»Auf die verfickte Welt«, lallte Fin.

»Und all die Scheißkerle! Mögen sie in der Hölle schmoren!«, fügte Robert hinzu.

Nachdem auch dieses Pint geleert war, meinte Robert: »Irische Musik? Ich weiß, wo wir jetzt hingehen.«

Die vier torkelten die belebte Einkaufsstraße entlang zur Quay Street, wo sie ein blau bemaltes Pub betraten, dessen Namen Ben und Tommy nicht aussprechen konnten. In diesem Zustand sowieso nicht.

Es war eines dieser uralten Pubs, die innen eng und verwinkelt waren. Die Wände hingen voll mit allen möglichen Bildern. Auffallend dabei war, dass die Bilder fast ausschließlich mit Kunst zu tun hatten. Es gab keine Bilder von Fußballern oder anderen Sportlern. Nicht mal dem lokalen Fußballklub wurde gehuldigt. Dafür spielte in der einen Ecke eine Band, bestehend aus drei Männern und einer jungen, hübschen rothaarigen Frau. Sie spielten traditionelle irische Musik. Gesang gab es keinen. Das Pub war erstaunlicherweise sehr gut besucht. Immerhin war es noch Nachmittag. Die vier tranken ein Kilkenny nach dem anderen und wippten mit ihren Füßen zur Musik. Sie sprachen über Irland, über Bier, über Freundinnen, die keine geworden waren, und natürlich über Musik.

Mit jedem Bier wurde Ben zunehmend stiller. Seine Augen glänzten, hatten Mühe, sich zu fokussieren. Sein

Lächeln fühlte sich an wie eintätowiert. Der Kopf kam der Tischplatte bereits bedrohlich nahe. Die Musik und die Stimmen vermischten sich zu einem Brei, der ihn umgab. Wie ein Echo ohne Ende. Ein Echo des Echos. Er blickte zu Tommy rüber. Oder zu einem von beiden. Alles schien jetzt in doppelter Ausführung zu existieren. Der Tisch, die Band, seine Freunde – alles bewegte sich an ihm vorbei. Von links oben nach rechts unten. Immer wieder. Ben wurde übel. Er stand fluchtartig auf, stieß dabei seinen Stuhl um und rannte aus dem Pub. Vor dem Eingang schaffte er es gerade noch, den Deckel einer runden Mülltonne zu öffnen. Dann übergab er sich hinein.

Die anderen drei bemerkten zunächst nichts. Sie vermuteten wohl, Ben wäre auf der Toilette. Dass der Stuhl umgefallen war, schien sie nicht sonderlich zu beeindrucken. Auch sie hatten mittlerweile ordentlich Sturm im Kopf. Tommy hatte allerdings schon immer mehr vertragen als Ben. Ben war meistens der Erste, der das Handtuch warf – beziehungsweise eine Pizza.

Als Ben nach einer halben Stunde immer noch nicht zurück war, entschied Tommy, sich auf die Suche nach ihm zu machen. Er bezahlte sämtliche Getränke – trotz Protesten von Fin und Robert – und verabschiedete sich. Er lallte etwas und die beiden anderen lallten zurück und hoben dabei ihre Gläser.

Vor dem Pub blickte Tommy suchend nach links und rechts. Nichts. Er rief Bens Namen. Ein paar Passanten musterten ihn herablassend von oben bis unten. Tommy stand etwas schief vor dem Pub, konnte sich aber schwankend noch ohne Hilfe auf den Beinen halten. Er ging etwas die Straße zurück in die Richtung, aus der sie gekommen waren. Wieder nichts. Dann entschloss er sich, zurück ins Bed and Breakfast zu gehen, in das sie eingecheckt hatten. Es lag auf der anderen Seite des River Corrib in einem Einfamilienhausquartier. Tommy torkelte los.

Nach rund einer Viertelstunde, auf der anderen Seite des Flusses, entdeckte er Ben. Der lag regungslos auf dem Rücken, die Arme weit von sich gestreckt, in einem privaten Garten. Tommy eilte zu ihm. Bevor er den Garten betrat, vergewisserte er sich kurz, ob Anwohner in der Nähe waren. Dann ging er zu Ben und schüttelte ihn.

»Ben! Wach auf! Du kannst hier nicht liegen!«

Ben versuchte langsam, seine Augen zu öffnen. Erfolglos.

»Wieso nicht? Das Wetter ist doch schön!« Die Bierfahne und der Geruch nach Erbrochenem waren deutlicher als seine Worte.

»Du liegst hier in einem Garten. Vor einem Haus. Privat!«

Ben schaffte es nun, die Augen zu öffnen. Sie konnten aber nichts fokussieren. Er richtete sich langsam auf, drehte sich gleich von Tommy weg und übergab sich auf den Rasen.

»Ben! Scheiße, wir müssen von hier weg!«

Tommy half Ben auf die Beine und legte seinen Arm um die eigene Schulter. Schwankend verließen sie den Garten und gingen dann weiter die Straße runter, zum Bed and Breakfast.

Am späteren Abend erwachte Ben in seinem Bett in der Unterkunft. Er fragte sich, wie er wohl hierhergekommen war. Die Kleider hatte er noch an. Sie stanken nach Bier, Rauch und Erbrochenem. Tommy lag neben ihm und schnarchte laut. Ben drehte sich auf die Seite und schlief wieder ein.

Den nächsten Morgen verbrachten Ben und Tommy verkatert im Bett. Nach dem Mittag spazierten sie im South Park den Kiesstrand entlang. Nichts Anstrengendes. Die Kopfschmerzen waren nach einem Liter Cola und drei Ibuprofen 400 unter Kontrolle. Die Sonne schien. Es war ein herrlicher Tag. Die beiden ließen sich auf der Wiese im Park nieder. Sie lagen auf dem Rücken nebeneinander und betrachteten das Vorüberziehen der Wolken.

»Schau mal, diese Wolke sieht aus wie ein Wal!« Tommy zeigte mit seiner Hand gen Himmel.

»Ja, stimmt«, meinte Ben. »Schon krass hier«, fuhr er dann fort. »Ich meine Fin und Robert. Studiert und doch keinen Job.«

»Ja, voll!«, antwortete Tommy. »Bei uns haben alle einen Job – aber schimpfen nur.« Er zündete sich eine Zigarette an und stieß den Rauch Richtung Wal.

»Geld macht auch nicht glücklich, hm?«, meinte Ben und zündete sich ebenfalls eine Zigarette an.

»Aber vielleicht ist es nicht nur das Geld.« Ben streckte die Hand mit der Zigarette nach einem Zug wieder weg von sich. »Vielleicht sind es die Menschen. All diese Leute mit ihren dämlichen und langweiligen Jobs.« Er nahm einen weiteren Zug. »Nichts erreicht. Frustriert sind sie. Haben keine Träume mehr. Das scheint mir hier anders zu sein. Hier sind sie aufeinander angewiesen. Bei uns braucht niemand jemanden. Höchstens für Sex.«

Tommy lachte. »Gut gelaunt heute?«

»Wie ist es bei dir?«, fragte Ben und drehte seinen Kopf zu Tommy.

»Was? Mit dem Sex?«

Ben lachte auch. »Nein. Ich meine, bist du glücklich?«

»Ich weiß nicht. Unsere Zukunft scheint ja verplant zu sein. Schule, Arbeit, Kinder, Haus, Tod. Weißt du noch, wie bei The Godfathers.«

»Du könntest doch Rockstar werden und die Welt bereisen!«

»Das wär's!« Tommys Augen leuchteten kurz auf.

»Du hast es mit deiner Band immerhin schon zu lokalem Ruhm gebracht.« Ben zwinkerte.

Tommy gluckerte. »Genau! Drei Konzerte, null Einnahmen. Und keine Groupies!«

»Euer letztes Konzert war immerhin ausverkauft«, fügte Ben hinzu.

»Unsere Ausgaben waren um einiges höher als die Einnahmen«, meinte Tommy achselzuckend.

»Waren deine Eltern eigentlich auch dort?«, wollte Ben wissen.

»Nein, die finden das doof. Meine Mutter denkt, da wären nur Drogensüchtige, und mein Vater meint, es sei die reinste Zeitverschwendung.« Tommy blickte zum Himmel. »Aber es war mir eigentlich lieber so.«

Sie schauten wieder dem Wolkenspiel zu. Der Wind schien mit zunehmender Höhe kräftiger zu wehen. Die Wolken veränderten jedenfalls zusehends ihre Form und Position, wie Ben bemerkte.

»Hat deine Mutter eigentlich einen Neuen?«, fragte Tommy.

»Nein. Die ist viel zu sehr mit sich selbst beschäftigt. Ich glaube nicht, dass da noch jemand reinpasst. Und dann ist da noch mein Vater, der die Weisheit mit Löffeln gefressen hat und alle bevormundet«, antwortete Ben.

»Auch deine Mutter?«, fragte Tommy.

»Ja, alle. Er scheißt sie bei jeder Gelegenheit zusammen und macht sie für alles verantwortlich, was ihm nicht in den Kram passt. Geht sie mit einem Arbeitskollegen oder so was trinken, nennt er sie eine Schlampe. Weiß Gott, wieso die überhaupt noch den Hörer abnimmt. Aber wenigstens streiten sie sich heute nur noch übers Telefon.«

Ben setzte sich auf, drückte seine Zigarette aus und kramte seine Packung hervor. Sie war leer. Er zerdrückte sie zu einem Knäuel und steckte sie wieder in die Jacke. Tommy hielt ihm seine Packung entgegen. Ben nahm eine Zigarette und legte sich wieder hin. »Natürlich weiß er auch, was das Beste für mich ist. Dass ich einen anständigen Beruf lernen soll, anstatt am nutzlosen Gymnasium faul rumzuhängen. Er meinte mal, da gäbe es sowieso nur Linke.« Er lachte kurz. »Sogar bei meinem ältesten Bruder mischt er sich noch ein. Er hätte eine bessere Freundin verdient als diese Französin. Und überhaupt müsste er mal ans Heiraten und Kinderkriegen denken.«

»Dein Bruder ist mit einer Französin zusammen?«, fragte Tommy.

»Nein. Mit einer aus Lausanne. Aber für ihn ist das alles dasselbe.«

»Scheiß Erwachsene!« Tommy nahm den letzten Zug seiner Zigarette und drückte sie danach in den Boden. »Meine Eltern sorgen sich auch nur ihrer selbst wegen um mich. Ich weiß nicht.«

»Wie meinst du das?«, fragte Ben.

»Sie sorgen sich zum Beispiel mehr darum, was andere Leute von ihnen denken könnten, wenn ihr Sohn raucht und trinkt, als dass sie sich um meine Gesundheit sorgen.«

»Hätten sie dich gestern gesehen, würden sie sich bestimmt um deine Gesundheit sorgen!«, meinte Ben lachend.

»Das sagt der Richtige«, gluckerte Tommy. »Ich musste dich gestern heimschleppen und wie ein kleines Kind ins Bett bringen.«

»Das habe ich nicht mehr mitbekommen«, entgegnete Ben grinsend.

»Und dass du den Nachbarn in den Garten gekotzt hast, wahrscheinlich auch nicht!«

Ben schüttelte den Kopf »Als ob!«

Die beiden entdeckten eine Wolke, die, wie sie fanden, auf der einen Seite die Form eines Gesichts hatte. Sie erkannten eine große Nase und einen geöffneten Mund. Das Gesicht schien auf sie runterzuschauen.

»Was willst du später mal machen?«, fragte Ben nach einer Weile.

»Keine Ahnung. Zunächst mal die Matura. Aber eigentlich habe ich keine Lust mehr auf Schule. Gitarrenbauer?«, meinte Tommy.

»Du hast noch nie eine Gitarre gebaut! Wie kommst du auf so was?«

»Keine Ahnung. Irgendwas Kreatives muss es sein. Und du?« Tommy drehte den Kopf zu Ben, der noch immer dem Wolkenspiel folgte.

»Ein Studium reizt mich schon. Englisch würde mich interessieren. Oder Kunst. Aber meine Stärken liegen eher in den Naturwissenschaften.«

»So gut, wie du malst? Ich weiß nicht.«

Dann fing Ben an zu lachen.

»Was? Was ist los?«, fragte Tommy neugierig.

»Literatur! Ich stelle mir gerade das Gesicht meines Alten vor, wenn ich ihm mitteile, dass ich englische Literatur studieren möchte.« Ben lachte weiter. »Ich glaube, es würde wie ein roter Ballon platzen.«

Tommy lachte ebenfalls und stieß Ben mit der Hand gegen den Arm.

»Ich höre ihn genau: Englisch! Das ist doch nur was für linke Schwuchteln! Und überhaupt, was ist das für ein Beruf? Dann wirst du auch noch so ein fauler Lehrer! Oder Arbeitsloser. So oder so hängst du dann am Geldbeutel des Staates.« Ben äffte die Stimme seines Vaters nach. Dann musste er vor lauter Lachen husten.

»Stell dir mal meine Eltern vor, wenn ich ihnen sage, dass ich Gitarrenbauer werde. Und das in der Schweiz!«, rief Tommy. »Was soll das?! Damit verdienst du doch kein Geld! Rechne dir mal aus, wie lange du brauchst, um eine Gitarre zu bauen. Weißt du, wie viel du verlangen müsstest, um damit Geld zu verdienen? Kein Mensch zahlt dir so viel für eine Gitarre! Eine Karriere kannst du damit auch nicht machen. Du bist ein Träumer!« Tommy rümpfte die Nase beim Sprechen und imitierte die herrischen Handbewegungen seines Vaters.

Die beiden lachten noch lauter.

23

Ben und Tommy waren weiter Richtung Süden gereist. Über Limerick nach Killarney. Die irische Landschaft verwandelte sich zu einem üppigen Grün. Die Temperaturen wurden merklich wärmer.

Etwas außerhalb von Killarney bezogen die beiden ein Zimmer in einer Jugendherberge. Hier blieben sie für ein paar Nächte. Tagsüber wanderten sie am Atlantik entlang oder über die Felder und durch die Wälder im Kerry County. Der Wald in Irland war anders als in der Schweiz. Er hatte etwas Verzaubertes, etwas Verspieltes an sich. So, als würde hinter jedem Baum ein kleines Elfenreich herrschen.

Abends spielten sie oft Billard. Im Gemeinschaftsraum der Jugendherberge stand ein großer alter Snookertisch. Da offenbar niemand außer ihnen wusste, wie man Snooker spielte, hatten sie den Tisch für sich allein.

Die Tage hier waren ruhig, entspannend und alkoholfrei. Zu rauchen hatten sie nur noch irischen Tabak. Die Zigaretten drehten sie sich nun selbst. Da der Tabak recht stark war und sie keine Filter benutzten, hielt sich aber auch das Rauchen in Grenzen.

Ein paar Tage, bevor sie abreisen wollten, kam eine Reisegruppe mit jungen Gymnasiastinnen aus Deutschland an. Die beiden saßen beim Frühstück, als die Leiterin der Jugendherberge die Gruppe durch den Essraum führte. Ben beugte sich über seine Cornflakes. Tommy lächelte mit einer großen Kaffeetasse in der Hand den Neuankömmlingen zu. Die Mädchen gingen in Zweiergruppen hintereinander her. Die beiden letzten Mädchen drehten sich nach Tommy um, tuschelten etwas und kicherten. Tommy beobachtete sie. Bevor sie einen Raum weiter gingen, blickte das eine Mädchen noch mal verstohlen zurück. Sie trug einen grünen Parka mit einem kleinen Aufnäher in der Form einer Deutschland-Flagge am Arm. Unter dem Parka kamen dicke schwarze Strumpfhosen zum Vorschein. Sie hatte einen blondbraunen Bubischnitt und trug außerdem Dr. Martens. Noch am selben Abend sprach Tommy das Mädchen an. Sie hieß Julia.

Es dauerte keine zwei Tage, bis Tommy sich so gut mit ihr verstand, dass er sie am Abend mit auf ihr Zimmer nahm und Ben kurzerhand rauswarf.

Ben zog sich in die Küche zurück, wo er sich einen Kaffee aufbrühte. Er setzte sich an den großen Tisch, der locker Platz für zwanzig Personen bot und mitten in der riesigen Küche stand. Während er auf das Kochen des Wassers wartete, drehte er sich eine Zigarette. Es war schon nach acht Uhr und außer ihm war niemand in der Küche. Just in diesem Moment ging allerdings die Küchentür auf und eine der deutschen Gymnasiastinnen trat ein.

»Hallo!« Es war Svenja, Julias Freundin.

»Hi.« Ben lächelte und hob kurz die Hand.

»Julia ist mit deinem Freund Tommy verschwunden.« Sie strich sich eine braune Strähne hinters Ohr. Dann setzte sie sich neben Ben.

»Ach so, ja. Das tut mir leid.« Ben stotterte und wurde rot. »Ich meine, dass deine Freundin verschwunden ist.«

»Ich weiß schon, wo die beiden hin sind. Ich suche sie nicht. Ich bin nur hier, weil ich etwas trinken wollte.«

»Möchtest du einen Kaffee?«

»Ja, gerne. Das wäre nett.« Sie zog die Ärmel ihres beigefarbenen Wollpullovers über beide Hände und schob diese zwischen ihre überkreuzten Beine.

Ben stand auf, holte zwei Tassen aus dem Schrank und gab je einen Löffel Instantkaffe dazu. Die Zigarette hatte er sich hinters Ohr geklemmt. Nachdem nun auch das Wasser kochte, schüttete er es in die Tassen.

»Milch, Zucker?«, fragte Ben.

»Nein, danke.«

»Schwarz? Nicht schlecht!« Ben reichte ihr die Tasse.

Svenja grinste.

»Ich wollte gerade nach draußen gehen.« Er deutete auf seine Zigarette, die er nun in der Hand hielt. »Kommst du mit?«

»Ja, ich hab sowieso nichts zu tun.« Sie lächelte verlegen, stand auf und zog sich den Pullover über ihre schwarzen Leggings bis über die Knie runter.

Ben war nicht unglücklich über ein bisschen Gesellschaft. Wer wusste schon, wann Tommy wieder auftauchen würde.

Die beiden setzten sich auf die Treppe vor dem Haupteingang der Jugendherberge.

»Möchtest du auch?« Ben reichte ihr die Zigarette.

»Vielleicht später«, antwortete Svenja.

»Was macht ihr eigentlich hier?«, fragte Ben und zündete sich seine Selbstgedrehte an.

»Wir sind für zehn Tage in Irland. Eine Kulturreise. Organisiert von unserer Schule.« Sie pustete sanft den Dampf ihrer Tasse weg.

»Wie kommt es, dass ihr nur Mädchen seid?«, fragte Ben.

»Das ist dir wohl aufgefallen?« Sie lächelte neckisch.

»Na ja, war nicht so schwierig.« Er lächelte verlegen.

»Das ist Zufall. Man konnte sich bei uns an der Schule für verschiedene Projekte in den Sommerferien anmelden. Offenbar haben sich nur die Mädchen für Irland interessiert«, meinte Svenja. Sie blickte geradeaus ins Land.

»Und, gefällt es dir bis jetzt?«, fragte Ben. Er musterte sie. Sie sah friedlich aus.

»Ja, ich finde Irland unglaublich romantisch. Nicht kitschig romantisch. Es hat etwas Raues, Ehrliches. Aber irgendwie verträumt. Romantisch eben.« Sie drehte ihren Kopf und sah ihm in die Augen.

Ben blickte zum Horizont, der in der Dämmerung durch das Mondlicht leicht silbern schimmerte. »Und etwas Melancholisches«, sagte er leise.

Sie nippten an ihren Tassen.

»Und ihr?«, fragte sie.

»Wir sind schon ein paar Wochen unterwegs. Mit dem Zug. Wir waren zuerst in England und Schottland. Dann in Nordirland. Jetzt sind wir hier. Wir fahren aber schon nächste Woche nach Hause.«

»Da habt ihr wohl einiges gesehen!«

»Ja, und erlebt!«

»Was denn?«, forderte Svenja ihn auf.

Ben erzählte ihr von London, vom Konzert in Glasgow, vom Besuch beim Onkel in Schottland, vom Zelt und von Nordirland.

»Habt ihr auch Mädchen kennengelernt?«, fragte Svenja.

»Nein, nicht wirklich.«

Sie schaute Ben prüfend an.

»Ach so! Nein, ihr seid die ersten. Ich meine Julia und Tommy. Na, du weißt schon.«

Svenja rutschte etwas näher an Ben heran.

Ben drückte seine Selbstgedrehte auf der Treppe aus und kramte verlegen seinen Tabak hervor. »Zigarette?« Er deutete auf die Packung.

»Wenn du sie mir drehst.«

Ben legte das Zigarettenpapier auf seinen Schoß und gab ein Stück Tabak darauf. Gleichmäßig verteilte er ihn und rollte dann das Papier zu einer Zigarette. Den letzten Teil des Papiers leckte Ben ab, damit es zusammenklebte. Als er Svenja die Zigarette übergeben wollte, küsste sie ihn. Er ließ sie gewähren. Es gefiel ihm. Svenja streichelte mit einer Hand über seinen Hinterkopf, mit der anderen hielt sie ihn am Arm fest. Er umarmte sie. Die Zigarette ließ er fallen. Er fühlte sich geborgen in diesem Moment. Wichtig. Er wurde wahrgenommen. Er wurde geküsst. Und dieses Mal nicht von einem durchgedrehten Goth Girl. Sie war so zärtlich und sanft. Ihm wurde warm.

»Wollen wir reingehen?«, flüsterte sie Ben ins Ohr.

Er hatte nichts dagegen. Allerdings war ihm die große Beule in seiner Hose peinlich und so kramte er zuerst seinen Tabak und seine Zigarette zusammen, in der Hoffnung, die Schwellung würde in der Zwischenzeit etwas zurückgehen. Svenja schien aber nicht so lange warten zu wollen. Sie nahm Ben bei der Hand und führte ihn ins Billardzimmer.

Sie nahmen auf dem abgenutzten orangefarbenen Sofa neben dem Snookertisch Platz und küssten sich weiter. Svenjas Hand ruhte zunächst auf Bens Oberschenkel. Dann glitt sie langsam nach oben, öffnete seinen Reißverschluss, fasste hinein und packte zu. Ben stöhnte und küsste Svenja noch leidenschaftlicher. Seine Hand verschwand unter ihrem Pullover. Svenja stand kurz auf, hielt ihren Wollpullover fest, damit er nicht runterrutschte, und kniete sich auf das Sofa mit Ben zwischen ihren Beinen. Sie rieb sich an ihm. Leidenschaftlich küsste er ihren Hals.

»Ich habe noch nie mit einem Jungen geschlafen«, flüsterte sie ihm zu. Ihr Atem war warm und feucht.

Er zögerte. Küsste sie nicht mehr. Hielt sie nicht mehr mit aller Inbrunst fest.

Was mache ich hier, fragte er sich plötzlich. Er kannte Svenja nicht.

Er wusste nicht, was er antworten sollte. Dann stammelte er:

»Ich habe auch noch nie mit einem Jungen geschlafen.«

Svenja musste lachen.

»Hör zu. Du bist nett und wirklich sexy. Aber da gibt es jemanden. Ich möchte nicht ...«, fuhr er zögerlich fort.

Es gab niemanden. Es gab zwar dieses Mädchen zu Hause. Sie war etwas älter als Ben. Er war schon lange verliebt in sie, hatte sich aber nie getraut, ihr das zu gestehen. Sie war eine gute Freundin. Nicht mehr.

»Eine Freundin?«, fragte Svenja.

»Ja«, log Ben weiter.

»Vielleicht ist es besser so.« Enttäuschung schwang in ihrer Stimme mit.

Die beiden saßen eine Weile wortlos nebeneinander auf dem Sofa. Er streichelte ihre Hand.

»Hast du keinen Freund?«, fragte Ben.

»Nein! Was denkst du von mir?«, antwortete Svenja empört.

»Es tut mir leid! Ich wollte dich nicht beleidigen. Es ist nur, du bist so hübsch und cool ...« Ben versuchte, Svenja zu beruhigen.

»Nein. Ich habe keinen Freund. Seit zwei Monaten. Er ist abgehauen. Mit einer anderen.«

»Das tut mir leid«, meinte Ben.

»Schon okay«, sagte sie leise und betrachtete ihre Fingernägel.

»Vermisst du ihn?«, fragte Ben.

»Nein. Nicht mehr. Zuerst war ich wütend auf ihn. Dann hab ich ihn vermisst. Aber jetzt finde ich einfach, er ist ein Arsch.« Sie starrte den Pooltisch an.

»Das, was du vorhin gesagt hast. War das ernst gemeint? Habt ihr nie ... du weißt schon.« Ben sah Svenja an.

»Nein.« Sie sah Ben in die Augen. »Er wollte es unbedingt. Ich war noch nicht so weit.« Sie machte eine Pause und fixierte wieder den Pooltisch. »Vielleicht ist das auch der Grund, wieso er jetzt mit dieser Schlampe zusammen ist.«

»Was für ein Arsch!«, sagte Ben. Diese Typen gingen ihm auf die Nerven. Überall dieselben Idioten, dachte er.

»Und heute? Hättest du mit mir geschlafen?«, fragte Ben weiter.

»Ich glaub schon. Ich hätte es jedenfalls gewollt.«

»Cool! Ich meine, ich fühle mich geschmeichelt.« Ben blickte verlegen zum Boden. »Es tut mir leid, dass ich gekniffen habe.«

»Du bist echt süß!« Svenja küsste Ben auf die Wange.

»Wollen wir Snooker spielen?«, fragte er dann.

»Ich weiß nicht, wie man das spielt«, antwortete Svenja.

»Ich zeige es dir.« Er stand auf, holte zwei Queues und streckte ihr eins hin.

Die beiden spielten Snooker und plauderten über Gott und die Welt.

Um drei Uhr morgens, Tommy und Julia waren nicht mehr aufgetaucht, tranken sie noch einen Kaffee und aßen ein paar Kekse auf dem Sofa. Svenja legte ihren Kopf auf Bens Schulter. Ben nahm sie in seinen Arm. Dann schliefen sie ein.

Am nächsten Morgen erwachte Ben allein auf dem Sofa. Die Mädchen waren schon weg. Auf einem Ausflug, wie ihm Svenja am Abend zuvor erzählt hatte. Tagsüber würden sie sich Kilkenny und den Castle Park anschauen, am Abend gab es ein ritterliches Essen in einer alten Burg. Am Tag darauf würden sie wieder abreisen.

Ben und Tommy wollten heute von der Herberge ausgehend eine Wanderung zum Lough Leane machen, dem größten See im County.

»Du bist mir ein Freund«, meinte Ben mit einem vorwurfsvollen Ton, als sie losliefen. »Haust einfach mit Julia ab und lässt mich draußen schlafen.«

Tommy gluckerte und brachte ein »Sorry« hervor.

Sie wanderten zunächst wortlos einen Feldweg entlang, bis sie an einen schmalen Fluss kamen, dem sie folgten.

»Hattet ihr Sex?«, fragte Ben nach einer Weile.

Die Frage war eigentlich überflüssig. Aber Svenja und er waren ja auch ohne durch die Nacht gekommen.

Tommy begann, ausführlich über die letzte Nacht zu berichten, und so erfuhr Ben mehr, als ihm eigentlich lieb war.

»Julia ist eine super Braut. Sie ist witzig und ...« Tommy überlegte, mit welchen Adjektiven er Julia sonst noch beschreiben könnte. Es kam ihm aber nichts in den Sinn, außer: »... und verdammt scharf. Wir haben geknutscht. Sie wollte mit mir in unser Zimmer. Es war ihr Vorschlag. Es war geil. Finger, Zunge und alles.«

»Jaja, schon gut!«, unterbrach ihn Ben. »Keine Details!«

»Und du?«, fragte Tommy.

»Du meinst Svenja?« Ben versuchte, Zeit zu gewinnen. Würde er ihm die Wahrheit sagen oder etwas vorgaukeln?

»Ja, wer sonst. Der Hausmeister?«

Ben entschied sich für die Wahrheit. »Sie ist süß und wollte auch«, begann Ben.

»Ja?«, meinte Tommy und zog das A in die Länge.

»Ich konnte nicht. Ich meine, schon, wenn ich gewollt hätte. Aber ich wollte nicht«, sagte Ben.

»Zuerst diese superscharfe Braut in Edinburgh und nun Svenja? Was ist los mit dir?«

»Na, deine superscharfe Braut und vor allem ihr Freund oder Leibwächter, oder was auch immer der dicke Glatzkopf war, haben uns ja fast das Leben gekostet.«

»Ja, okay, aber Svenja?« Tommy sah Ben mit großen, neugierigen Augen an.

»Ich habe mich nicht getraut, okay?«, meinte Ben kleinlaut und kickte mit dem Fuß einen kleinen Stein weg.

»Du hättest sie einfach machen lassen sollen, so schwer ist das doch nicht.«

»Das ist nicht mein Ding.«

»Sex ist nicht dein Ding?«

»Doch, natürlich schon. Aber ich sehe es nicht als Sport. Nicht als etwas, wo man sich mal abreagieren kann. Ich habe einfach diese romantische Idee, dass da auch Liebe dabei sein sollte.« Ben blickte auf das langsam fließende Wasser, in dem sich die kleinen weißen Wolken spiegelten.

»Was hat Sex mit Liebe zu tun?« Tommy gab Ben einen Schubser. »Schon gut. Ich weiß, was du meinst«, fügte er gleich hinzu, wohl, um keine Missverständnisse aufkommen zu lassen. »Aber du hörst dich langsam an wie Morrissey, weißt du?«

»Leck mich.«

Tommy lachte. »Ich brauche eine Zigarette.« Er schaute sich um. »Da vorne bei der Brücke ist eine Bank. Lass uns dort eine drehen«, sagte er.

Tommy holte den Tabak und die Papers aus seinem kleinen Rucksack, nahm sich etwas davon und reichte dann beides an Ben weiter.

Während sie ihre Zigaretten rollten, fragte Tommy:

»Hast du das ernst gemeint vorhin? Mit der Liebe und so?«

»Ja. Frauen abschleppen ist nicht mein Ding.«

»Wer spricht denn hier von Abschleppen? Diese Typen gehen mir auch auf die Nerven. Sie gehen auf ein Konzert, nicht wegen der Band, sondern um eine abzuschleppen. Sie gehen in einen Club, nicht wegen der Musik, sondern um eine abzuschleppen. Diese Wichser haben keinen anderen Lebensinhalt.« Tommy fuhr mit der Zunge über das Papier.

»Wichser sind sie ja dann wahrscheinlich nicht.« Ben

grinste, schob sich die Zigarette in den Mund und zündete sie an.

»Klugscheißer!« Tommy tat es ihm gleich. »Ich meine, wenn es sich einfach ergibt. Wieso nicht?«

»Ich mach dir ja keinen Vorwurf. Ich sag ja nur, dass das bei mir nicht geht. Da steht mein Kopf quer. Meine romantische oder von mir aus kitschige Idee von der Liebe macht mir da einen Strich durch die Rechnung.« Er hielt kurz inne. »Vielleicht bin ich auch ein Fall für die Couch.«

»Hast du schon mal jemanden richtig geliebt?«, fragte Tommy.

»Ja, als ich sechzehn war. Weißt du nicht mehr? Barbara?«

Ben saß breitbeinig auf der Bank mit beiden Händen zwischen den Beinen. Der Rauch stieg vor seinem Kopf auf.

»Natürlich. Wie lange wart ihr zusammen?« Tommy hatte beide Beine von sich gestreckt und verschränkt auf einem Steinbrocken liegen.

»Etwas mehr als ein Jahr.«

»Wer hat denn Schluss gemacht?«

»Ich.« Ben nahm einen Zug von seiner Zigarette. Das Ende glühte hell auf.

»Wieso?«

»Es hat eines Tages einfach nicht mehr gestimmt.«

»Eine andere?«

»Nein. Ich habe sie nicht mehr geliebt.« Er machte eine kurze Pause. »Was weiß ich.«

Die beiden rauchten ihre Zigaretten und schauten auf den Fluss. Das Wasser floss beinahe unmerklich, als wäre es müde. Auf der anderen Seite des Ufers stand ein Keltenkreuz. Sicher über zwei Meter groß. Es stand schief und zeigte in die Richtung, in die die Wolken zogen. Alt und schwach wirkte es.

»Glaubst du, dass das immer so sein wird?«, fragte Ben. Er warf die Zigarette zu Boden und trat darauf.

»Was?«

»Dass man sich in jemanden verliebt. Und dann plötzlich ist die Liebe weg.« Er schob beide Hände hinter seinen Kopf und blickte auf den Fluss. »Ich meine, meine Eltern sind auch geschieden. Was, wenn es so etwas wie ›Bis dass der Tod euch scheidet‹ gar nicht gibt? Ich meine, aufrichtig gibt?«

»Ich weiß nicht. Ich glaube an die Liebe«, antwortete Tommy. »Aber ich denke, es ist wie mit der Religion. Man wird es wahrscheinlich erst wissen, wenn man tot ist.«

Ben nahm die Arme runter. »Was?«, fragte er mit einer hohen Stimme und sah Tommy an. »Wieso tot?«

»Was weiß ich.« Tommy hob einen Stein hoch und warf ihn ins Wasser. »Ich glaube, eines Tages wird mich die Liebe finden. Bis es so weit ist, lasse ich mir aber die

Chance auf ein bisschen Körperwärme nicht nehmen.« Tommy gluckerte beim letzten Satz.

»Hast du Anna geliebt, deine Ex?«, fragte Ben.

»Im Nachhinein: nicht wirklich. Ich war verknallt. Wir haben uns gut verstanden. Ich hatte zu Beginn auch Schmetterlinge im Bauch und so. Aber Liebe? Ich glaub nicht«, antwortete Tommy.

»Ob man es merkt, wenn die richtige Liebe kommt?«, fragte Ben.

»Davon bin ich überzeugt.«

»Aber wie?«

»Du hörst die Engel singen«, sagte Tommy. Er gluckerte.

»Arsch.«

»Was weiß ich. Du wirst es merken. Du hast es bei Barbara auch gemerkt.«

»Ja, aber dann war's plötzlich weg. Dann kann es ja keine richtige Liebe gewesen sein«, meinte Ben. »Und was, wenn man stirbt, bevor man merkt, dass es nicht die richtige Liebe war? Das wäre ja dann auch ›Bis dass der Tod euch scheidet‹?«

Tommy warf die Hände in die Luft. »Mann, Ben! Was ist denn mit dir los? Du denkst zu viel! Ich komme mir hier schon vor wie bei *Piggeldy und Frederick*!«

»Fick dich, okay! Diese Dinge sind mir nun mal wichtig!«, entgegnete Ben.

»Ist ja gut!« Tommy hob beschwichtigend die Hand. »Schau. Wir, du und ich, wir werden uns eines Tages richtig verlieben und wir werden es dann wissen. Davon bin ich fest überzeugt«, fuhr er mit ruhiger Stimme fort. »Lass es einfach geschehen! Okay?«

Die beiden gingen weiter. Ben schien besänftigt zu sein, jedenfalls sprach er wieder über Musik.

Zurück in der Jugendherberge machten sich die beiden noch eine Dose Ravioli warm. Sie waren erschöpft. Von der Wanderung, von der letzten Nacht. Nach dem Essen meinte Tommy, dass er noch etwas lesen werde im Zimmer.

»Ich muss noch mal kurz raus«, erwiderte Ben.

Er holte seine Jacke und verabschiedete sich. Etwa zwei Kilometer von der Jugendherberge entfernt war ein Pub. Ben machte sich auf den Weg dorthin. Die Dämmerung hatte schon lange eingesetzt.

Das Pub war nicht stark besucht. Ben setzte sich an die Bar und bestellte einen Whisky. Der Barkeeper schenkte ihm einen irischen aus. Mit einer Zigarette in der Hand starrte er auf die Flaschen hinter dem Tresen an der Wand und trank. Die letzte Nacht ging ihm nicht mehr aus dem Kopf. Die großen Boxen neben dem Kassettenrecorder hinter dem Tresen spielten ein ihm bekanntes Lied, *Kitty* von The Pogues. Er machte seine Zigarette aus und kramte aus der Jacke sein schwarzes Buch hervor.

Als sie am nächsten Morgen in die Küche gingen, waren die Mädchen schon abgereist. Nach dem Frühstück war es für die beiden auch Zeit, weiterzureisen. Ihre Ferien waren bald um. Sie mussten nach Hause. Ohne Umwege fuhren sie nach Rosslare, wo sie am Abend an Bord einer Fähre nach Cherbourg, Frankreich, gingen.

Ben und Tommy hatten fast kein Geld mehr. Für Essen und Tabak würde es noch reichen, aber nicht für mehr.

Sie schliefen in ihren Schlafsäcken auf dem Boden eines großen Saals unter dem Deck. Im Saal waren noch andere Passagiere. Einige von ihnen hatten einen Schlafsessel gebucht. Für die Passagiere mit Schlafsack blieben im Wesentlichen nur die Gänge.

Es schien, als ob der ganze Saal schnarchte und furzte. Ben konnte nicht schlafen. Er blickte zu Tommy. Der schlief schon tief und fest. Er stand auf und schlurfte langsam zum Ausgang. Die Gänge draußen waren im Gegensatz zum Schlafsaal hell beleuchtet. Auch die Bar schien noch auszuschenken. Ein paar Iren saßen vor ihren halb gefüllten Pints, die Köpfe knapp über der Theke. Auch eine Möglichkeit, auf der Fähre zu übernachten, dachte Ben. Dennoch war es hier ruhiger als im Schlafsaal. Niemand mochte mehr sprechen. Ben fragte sich, ob es wegen des vielen Alkohols, der Müdigkeit oder wegen der Trauer, Irland verlassen zu müssen, so ruhig war. Ein bisschen schwer ums Herz war es ihm jedenfalls schon. Irland hatte ihn berührt. Würde er wiederkommen, fragte er sich. Davon war er überzeugt. Er besorgte sich einen Kaffee an der Bar und ging aufs Deck hinaus.

Das Meer war dunkel. Hinter der Reling war nichts auszumachen. Aber Ben konnte das Meer riechen. Er setzte sich auf eine Bank, rollte eine Zigarette und zündete sie an. Mit dem Kaffee und der Zigarette in der Hand genoss er die Stille und die Einsamkeit an Deck. Seinen Blick hatte er auf das Dunkle gerichtet. Dorthin, wo das Meer sein musste.

24

»Es tut mir leid. Ich weiß nicht mehr, was ich will. Wer ich bin.« Ben atmete schwer. »Ich möchte meine Selbstzweifel zurücklassen«, sagte er mit dünner Stimme.

Dunkle Wolken zogen vor den dichten weißen vorüber. Er fasste Sarahs Hand. Fay ging ein paar Meter vor ihnen und beschnupperte schwanzwedelnd den Waldweg. Sarah schwieg.

»Ich will mein Leben zurück, Sarah.«

»Das will ich auch«, sagte sie stumpf.

Ben nahm ihre Hand und küsste sie. »Wie geht es dir?«

Sarah zögerte einen Moment. »Es ist nicht leicht. Arbeit, Familie. Deine Stimmung.« Sie schluckte.

Er schaute sie kurz an. »Ich weiß.« Dann senkte er seinen Kopf. »Es tut mir leid.«

»Ich möchte dir helfen«, fuhr sie mit zittriger Stimme fort, »aber ich weiß nicht, wie. Ich komme nicht an dich heran.«

Ben sagte nichts.

»Du bist so sehr mit dir selbst beschäftigt, was ich verstehe. Aber du lässt mich nicht an dich heran. Und dann das mit der Kündigung. Es macht mir Angst, Ben.« Sie weinte.

Ben blieb stehen und nahm sie in den Arm.

Am Abend saß Ben mit einem Glas Bordeaux im Garten. Es war kalt, weshalb er eine dicke Jacke trug. Der Garten war dunkel. Die Wolken ließen kein Mondlicht durch. Ab und zu sah man das blaue Flackern, das vom Fernseher nach draußen drang. Die Kinder sahen einen Film. Sarah war bei einer Freundin.

Ben dachte an seine Kindheit, an seine Eltern. An ihre Scheidung. An das Streiten. Das fehlende Lob. Die Vorurteile. Die Primarschule. Seine Lehrerin.

»Was auch immer früher gewesen ist, es sind nur Ihre Gedanken. Ihre Gedanken beeinflussen Ihre Gefühle. Und diese Gefühle, egal ob Trauer oder Wut, sie dürfen sein. Kämpfen Sie nicht dagegen an. Alles, wogegen Sie ankämpfen, bleibt bestehen«, hatte ihm die Ärztin mal gesagt.

Ben schloss die Augen. Sarah stand vor ihm. Sie sah ihn an und lächelte. Keck neigte sie ihren Kopf etwas zur Seite. Er öffnete seine Augen wieder.

Wie konnte er für sie da sein, wenn er schon mit sich selbst überfordert war? Er, der hier im Dunkeln saß, sich mit Wein betäubte und im Selbstmitleid ertrank?

»Sie müssen hier und da Ihre Komfortzone verlassen. Das Leben findet außerhalb davon, in der Risikozone, statt«, hatte die Ärztin gesagt. »Dort machen Sie neue Bekanntschaften. Dort erleben Sie Abenteuer, an die Sie sich bis ans Ende Ihres Lebens erinnern werden. Und ja, in der Risikozone passieren Fehler. Das geht allen so. Die meisten Fehler sind aber nicht schlimm. Das Leben geht weiter.«

Er hatte Angst. Nicht nur vor dem Versagen. Er hatte Angst vor der Welt – vor den Menschen. Mehr, als er sich dies je eingestanden hatte. Es war wahr. Er bewegte sich seit Langem in der Komfortzone. Oft einsam, gelangweilt und nun depressiv. Das war nicht immer so gewesen. Er hatte einst so viele Freunde gehabt. Sie waren sein soziales Netz gewesen. Die Menschen hinter den meisten Freunden waren noch da, die Freundschaften nicht.

25

Der Wecker riss Ben aus dem Schlaf. Mit geschlossenen Augen tastete er nach ihm. Er blieb liegen. Völlig niedergeschlagen von seinem Traum.

Es war kurz vor sieben Uhr. Die Kinder mussten zur Schule. Der Hund musste gefüttert werden. Der Tag musste beginnen. Sarah reiste heute zu einem Termin nach Bern. Sie war schon weg. Er war somit allein dafür verantwortlich, dass der Tag für alle ordnungsgemäß beginnen konnte.

Ben öffnete langsam die Augen. Sein Blick ging ins Leere. Er hätte weinen können. Was hatte er nur geträumt?

Langsam erinnerte er sich wieder. Er war im Traum etwa 17 Jahre alt gewesen. Seine Freundin war bei ihm. Sie war eigentlich gar nicht seine Freundin. Sie hatte einen Freund. Trotzdem fühlte es sich an, als würden sie zusammengehören. Der Ort, an dem sie sich befanden, änderte sich dauernd. Einmal waren sie auf einer trostlosen Insel im Mittelmeer. Nichts wuchs dort. Auf der Insel gab es keine Tiere, nicht einmal Vögel. Es gab nur Steine und Felsen. Sie suchten einen Strand, fanden aber keinen.

Dann waren sie plötzlich bei jemandem zu Hause auf einer Party. Viele Freunde waren da. Sie hatten jedoch keine Gesichter. Ben kannte ihre Namen nicht. Sie tranken Bier und aßen etwas. Die Stimmung war fröhlich. Alle schienen auf einmal zu sprechen, aber er hörte keine Worte. Als hätte jemand den Ton ausgeschaltet. Nun saß Ben mit seiner Freundin im Flugzeug. Das Ziel war irgendwo in der Südsee. Das Flugzeug flog so tief, dass es in den Städten zwischen den Häusern und unter den Stromleitungen durchfliegen musste. Ben hatte im Traum immer wieder Angst, das Flugzeug könnte einen Mast, eine Wand oder sonst irgendetwas treffen. Das war nicht der Fall. Die Südsee erreichten sie trotzdem nicht. Sie landeten vorher. In New York. Oder war es London? Ben konnte sich nicht mehr erinnern. Im nächsten Moment war er bei seiner Freundin zu Hause. In ihrem Zimmer. Sie spielten Billard. Sie waren zärtlich, sie unterhielten sich. Sie lachten. Aber auch hier waren sie stumm.

Der Traum war nicht besonders verstörend oder traurig, dachte Ben. Jedenfalls fühlte er sich im Traum ganz okay, irgendwie neutral. Bis auf die Angst vor dem Flugzeugabsturz gab es keine nennenswerten Gefühle. Er dachte nach. Oder war er verliebt in die Freundin, von der er träumte? Jedenfalls verspürte er nun unendlich tiefe Trauer. Eine Melancholie, die ihn wie eine bleierne Decke umhüllte. Im Hals steckte ein fetter Kloß.

Die Traurigkeit bereitete Ben Sorgen. Er konnte wieder arbeiten, es ging ihm mehr oder weniger gut. Er hatte sich arrangiert mit seiner Depression, die er seit dem Burnout hatte. Er versuchte, so gut es ging, im Hier und Jetzt zu weilen, auch wenn das fast seine gesamte Aufmerksamkeit und Energie kostete. Deswegen war er noch nicht vollständig genesen, noch nicht voll bei der Arbeit. Aber es schien trotz allem voranzugehen.

Und jetzt das. Wieso zog ihn dieser Traum so runter? Hatte es mit der Auseinandersetzung mit Sarah zu tun?

Als Fay bemerkte, dass Ben wach war, schoss sie wild mit angelegten Ohren schwanzwedelnd auf das Bett und zwang Ben schließlich dazu, aufzustehen und sie zu füttern.

Vor seinen Kindern versuchte Ben, sich nichts anmerken zu lassen. Er folgte, so gut es ging, seiner morgendlichen Routine und sorgte dafür, dass die Kinder pünktlich zur Schule kamen. Dann fuhr er an den See.

Ben parkte seinen Wagen direkt am Ufer. Außer ihm war niemand da an diesem Morgen.

Die Wolken hingen tief. Es regnete. Ben blieb sitzen und schaute aus dem Fenster. Die Regentropfen bildeten kleine Kreise im Wasser. Die Kreise wurden größer. Sie trafen auf andere Kreise und verschwanden allmählich wieder in der Weite.

Die vom Herbst goldgelb gefärbten Blätter erschienen heute farblos. Der Wind schüttelte sie einfach von den Bäumen. Schwer vom Regen flogen sie, ohne zu tanzen, direkt ins Wasser, wo sie auf der Oberfläche auf den Kreisen schwammen, auf und ab, um dann allmählich von ihrem Baum weggetragen zu werden.

Im Auto lief Musik. Irgendeine Playlist von ihm spielte gerade *Somebody New* von Marta Del Grandi. Er kämpfte mit den Tränen. Irgendetwas in ihm war kaputt. Er bezweifelte, dass man es je wirklich würde reparieren können.

Ben tauchte ab. Tief. Und lange.

An der Oberfläche bildete das Wasser neue Kreise, sammelte heruntergefallene Blätter und trug sie fort.

26

Ben erholte sich von seiner Traurigkeit. Es dauerte ein paar Tage, bis er darüber hinweg war. Es war verrückt. Vielleicht war er verrückt, dachte Ben. Schon länger beschlich ihn das Gefühl, dass er nicht mehr zurückkehren würde. Er war kein anderer. Er war immer noch Ben. Aber das Burnout, die Depression, seine Erlebnisse und Gedanken konnte er nicht rückgängig machen. Sie würden immer ein Teil von ihm bleiben. Und auf eine seltsame Art und Weise war er fast dankbar, das alles erlebt haben zu dürfen. Er hatte Dinge erblicken können, die vielen ihr Leben lang verborgen blieben. Dinge, die tiefer lagen. Er hatte Einblicke in die Seele eines Menschen erlangt. In seine Seele. Dies machte etwas Besonderes aus ihm. Das fühlte er, auch wenn der Preis dafür Abgründe waren, aus denen man nur schwer wieder hinauskam.

»Auf einer Skala von eins bis zehn: Wo, würden Sie sagen, stehen Sie jetzt?«, fragte Frau Dr. Lenz.

»Ich glaube, ich fühle mich wie eine Acht«, verkündete Ben stolz.

»Sehr schön!« Die Ärztin nickte zufrieden. »Was können wir noch tun, damit Sie bei einer Zehn sind?« Die Stimme der Ärztin klang fröhlich.

»Eine Zehn?«, sagte Ben laut und schob den Kopf leicht nach vorn. »Ich bin mit der Acht schon sehr zufrieden. Für mich ist das gut.«

Die Ärztin sah Ben immer noch lächelnd an und sagte nichts. Sie wartete weiter auf eine Antwort.

»Ich weiß nicht, für eine Zehn müsste ich mich jeden Tag so fühlen, als ob ich Bäume ausreißen könnte, ohne Selbstzweifel, ohne Unsicherheit, ohne Sorgen. So habe ich mich aber noch nie gefühlt.« Ben hob die rechte Hand von der Lehne, um seinen Worten Nachdruck zu verleihen.

»Ab und an Zweifel zu haben, ist normal«, meinte die Ärztin. Sie stützte ihren Arm ab und richtete ihre Brille. »Aber was eine Zehn ist, bestimmen Sie!«

Ben blickte zunächst auf Big Ben. Die Uhr zeigte kurz vor elf Uhr. Die Stunde war gleich um. Dann sah er aus dem Fenster hinter der Ärztin. Der Winter nahte. Es waren nasse und trübe Tage. Ben starrte auf das Gebäude im Hintergrund. Es war gelb! Das Haus sah jedoch nicht aus, als wäre es frisch gestrichen. Es war immer noch eine hässliche architektonische Verirrung. Aber nicht grau. Verdammte Scheiße, dachte Ben.

Ben kam am Nachmittag mit Fay nach Hause und hängte seinen Mantel auf. Fay legte sich zufrieden auf ihr Kissen. Sie waren sicher zwei Stunden unterwegs gewesen.

Ben setzte sich in die Küche. Auf dem Plan stand Lesen. Aber statt zum Sofa ging Ben zum Speicher hoch.

Er öffnete die Tür zum Dachboden. Sie knarzte.

Die Decke war niedrig und die Glühbirne an der Wand spendete nur spärlich Licht. Die kalte Luft roch nach Staub und feuchtem Holz. Ben schob eine Kiste mit alten Kinderkleidern zur Seite. Dahinter waren noch mehr Boxen mit Kleidern. Er sah sich um und betrachtete eine weitere Kiste: »Spielzeug«, stand auf einem Post-it.

Weiter hinten im Estrich fand er eine Truhe mit seinen Schallplatten. Seine Augen funkelten für einen Moment. Er öffnete sie. Seine ganze Jugend schien sich vor ihm aufzutun. Er stocherte etwas in der Truhe herum, nahm ein Album hervor, auf dessen Cover ein junger Soldat abgebildet war. Auf seinem Helm stand handgeschrieben *Meat Is Murder*. Er betrachtete die Rückseite, schmunzelte und verstaute es wieder zwischen den anderen Alben. Er schloss die Truhe. Dann stieß er auf einen Karton mit Büchern, die keinen Platz mehr im Regal gefunden hatten. Er atmete schneller. Ben zog den Karton zu sich und öffnete ihn. Zuoberst lagen ein paar Reiseführer. Er nahm sie heraus und legte sie beiseite, ohne sie weiter zu beachten. Darunter kamen Kinderbücher zum Vorschein. Auch die legte er beiseite. Dann lag es vor ihm. Ein kleines schwarzes Heft. Sein Atem stockte. Behutsam nahm er es heraus und begann, darin zu blättern. Seine Hände zitterten. Die Augen wurden feucht. Shane MacGowan lächelte ihm entgegen. Auf einer anderen Seite war der Soldat aus Nordirland. Er blätterte weiter. Es enthielt noch leere Seiten. Ben nahm es mit.

Er setzte sich wieder in die Küche und legte das Heft vor sich hin. Dann nahm er einen Stift und begann zu zeichnen. Er hatte keinen Plan. Es war, als ob der Stift ihn führte. Vor ihm fügten sich die Striche zu einem Baum zusammen. Dann zu mehreren Bäumen. Einige mit Laub an den Ästen, andere schienen kahl. Dann kam Licht. Von links oben nach rechts unten. Strahlen, die sich durch das Dunkel des Waldes drängten.

»Ich werde mich ändern, Sarah. Ich will es.« Er fuhr ihr zärtlich mit der Hand durch die Haare. Sie lag neben ihm im Bett.

»Es geht mir besser, glaube mir. Wir werden das wieder hinbekommen.«

Sarah drehte leicht ihren Kopf und sah ihn an. »Ich will dich nicht verlieren«, sagte sie.

»Das wirst du nicht«, flüsterte er. »Ich liebe dich.«

»Ich liebe dich auch.« Eine Träne lief ihr über die Schläfe. Sie schloss die Augen.

Er wischte ihr die Träne aus dem Gesicht und streichelte ihre Schläfe. Zärtlich fuhr er ihr dann mit dem Finger über die Augenbrauen. Ben küsste Sarah auf die

Augen, auf die Wange und dann auf den Mund. Sie erwiderte seine Küsse. Er setzte sich auf sie und liebkoste ihren Hals und ihr Ohr. Er zog ihr das Hemd über den Kopf. Sie ließ ihn machen. Er berührte mit seinen Lippen ihre Brüste. Langsam zog er ihr den Slip runter. Er küsste ihren Bauchnabel. Dann ihre Oberschenkel. Ben zog sein T-Shirt und seine Shorts aus. Dann drang er in sie ein. Sie liebten sich.

27

Ben fühlte sich gut. So gut, dass er seine Eltern einlud, Tims Laternenumzug beizuwohnen. Und weil er wegen der Antidepressiva mit der Gelassenheit eines Jedis gesegnet war, bat er die beiden noch, zum Abendessen zu bleiben. Ivana war bei ihrer Familie in Österreich und konnte an diesem Abend nicht dabei sein. »Zum Glück!«, wie Sarah meinte. Sie war von der Idee mit dem Abendessen nicht begeistert.

Ben hatte gehofft, dass seine Eltern sich für diesen Abend zusammenreißen würden. Wenn nicht für ihn, dann für die Enkelkinder. Er hatte gehofft, er könnte die Vergangenheit hinter sich lassen und wenigstens für einen Abend so etwas wie Normalität in seine Familie bringen. Vielleicht könnten sie das dann öfter machen. Wer weiß, dachte Ben.

Es war schon früh dunkel. Der Umzug startete um achtzehn Uhr und wurde vom Nikolaus angeführt. Bedacht schritt er mit seinem rot-goldenen Umhang und der mächtigen Mitra voraus und hob immer wieder seine Hand unter den weißen Handschuhen oder den Stab zum Gruß. Die Kinder am Straßenrand winkten ihm zu. Hinter ihm marschierte eine Trychlergruppe. Ohrenbetäubend dröhnten die schweren Glocken, die von den Männern und Frauen im Gleichtakt vor und zurück bewegt wurden. Dann kamen die Kleinen mit ihren Laternen stolziert. Tims selbstgebastelte Laterne war mit zahlreichen Sternen und einer Mondsichel geschmückt. Ben und Sarah klatschten. Tim lächelte verlegen und folgte wichtig dem Laternenzug. Bens Mutter stand neben Sarah und applaudierte ebenfalls. Sein Vater stand neben ihm und hämmerte mit dem Zeigefinger etwas in sein Handy. Den Abschluss machten ein paar ältere Kinder, die Erdnüsse, Orangen und Mandarinen an die Zuschauer verteilten. Nach rund fünfzehn Minuten war der Umzug vorbei.

Zum Apéro gab es Lachsbrötchen mit Meerrettichschaum und für Ben, der immer noch keinen Fisch essen wollte, Brötchen mit Ziegenkäse, Honig und Feigen. Dazu einen Champagner, für die Kinder Rimuss. Sie saßen alle zusammen vor dem Kamin. Das Feuer loderte. Die Flammen zuckten nervös in alle Richtungen, oft begleitet von einem lauten Knacken. Die Glut darunter schien das Geschehen zu kontrollieren. Ganz langsam veränderte sich ihre Farbe. Mal war die eine Stelle gelb, dann orange. Eine andere wurde rot. Dazwischen gab es immer wieder pechschwarze Lücken. Sie wirkte bedrohlich. Ben wandte den Blick von ihr ab.

Es lief gar nicht so schlecht, dachte er. Ben unterhielt sich mit seinem Vater über dessen und seine Arbeit, neben ihm hörte er, wie seine Mutter sich bei Sarah über ihre schlimme Schulter beschwerte, und hin und wieder berichteten die Kinder von der Schule oder von ihren Hobbys, sodass Bens Eltern gar nicht in Versuchung kamen, miteinander zu reden. Nur ein kurzes »Hallo« bei der Begrüßung und nun ein noch kürzeres »Prost« beim Anstoßen mussten sie über sich ergehen lassen.

Ben war nicht leichtsinnig und hatte seine Eltern räumlich etwas getrennt. Auch der Tisch war so gedeckt, dass sie einen möglichst großen Abstand voneinander hatten.

Als Ben sich und seinem Vater Champagner nachschenken wollte, war die Flasche bereits leer.

Seltsam, dachte er. Er hatte nur ein Glas getrunken. Und sein Vater, der die ganze Zeit neben ihm saß, auch. Oder nicht?

Die Vorspeise wurde am großen antiken Holztisch gegessen. Ben hatte eine Kürbissuppe mit Croutons zubereitet. Dazu gab es einen gemischten Salat. Zum Trinken servierte er einen Grünen Veltliner aus Österreich. Während die Suppe geschlürft und der Salat gegessen wurde, drehten sich die Gespräche zunächst vor allem um die Kinder und darum, wie es in der Schule lief. Ben beobachtete, wie Sarah seiner Mutter immer wieder Wein nachschenkte. Er versuchte ihr zuzuzwinkern, ihr ein Zeichen zu geben, dass dies vielleicht keine so gute

Idee sei. Sein Vater hatte ihn aber verbal in Beschlag genommen und redete ununterbrochen von irgendeinem neuen BMW-Modell, das er Probe gefahren war.

Als sie mit der Vorspeise fertig waren, drängten die Kinder darauf, dass sie in ihren Zimmern spielen durften.

Sarah bemerkte, dass alle auf dem Trockenen saßen, und öffnete noch eine zweite Flasche des Veltliners. Als sie Bens Glas füllte, küsste er sie und flüsterte ihr dabei unauffällig ins Ohr:

»Wir müssen ein Auge auf meine Mutter werfen, die säuft sonst zu viel. Kannst du die Flasche wieder in den Kühlschrank stellen?«

Sarah nickte und brachte die Flasche, nachdem sie allen eingeschenkt hatte, zurück in die Küche.

Seine Mutter entschuldigte sich für einen Moment und ging zur Toilette nebenan. Ben ergriff die Gelegenheit und ging ebenfalls zur Toilette, aber im oberen Stock des Hauses. Als er wieder runterkam, war seine Mutter noch nicht zurück. Er setzte sich und lauschte etwas dem Gespräch zwischen seinem Vater und Sarah, ohne wirklich zuzuhören.

Als nach einer Weile seine Mutter immer noch nicht zurück war, entschloss sich Ben, nach ihr zu sehen. Die Tür der Gästetoilette stand offen. Hier war sie nicht. Er ging zur Küche und fand sie vor dem Kühlschrank mit der Weißweinflasche in der einen und dem Glas, aus dem sie gerade trank, in der anderen Hand.

»Mom, denkst du nicht, dass du schon genug hattest?«, fragte er vorsichtig.

»Nein«, antwortete sie knapp. »Ist doch ein Feiertag.« Sie stürzte ihr Glas in den Rachen und schenkte sich erneut ein.

»Komm, setz dich an den Tisch. Das Essen ist gleich fertig.«

Ben nahm ihr die Flasche aus der Hand und stellte sie zurück in den Kühlschrank.

Seine Mutter setzte sich mit dem frisch gefüllten Weinglas wieder an den Tisch. Die Kinder stießen auch wieder dazu.

Ben kam mit dem Brasato aus der Küche und erntete von allen Seiten Applaus. Er stellte den Braten in die Mitte des Tisches. Sarah stand auf und holte die Kartoffeln aus der Küche, während Ben den Rotwein besorgen wollte. Ein Merlot aus dem Tessin.

Als er im Keller vor dem Weinregal mit den Schweizer Weinen stand, realisierte er, dass seine Eltern jetzt allein miteinander am Tisch sitzen mussten. Er griff sich die Flasche Wein und eilte nach oben.

Zum Glück fand er seine Eltern vor, wie sie sich mit den Kindern unterhielten. Sarah war auch schon wieder zurück mit den Kartoffeln. Der Waffenstillstand war nicht gebrochen worden, dachte Ben. Allerdings beobachtete er auch, dass die Worte zunehmend lallend aus dem Mund seiner Mutter kamen und sein Vater ihr deshalb argwöhnische Blicke zuwarf.

»Guten Appetit«, warf Ben schnell in die Runde. Das Essen würde ablenken, hoffte er.

Kaum jemand sprach während des Essens. Ab und zu hörte man ein Schmatzen oder ein Kompliment an die Küche. Seine Mutter schaffte es schließlich nicht, den Teller leer zu essen.

»Es war sehr lecker, aber ich bin satt«, lallte sie inzwischen schon recht deutlich. »Aber ein Schlückchen Rotwein nehme ich gerne noch«, sagte sie und hielt ihr Glas hoch.

»Säufst du immer noch mehr, als du isst?«, schoss es jetzt vom anderen Ende des Tisches aus dem Mund von Bens Vater.

Er starrte seinen Vater an.

»Und du? Isst du immer noch so viel, wie du rumvögelst?« Sie sah ihn mit zugekniffenen Augen an und machte mit ihrem Weinglas einen Schwenker in seine Richtung. Ungläubig drehte Ben seinen Kopf nun zu seiner Mutter.

Sebastian kicherte. Sarah warf ihm einen finsteren Blick zu.

Bens Mutter hatte den ganzen Abend lang versucht, ihre von damals gekränkte Seele zu kaschieren, als ihr

Mann sie mit den drei Kindern hatte sitzen lassen und mit dem viel jüngeren Flittchen aus Bern davongezogen war. Der Alkohol hatte die Verteidigung eingerissen.

»Leute, Leute! Bitte benehmt euch. Die Kinder!«, sagte Ben, der sich aus seiner Blockade lösen konnte. Seine Stimme verriet eine leichte Panik.

»Kinder, möchtet ihr nicht nach oben gehen und weiterspielen?«, fragte Sarah.

Die Kinder ließen sich nicht zweimal bitten.

»Mögt ihr noch ein Dessert? Wir haben noch etwas Eis.«

»Ich bin satt!«, meinte Bens Mutter, die immer noch ihr Glas hochhielt, den Ellbogen auf dem Tisch abgestützt, und auf den Rotwein wartete.

»Die beiden haben den ganzen Tag gekocht. Wein kannst du auch zu Hause saufen.« Man sah es den Augen von Bens Vater an, dass sein Blutdruck gestiegen war. »Deinetwegen bekommt der Junge noch mal ein Burnout.« Er zeigte mit der Hand auf Ben.

Ben erstarrte. Er fühlte, wie sein Gesicht versteinerte und er unfähig war, auch nur einen Gesichtsmuskel zu bewegen.

Alle schauten zu Ben.

»Was?« Seine Mutter stellte das Weinglas hin und schaute Ben mitleidig an. Dann verfinsterte sich ihr Blick. »Und du hast mir nie etwas davon gesagt? Wie konntest du nur!« Sie machte nun auch einen Schwenker mit ihrem Glas in Bens Richtung und sah ihn mit denselben zugekniffenen Augen an.

Ben setzte sich stumm hin und starrte auf seinen Teller.

»So ein Unsinn«, meinte sein Vater. »Burnout«, fügte er spöttisch hinzu.

Sarah strich Ben über den Arm. »Viele Leute sind davon betroffen. Ärzte, Lehrer, Krankenschwestern, Manager …« Sie wollte beschwichtigen.

Doch Bens Vater fiel ihr ins Wort. »Blödsinn!« Dann wandte er sich Bens Mutter zu. »Das ist alles deine Schuld! Hättest du ihn nicht sein Leben lang so verhätschelt, wäre er nicht so verweichlicht rausgekommen.«

»Du bist vielleicht ein Arschloch! Du warst ja nie zu Hause! Hättest deine Kinder gerne selbst großziehen können! Mit deinen Alimenten bin ich kaum durchgekommen!«, brüllte Bens Mutter.

»Zum Saufen hat's ja gereicht!«

Ben hielt seinen Kopf in den Händen. Er hoffte, dass die Kinder beim Spielen nichts mitbekamen. Dann schoss er plötzlich, ohne ein Wort zu sagen, hoch. Der Stuhl fiel um. Ben ging zur Garderobe, holte die Mäntel seiner Eltern, kam zurück und knallte sie ihnen auf den Tisch.

»Raus!«, sagte er. »Ich dachte, ich könnte wenigstens einmal Eltern haben, die dieser Rolle gerecht werden. Raus mit euch!« Ben war ruhig, aber bestimmt.

Die beiden sahen Ben verdutzt an. Mit strengem Blick, die Hände in die Hüfte gestemmt, wiederholte er bestimmt:

»Raus!«

»Das hast du wieder gut hinbekommen!«, wandte sich Bens Vater an seine Exfrau und nahm wütend seinen Mantel.

»Raus.«

Seine Mutter nahm ebenfalls ihren Mantel, wenn auch etwas zögerlich. »Wie soll ich jetzt nach Hause kommen?«, fragte sie Ben.

»Ist mir egal. Ihr seid erwachsen.« Ben sah ihr entschieden in die Augen.

Er begleitete die beiden zur Tür und knallte sie hinter ihnen zu. Ben konnte noch hören, wie sie sich draußen stritten. Die Worte verstand er nicht mehr. Dann ließ er sich mit der Flasche aus dem Tessin auf das Sofa nieder und schenkte sich ein gutes Glas ein. Sarah setzte sich zu ihm. »Schatz. Es ist okay, du hast es versucht. Komm, wir sollten uns den Abend nicht vermiesen lassen.«

Sie küsste ihn sanft auf die Stirn. Er lächelte und zog sie zu sich.

Am nächsten Morgen spazierte Ben mit Fay zur Buche. Den Vorfall mit seinen Eltern hatte er noch nicht verdaut. Es zermürbte ihn. Seine Eltern konnte er nicht einfach wie schlechte Gedanken wegmeditieren. Er hatte es versucht letzte Nacht. Zeit hatte er, lag er doch mehrheitlich wach im Bett.

Bei der Buche angekommen, setzte er sich hin und lehnte sich mit seinem Rücken an ihren Stamm. Dass der Boden nass und kalt war, spielte in diesem Moment keine Rolle. Fay gesellte sich zu ihm.

Ben atmete tief durch. Er atmete ein und aus. Ein und aus. Es half nichts. Sein Gehirn machte Überstunden. Vielleicht müsste er wieder öfter zur Therapeutin. Er fasste sich an den Arm. Die Narbe juckte, seit Langem wieder.

Seine Gedanken fingen an zu kreisen. Immer schneller. Er musste an die vielen Streite seiner Eltern denken, an deren Scheidung, an seine Kindheit, die scheinbar kein Ende nahm, die Schuld, die deswegen auf seinen Schultern lastete, er musste an Fräulein Steiner denken, daran, wie sie ihm keine Zukunft prophezeit hatte, an den Vorfall beim Tauchen. Er dachte an seine Arbeit. An Kliegel. An Alexander. Die graue Bürotür. Er erinnerte sich an die Gespräche mit Frau Dr. Lenz, dachte wieder an seinen Vater und dessen Vorwürfe. Er musste an seinen Zusammenbruch denken. Das Messer. Das Erbrechen. Seine Depression. Die Unfähigkeit, glücklich zu sein. Er atmete. Dann schloss er die Augen. Nun spürte er die Liebe zu Sarah, zu seinen Kindern, zu Fay, er fühlte die Erhabenheit der Buche, die scheinbar über allem stand. Er sah sein schwarzes Notizheft. Tommy lächelte ihm zu. Alles kam auf einmal. Konzentriert in einem dichten Haufen von Gedanken und Emotionen. Dann explodierte er.

»Verdammt! Verfickt! Verdammte verfickte verfluchte Scheiße!« Er stand auf und holte Luft.

»Ich bin Ben!«, schrie er.

Und dann noch lauter: »ICH BIN BEN!«

»Leckt mich! Verdammt noch mal!«

28

Auf der Fähre nach Cherbourg hatten Ben und Tommy nach einer Nacht im stinkigen Schlafsaal, in der beide fast nicht geschlafen hatten, einen Engländer in ihrem Alter kennengelernt. Andy. Er wohne in London, erzählte er. Seine Mutter sei Britin, sein Vater aus Jamaica. Andy trug schwarze Jeans und ein blaues Hemd. Beides teure Designerstücke. Sein krauses schwarzes Haar war kurz geschnitten. Er wollte zum Studium nach Amsterdam. Wieso ein Engländer auf der Fähre von Irland nach Frankreich war, um in den Niederlanden zu studieren, fragten sie sich damals nicht.

Sie waren sich beim Pokerspiel begegnet. Tommy war ein ausgefuchster Spieler und knüpfte Andy ein paar Pfund ab. Es war ein höchst willkommener Zuwachs für die Reisekasse und würde schon bald wieder für Tabak, Kaffee und Bier ausgegeben werden.

Als die Fähre gegen neun Uhr abends in Frankreich anlegte, war das Geld jedenfalls schon wieder weg. Am Hafen erfuhren sie, dass es aufgrund eines größeren Problems an einem Hauptgleis zwischen Cherbourg und Paris vorläufig keine Züge mehr geben würde. Nirgendwo hin. Zu ihrer Erleichterung fanden sie Busse als Bahnersatz vor. Sie hatten die Wahl zwischen zwei verschiedenen Richtungen. Einer fuhr nach Paris, der andere bis nach Lille.

Ben und Tommy betraten den erstbesten Bus. Es war der nach Lille. Sie erklärten dem Fahrer, dass sie in die Schweiz wollten. Der Fahrer – der offenbar über genauso wenige Geografiekenntnisse verfügte wie die beiden – nickte mürrisch, und so fuhren sie nach Lille, was definitiv weiter von der Schweiz entfernt war als Paris. Die Fahrt dauerte rund fünf Stunden. Auch Andy saß im Bus, allerdings ein paar Reihen hinter ihnen. So gut es ging, versuchten sie zu schlafen. Die engen Sitze ließen dies aber nur bedingt zu. Ben rutschte in seinem Sitz dauernd hin und her.

Sie erreichten Lille mitten in der Nacht. Endstation. Ben und Tommy hatten kein Geld mehr für eine Übernachtung. Sie beschlossen daher, die Zeit bis zum Morgen in der Bahnhofshalle totzuschlagen. Andy verabschiedete sich von ihnen und zog los. Wohin er um diese Zeit wollte, verriet er nicht.

Die beiden Freunde fanden in der großen Bahnhofshalle ein kleines Bistro, das zu ihrer Überraschung noch offen war, aber außer Kaffee nichts mehr ausschenkte. Mit dem Kaffee in der Hand und dem irischen Tabak auf dem Tisch stellten sie sich auf eine lange Nacht ein.

»Was Andy jetzt wohl macht?«, fragte Tommy.

»Keine Ahnung. Vielleicht sucht er sich ein Hotelzimmer. Wer weiß.« Ben drehte sich eine Zigarette.

Dann vertieften sie sich in philosophische Gespräche über Musik.

Inzwischen war es nach drei Uhr und gespenstisch ruhig. Der Bahnhof war verwaist. Hin und wieder benutzte jemand die Halle als Abkürzung zwischen den beiden Straßen, die den Bahnhof umschlossen.

Dann wurde die Ruhe durch Rufe gestört.

»Hey! Ben! Tommy!« Es war Andy. »Ich habe ein Zimmer gefunden. Wollt ihr bei mir übernachten?«

Natürlich wollten sie. Sie packten ihre Sachen zusammen und folgten Andy in die Stadt. Es waren nur ein paar hundert Meter.

Das Hotel war ganz in Ordnung und ihr Zimmer riesig. Die beiden waren überrascht, dass sich Andy so was leisten konnte. Sie machten es sich auf dem Boden bequem. Wobei bequem eine leichte Übertreibung war, erinnerte sich Ben. Aber sie waren im Warmen, im Trockenen und konnten sich endlich hinlegen. Andy lag allein im Doppelbett. Er kramte Tabak und Papers hervor und ein Tütchen mit einem kleinen dunkelbraunen Würfel drin. Dann begann er, sich einen Joint zu drehen. Er zündete ihn an und meinte: »Bamboule.«

Nach zwei, drei Zügen bot er ihn Tommy an. Dieser winkte dankend ab. Auch Ben wollte nicht. Die Erinnerung an den letzten war nicht besonders gut. Er wusste noch, wie sein kreideweißes Gesicht zu kribbeln begonnen hatte und schließlich taub wurde, bevor er sich übergeben musste.

»Ich reise morgen mit euch in die Schweiz. Okay?«, fragte Andy, nachdem er den süßlichen Qualm genüsslich zur Decke geblasen hatte.

»Wolltest du nicht nach Amsterdam?«, entgegnete Tommy.

»Ich möchte in Zürich noch etwas erledigen. Jetzt, da ich schon mal hier bin«, antwortete Andy.

Tommy sah Ben an. Dieser signalisierte mit seinen Augenbrauen ein Fragezeichen.

»Wie lange willst du denn in Zürich bleiben?«, fragte ihn Ben.

»Ich weiß nicht, mal schauen, wie es mir gefällt.« Andys Stimme krächzte in einem leicht überhöhten Ton. Das Cannabis entfaltete seine Wirkung.

»Und dein Studium? Hattest du dich nicht eingeschrieben?«, fragte Ben.

»Ja, klar«, meinte Andy.

Tommy zuckte mit den Achseln. Nichts ergab einen Sinn. Aber ihnen konnte es egal sein. Außerdem waren sie zu müde, um Sinn in Andys Handeln zu suchen.

Nach ein paar Stunden Schlaf machten sich die drei zusammen auf den Weg zum Bahnhof. Der Busfahrer von Cherbourg hatte ihnen versichert, dass ihre Tickets noch immer gültig wären. Während Ben und Tommy noch nicht so richtig wach waren und eher taumelten als gingen, war Andy hellwach, gut gelaunt und viel zu gesprächig für die beiden. Er quasselte ununterbrochen.

»Was hat der wohl intus?«, fragte Ben flüsternd.

Tommy zuckte nur müde mit den Augenbrauen.

In der großen Bahnhofshalle angekommen, sahen sie sich nach der Informationsstelle um und wurden auch gleich fündig. Andy und Ben wollten sich nach einem Zug in die Schweiz erkundigen, während Tommy auf sie in der Halle wartete. Ben stieß die Tür zur Informationsstelle auf und Andy folgte ihm mit seinem Sportsack, der so groß wie eine Eishockeytasche war. Noch bevor sie die Tür wieder schließen konnten, kam ein Sicherheitsbeamter in einer beigefarbenen Uniform angerannt und rief ihnen auf Französisch zu: »Stehen bleiben!«

Ben und Andy sahen den Beamten verdutzt an.

»Monsieur, wir sind auf der Durchreise von Irland und wollen uns nach unserem Zug erkundigen«, gab ihm Ben auf Französisch zu verstehen. Andy konnte nur Englisch und redete somit ausnahmsweise nicht.

»Sie dürfen kein Gepäck mit hineinnehmen!«, keifte der Sicherheitsbeamte.

Ben verstand nicht.

»Sie müssen Ihre Taschen hierlassen!«

Er erklärte ihnen, dass aus Sicherheitsgründen keine Taschen mit zum Schalter genommen werden durften.

Tommy kam nun auch herbei. Andy stand immer noch fragend da. Ben übersetzte, was der Beamte von ihnen wollte, dass Andy seine Tasche nicht mit hineinnehmen dürfe.

»Wieso? Was ist denn das Problem?«, erkundigte er sich. Er war sichtlich angespannt und alles andere als erfreut.

Als ob der Beamte verstanden hätte, worum es ging, wiederholte er: »Aus Sicherheitsgründen dürfen keine Taschen mit zur Informationsstelle genommen werden. Es könnten sich gefährliche Gegenstände, eine Waffe oder Sprengstoff darin befinden. Niemand darf mit einer Tasche hinein. Ihr Gepäck können Sie gerne hier draußen deponieren.«

Der Sicherheitsbeamte hatte einen freundlichen, aber bestimmten Ton. Wieder übersetzte Ben, sodass auch Andy verstand, was Sache war.

»Was denken sich diese Franzosen!« Andy war erzürnt. »Hätte ich Sprengstoff dabei, hätte ich diesen Laden schon lange in die Luft gejagt!«

Briten und Franzosen. Eine Liebesgeschichte, dachte Ben.

Da der Beamte kein Englisch sprach, erkundigte er sich bei Ben, was Andy gesagt hatte.

Ben suchte nach einer Antwort. Noch bevor er sich rauswinden konnte, bückte sich Andy zu seiner Tasche hinunter, öffnete den Reißverschluss, fasste hinein und schnellte mit seiner Hand, geformt wie eine Pistole, wieder nach oben.

»Peng! Peng!«, rief er lachend, während er mit seiner Hand auf den armen Beamten zeigte, der vor lauter Schreck zwei Meter nach hinten sprang.

Das war so bescheuert und komisch, dass Ben und Tommy prustend loslachten.

Als der Franzose sich wieder gefasst hatte, brüllte er die drei an. Noch bevor diese fertig mit Lachen waren, kam auch schon Unterstützung herbeigeeilt. Plötzlich sahen sie sich zwei weiteren Sicherheitsbeamten und zwei Polizisten mit Schäferhunden gegenüber. Dann kam noch ein dritter Polizist dazu. Die Beamten fluchten, die Polizisten waren still und ernst.

Ben musste an London denken. Der Kreis schließt sich, dachte er, als er zwischen Andy und Tommy mit dem Gesicht zur Wand stand. Er fühlte etwas Kaltes, Hartes an seinen Handgelenken. Dann hörte er ein Klicken.

Ben, Tommy und Andy wurden in Handschellen abgeführt.

Auf der Polizeistation trafen sie auf eine Frau, die sich als Kommissarin vorstellte. Es war eine attraktive Dame um die vierzig. Die Kommissarin trug eine weiße Bluse mit einem braunen Jupe. Darunter beigefarbene Strümpfe und braune Stöckelschuhe. Ben konnte es Tommy ansehen, dass die Fantasie mit ihm durchging und er gluckernd einen Spruch hervorbringen wollte. Er sah ihn finster an und schüttelte seinen Kopf.

Mit gespreizten Armen und Beinen standen sie an der Wand, alle drei nebeneinander. Die Kommissarin fragte nach ihren Namen. Ben stellte nicht nur sich, sondern auch Andy vor.

Sie beschlagnahmte die Reisepässe und marschierte mit ihnen ins Zimmer nebenan. Dann wurden sie von einem männlichen Polizisten durchsucht. Zuerst war Ben dran. Sämtliche Taschen wurden genau geprüft. Der Polizist fand außer einem alten, vollgerotzten Taschentuch aber nichts. Tommy gluckerte. Dann war er dran.

Dass der Polizist bei ihm ein Taschenmesser fand, hätte man bei einem Schweizer als Klischee abtun können, wären die Umstände andere gewesen. Der Polizist aber war aufgebracht und fing an, rumzuschreien. Dann legte er den dreien wieder Handschellen an, wobei er nicht zimperlich mit ihnen umging. Ben hatte das Gefühl, dass die Handschellen dieses Mal viel enger saßen. Sie taten weh. Das Messer wurde konfisziert. Danach untersuchte der Polizist das Gepäck. Jede Socke wurde genau unter die Lupe genommen. Da diese leider nicht mehr so frisch waren und Ben sie bis zu sich riechen konnte, hoffte er, dass Tommy nicht wieder zu gluckern anfangen würde. Dann kam die Kommissarin mit den Pässen hineingestürmt und stürzte sich direkt auf Ben.

»Sie haben mir gesagt, der Mann dort sei Brite und heiße Andy!«

»Ja?« Ben sah sie fragend an.

Sie hielt ihm seinen Pass unter die Nase.

»Wieso trägt er dann einen deutschen Pass mit sich, der auf den Namen Hermann Maier ausgestellt ist?«

Hermann, dachte Ben. Andy glich einem Hermann etwa so sehr, wie die Queen Boy George glich.

Ben fuhr mit der Zunge nervös über seine Lippen. Er suchte nach einer Antwort. Als er sich an Andy wenden wollte, in der Hoffnung, dieser könnte Licht in die Angelegenheit bringen, schrie ihn der Polizist an und untersagte ihnen deutlich jegliche Konversation. Es war nicht ihr Tag, dachte Ben. Er wünschte sich, noch in Irland zu sein.

Dann versuchte er der Kommissarin zu erklären, dass sie Andy auf der Überfahrt von Irland kennengelernt hatten und ihn somit auch nicht viel länger als einen Tag kannten. Die Kommissarin hatte neben den Pässen noch die Tickets der Fähre von Irland in den Händen und beschloss, dass Bens Geschichte Sinn ergeben könnte.

Ben und Tommy wurden von Andy getrennt und in das Büro nebenan gebracht. Die Kommissarin folgte ihnen und knallte hinter sich die Tür zu. Ben schaute sich um. Das Büro war lieblos eingerichtet. Neben der Tür stand ein abgenutzter Aktenschrank aus Metall. Eine Schublade war leicht geöffnet und zeigte die Ecke einer Akte, die nicht richtig eingeordnet war und schief festsaß. Über dem Schrank türmten sich Kartonschachteln, die wahrscheinlich noch mehr Akten beherbergten. Der Schreibtisch war ebenfalls aus Metall. Auf ihm stand ein cremeweißer Computer und eine abgenutzte Tastatur. Daneben ein dreckiges Trinkglas und noch mehr Akten. Über dem Stuhl hing ein Mantel. Die Vorhänge waren vergilbt, der braune Teppich völlig abgetreten. Die Kommissarin gab den Polizisten irgendwelche Anordnungen und verließ das Büro wieder. Keiner sprach mit den beiden. Die Zeit verging. Zwei, drei Züge in die Schweiz waren wohl schon weg.

Als die Kommissarin schließlich wieder zurückkam, drückte sie Ben und Tommy die Pässe in die Hände.

»Sie können gehen!«

Ben schaute sie unsicher an.

»Na los! Worauf warten Sie?«

Ben und Tommy kramten ihre Sachen zusammen und verließen die Polizeistation so schnell wie nur irgend möglich. Andy aka Hermann musste bleiben. Er hatte den falschen Namen. Die falsche Hautfarbe. Und sie hatten sein Dope gefunden.

Ben und Tommy erwischten schließlich noch den letzten Zug in die Schweiz.

29

Ben saß im Homeoffice vor seinem Laptop und brütete über einem Artikel. Neben dem Computer stand seine Kaffeetasse. *Best Dad In The Galaxy*, stand darauf, mit einem Bild von Darth Vader vor einem Star-Wars-Logo. Ein Geschenk der Kinder zum Geburtstag. Er starrte die Tasse an und musste grinsen. Dann packte er sie und ging mit ihr zur Kaffeemaschine, um sie erneut zu füllen. Während die Maschine lief, ging er nachdenklich in der Küche auf und ab. Als es still wurde, holte er seine Tasse und goss noch etwas Milch dazu.

Ben nahm wieder vor seinem Laptop Platz. Er fuhr sich durch das ungeordnete Haar und kratzte sich. Dabei blickte er über den Bildschirm durchs Fenster nach draußen. Es sah nach Schnee aus. Er senkte den Blick wieder auf den Bildschirm. Er schrieb ein paar Zeichen, löschte sie aber umgehend wieder. Dann wechselte er im Browser zu den News.

Der Bundesrat bespricht heute das Abkommen mit Brüssel. Auf der Autobahn vor Luzern gab es einen Unfall. Von Westen her zunehmend bewölkt.

Er verließ die Newsseite wieder. Ben schob den Laptop ein Stück von sich weg und stand auf. Er schlurfte zum Wandschrank in der Diele. Fay folgte ihm interessiert. Er nahm aus einer der unteren Schubladen eine

Glühbirne und begab sich in den Keller. Die Kellerlampe, die schon seit Wochen kein Licht mehr spendete, brauchte jetzt unbedingt eine neue Birne.

Dann ging Ben im Wohnzimmer auf und ab. Mit einer Hand massierte er sein Kinn. Schließlich setzte er sich aufs Sofa und starrte aus dem Fenster. Er knibbelte an seinen Fingernägeln. Plötzlich ertappte er sich dabei, nach Tommys Nummer zu suchen. Er schrieb ihm eine Nachricht.

Ben und Tommy verabredeten sich zum ersten Mal nach Jahren. Wahrscheinlich eher nach Jahrzehnten, überlegte Ben.

Sie saßen früh abends in einem Restaurant nahe der Hofkirche in Luzern und tranken Kaffee. Keiner der beiden rauchte noch. Es tat gut, Tommy wieder einmal zu sehen und mit ihm zu sprechen, dachte Ben. Nicht nur: »Hallo – wie geht's – wir sollten uns wieder mal treffen – auf jeden Fall – tschüss.«

Er war sehr viel schlanker, als er ihn in Erinnerung hatte. Mehr Terence Hill als Henry Rollins.

Sie saßen einander gegenüber und tauschten sich über ihr Lieblingsthema aus, die Musik. Tommy mochte nun mehr elektronische Sachen, Ben eher Gitarrenlastiges.

Tommy schwärmte von den vielen Konzerten, die er besucht hatte. Ben konnte da nicht mithalten. Familie,

Job und schlussendlich Faulheit waren die Gründe, wieso er in den letzten Jahren nur wenige Bands gesehen hatte. Immerhin, bei zwei oder drei Konzerten war er dabei.

»Gehst du immer noch nicht gerne auf Festivals?«, fragte Tommy.

»Nein«, meinte Ben und grinste.

Ben hasste Festivals. Ein Konzert einer Band musste man sich verdienen. Man musste ihre Geschichte kennen. Die Songs von ihnen auf und ab, vor und zurück gehört haben. Eine Playlist mit ihnen erstellt haben. Man musste für die eine Band Hunderte Kilometer weit fahren, um sie zu sehen. Und dann wieder Hunderte Kilometer zurück. Man durfte nur wegen dieser einen Band auf dem Konzert sein. Vielleicht noch wegen der Vorband. Auf Festivals waren Leute, die kannten nicht mal die Bands, die da spielten, meinten dann aber am Montag im Büro: »Ach, die hab ich auch schon live gesehen.«

»Du bist ein Snob!«, sagte Tommy.

Ben hob die Schultern.

»Wie geht es Sarah?«, fragte Tommy.

»Gut. Sie hat viel um die Ohren«, antwortete Ben.

Tommy nickte. Ben starrte seine Tasse an.

Nach einer kurzen, aber nicht beklemmenden Stille erzählte Ben von seinem Burnout. Er vertraute Tommy. Noch immer.

»Das tut mir leid«, meinte Tommy. Sein Gesicht war ernst, seine Stimme klang besorgt. »Wegen Stress?«, fragte er.

»Ich kann dir nicht genau sagen, was der Auslöser war. Es kam schleichend.« Ben spielte mit dem Zuckerbeutel. »Es war einfach zu viel.«

»Wie hat es sich bemerkbar gemacht?« Tommy saß ruhig. Die Ellbogen auf den Tisch gestützt, sah er Ben an.

»Ach!« Ben verdrehte die Augen. »Symptome wie Übelkeit, Schwindel und Schlaflosigkeit hatte ich schon länger. Aber dann ging plötzlich nichts mehr. Lichter gelöscht.« Ben kniff die Lippen zusammen.

»Mann, Ben. Wie geht es dir jetzt?«

»Schon viel besser. Ich arbeite wieder. Bin über den Berg.«

»Das freut mich zu hören!«

Die Kaffeetassen waren inzwischen leer. Die beiden bestellten sich eine Stange Bier.

»Ich dachte, das könnte mir nie passieren«, fuhr Ben fort. »Früher hab ich mich nie stressen lassen.«

Das Bier wurde serviert und die beiden stießen an.

»Weißt du noch, wie wir in Schottland von diesem Irren verfolgt wurden?«, fragte Ben grinsend.

»Ja, klar!« Tommy lachte. »Das waren Zeiten.« Er nahm einen Schluck. »Ich weiß auch noch, wie wir manchmal in den Bahnhöfen auf Bänken übernachtet haben. Wir haben einfach unsere Schlafsäcke ausgebreitet und uns auf dem Perron zum Schlafen hingelegt. Stell dir das heute mal vor!« Er schlug mit der Hand auf den Tisch.

»Stimmt«, antwortete Ben. »Ich kann mich noch erinnern, dass ich einmal friedlich auf einer Bank geschlafen habe und erst aufgewacht bin, als viele Pendler mit ihren Anzügen und Deux Pièces an mir vorbeigingen. Und mir war es vollkommen egal. Es war mir nicht mal peinlich. Im Gegenteil, ich fand es lustig.« Bens Augen strahlten.

»Wir kamen uns cool vor«, fügte Tommy hinzu. »Ich glaube, es war derselbe Bahnhof, wo wir uns Sandwiches zum Frühstück besorgt haben und meines voller Maden war.«

»Du hast es aber erst bemerkt, als du die Hälfte schon gegessen hattest.«

Sie lachten.

»Wir haben doch mal bei einem völlig fremden Typen im Wohnwagen übernachtet. War das nicht auch in Schottland?«, fragte Tommy.

»Ja. Ich glaube Isle of Skye. Ich hatte ihn im Billard geschlagen«, antwortete Ben.

»Billard!«, rief Tommy aus. »Das hab ich seit Jahren nicht mehr gespielt.« Seine Augen leuchteten.

»Und dann dieser Typ in Frankreich, weißt du noch? Wegen dem wurden wir verhaftet.« Tommy kam in

Fahrt. Er gab dem Kellner ein Zeichen für zwei weitere Stangen.

»Der Deutsche, der Engländer war, oder umgekehrt«, meinte Ben.

»Ja, der hatte doch im Zimmer eine gepafft.«

»Das war aber das kleinste Problem, wenn ich an seinen Einsatz am Bahnhof denke. Wie er da den Beamten mit seinen Fingern abgeknallt hat.« Ben gestikulierte aufgeregt mit beiden Händen.

»Oh Mann. War eine geile Zeit.«

Sie prosteten sich zu.

»Denkst du oft an die Zeit?«, fragte Ben. Seine Stimme war wieder ruhig.

»Nein, eigentlich nicht. Und du?«

»Erst nach meinem Burnout.« Ben nahm einen großen Schluck von seinem Bier und fragte dann: »Was hat sich geändert seit damals?« Er hielt Tommy mit seinem Blick fest.

»Ach, vieles! Wir sind älter geworden, selbstständiger, und die Welt wurde noch dümmer.« Tommy lächelte verschmitzt. »Wieso fragst du?«

»Hast du nicht manchmal das Gefühl, dass uns damals alles leichter gefallen ist? Irgendwie ist heute alles so kompliziert«, fuhr Ben fort.

»Ich glaube, das Leben war schon immer kompliziert. Es war uns einfach egal.« Er zuckte mit den Achseln.

»Die Vergangenheit hat uns nicht interessiert. Über die Zukunft haben wir uns keine Gedanken gemacht. Wir waren immer zuversichtlich, dass es irgendwie weitergehen würde.« Er schob sein Bier auf dem Bierdeckel ein bisschen von sich weg. »Wie auf unserer Reise. Nichts konnte uns wirklich passieren. Wir haben einfach in den Tag hineingelebt.« Tommy hielt kurz inne. »Vielleicht ist das der größte Unterschied zwischen damals und heute«, meinte Tommy dann und sah Ben an.

Beide nahmen einen Schluck aus der Stange. Tommy wischte sich mit dem Handrücken den Mund ab.

»Ich möchte aber nicht noch mal zurück«, fuhr Tommy fort. »Manchmal konnte das Leben auch unberechenbar sein. Es war nicht so, dass alles immer Sinn machte. Es war auch nicht so, dass wir uns nie vor etwas gefürchtet hätten.« Er senkte seinen Blick. »Die Gewalt war damals heftig.« Er machte eine kurze Pause. »Unter den Jungen, meine ich.«

Ben nickte. Er sah Tommy an. Die Heiterkeit verschwand aus dessen Gesicht.

»Und die Drogen. Viele wurden krank oder sind gestorben. Nein, ich finde, das Alter hat viele Vorteile. Wir müssen nicht mehr alles ausprobieren oder mitmachen. Wir müssen uns niemandem gegenüber mehr rechtfertigen, uns nicht mehr darüber sorgen, was einmal aus uns werden wird.« Tommy schaute auf sein Glas und drehte es der Länge nach, als wollte er sehen, was sich auf der Rückseite befand. »Wir dürfen sein, wer und was auch immer wir wollen.« Er zuckte mit den Augenbrauen. »Vieles ist klarer geworden, denke ich. Hat sich zum Guten gewendet. Die Welt mag ein Scherbenhaufen sein. Aber das war sie schon immer. Wenigstens ist sie heute etwas aufgeschlossener.« Er nahm einen weiteren Schluck, ohne Ben anzuschauen.

Ben war nicht sicher, ob er Tommy noch verstand.

»Dir geht es so weit also gut?«, wollte Ben wissen.

»Es geht so.« Tommy trank sein Glas leer und stellte es wieder vor sich hin. Der Schaum lief langsam den Rand hinunter.

»Ich habe meinen Partner verloren. Er ist vor einem Jahr gestorben. Seitdem wohne ich allein.«

Ben wusste nicht, was er dazu sagen sollte. Verlegen kratzte er sich am Ohr.

»Das tut mir leid. Ich wusste nicht ... Ich meine ...« Bens Mund blieb offen. Mit großen Augen schaute er Tommy an. Er versuchte, mit seinen Händen etwas zu gestikulieren. Die fanden aber auch keine Worte.

»Schon gut! Es geht mir auch wieder besser. Anfangs war ich in einem tiefen Loch. Es ...« Tommy stockte, hielt kurz inne und schien sich dann für einen anderen Satz zu entscheiden.

»Ich vermisse ihn nur so sehr.«

»Wie war sein Name?«, fragte Ben.

»Michael.« Tommy quälte ein Lächeln hervor.

Ben fasste Tommy am Arm. Für einen Moment redete keiner von ihnen.

»Hast du gewusst, dass ich schwul bin?«, fragte Tommy schließlich.

»Nein, aber es ist mir auch egal.« Ben wollte das nicht so stehen lassen und ergänzte schnell: »Ich meine, ich kann mir vorstellen, dass es für dich schwierige Zeiten gab. Aber zwischen dir und mir ändert das nichts.«

Ben orderte noch mehr Bier.

»Ich schäme mich, dass ich offenbar so wenig von dir weiß. Dabei waren wir beste Freunde«, sagte Ben und fasste sich an die Stirn.

»Ach was, ich weiß von dir auch nicht mehr. Ich kenne nicht mal deine Kinder.«

»Wann war es dir bewusst, ich meine, wie hast du herausgefunden …?« Ben tat sich schwer damit, die Frage zu formulieren, die Tommy nun für ihn beendete.

»Dass ich schwul bin? Ich weiß nicht. Ich kann dir kein Datum nennen, wenn du das meinst.« Er klang abgeklärt. »Wenn ich zurückdenke, war ich es wahrscheinlich schon immer. Ich hatte es einfach unterdrückt und wollte ein normales Leben führen.« Tommy machte Gänsefüßchen in die Luft, als er »normales« sagte.

»Wie hat deine Familie reagiert?«, fragte Ben.

»Das ist eine hässliche Geschichte«, antwortete Tommy. »Meine Eltern haben sich ja nie wirklich für mich interessiert. Als ich dann endlich den Mut gefasst habe, mich zu outen, war ich plötzlich Thema Nummer eins. Aber auch dann ging es nicht um mich, sondern um sie. Mein Vater war wohl in seiner Männlichkeit verletzt. Er, der große Architekt und Bauführer, hatte eine Schwuchtel als Sohn.« Tommy nahm einen kräftigen Schluck. »Ich kann mich noch an jede Geste, an jeden Gesichtsausdruck und jedes Wort von ihm erinnern, als ich es ihm mitgeteilt habe.«

Ben hielt seine Hände wie zu einem Gebet zusammengefaltet vor seinen Mund und sah Tommy an.

»Sie hatten mich zum Abendessen eingeladen, um einen neuen Auftrag meines Vaters zu feiern. Als ich am Tisch die Bombe platzen ließ, starrte mein Vater mich zunächst verwirrt an und begann dann zu lachen. Als er merkte, dass ich nicht scherzte, verfinsterte sich sein Gesicht. Seine Lippen wurden immer schmaler, seine Augen immer kleiner. Er schnaubte und biss sich auf die Backenzähne. Sein ganzer Kiefer bewegte sich. Er legte seine Serviette hin und fragte mich, ob das mein Ernst sei. Ich sagte ja. Dann stand er auf, ging in sein Arbeitszimmer und knallte die Tür hinter sich zu. Er hat seitdem nie wieder ein Wort mit mir gesprochen. Das ist jetzt zwanzig Jahre her.« Tommy schluckte leer.

Ben schüttelte den Kopf. »Und deine Mutter?«, fragte er.

»Sie spricht noch mit mir. Ruft mich an meinem Geburtstag an. Aber sie war enttäuscht, als ich mich geoutet habe. Sie begann zu weinen. Sie hatte Angst, sie würde keine Enkelkinder bekommen.« Tommy zog einen Mundwinkel zu einem halben Lächeln nach oben. Er machte eine kurze Pause und schaute Ben in die Augen. »Das Weinen war für mich das Schlimmste! Sie hat geweint, Ben! Als ob ich gestorben wäre.« Tommy atmete laut. In seinen Augen war das Entsetzen von damals zu sehen.

»Scheiße, Tommy. Das tut mir leid. Du hättest dich melden können. Ich wäre für dich da gewesen.«

»Danke.« Tommy hob das Bier zum Prosten an.

»Ich hatte damals einen Freund«, fuhr er fort. »Wir wollten gemeinsam rauskommen, zur selben Zeit. Uns nicht mehr verstecken müssen, weißt du? Ihm erging es bei seinem Coming Out jedoch ähnlich wie mir. Seine Eltern wollten es nicht akzeptieren. Wir haben uns danach zurückgezogen und quasi nur noch mit anderen Schwulen verkehrt. Wir waren verunsichert.«

»Bist du darüber hinweg? Ich meine, geht es dir gut?«, fragte Ben.

»Hey, ich bin, was ich bin. Ich habe mich ein gutes Vierteljahrhundert versteckt. Habe eine Rolle gespielt. Wenigstens bin ich jetzt frei! Und sind wir ehrlich, meine Alten hatten schon immer nicht alle Tassen im Schrank.«

Da war es wieder. Tommys Gluckern. Es war unglaublich, mit welcher Leichtigkeit er über gewisse Dinge hinweggluckern konnte, dachte Ben.

Tommy erzählte danach, wie und wo er seinen Partner kennengelernt hatte. Wie sie sich verliebt hatten, was sie verband. Dass sie heiraten wollten.

»Weißt du noch, wie wir über die große Liebe gesprochen haben in Irland?«

Ben nickte.

»Ich habe sie getroffen. Ich durfte sie erleben. ›Bis dass der Tod euch scheidet‹, weißt du noch? Es war großartig, und ich bin dafür endlos dankbar.«

Ben lächelte gerührt.

Warum sein Partner gestorben war, erzählte Tommy nicht. Ben wollte nicht nachfragen. Er sah, dass es ihm schwerfiel, darüber zu sprechen.

»Ich habe Hunger«, meinte Tommy dann. »Wollen wir hier noch etwas essen oder musst du nach Hause?«, fragte er.

»Nein, ich könnte auch was vertragen. Und noch eine Stange.«

Tommy bestellte sich Geschnetzeltes mit Tagliatelle, Ben Risotto mit Steinpilzen.

»Was machst du sonst so?«, fragte Ben.

»Nachdem ich jahrelang nur von Gelegenheitsjobs gelebt hatte, bin ich mit Ende zwanzig doch noch studieren gegangen. Grafik und Design«, antwortete Tommy. »Ich arbeite für ein Werbebüro in der Altstadt. Wir gestalten Broschüren, Plakate, Webseiten, manchmal sogar kleine Werbefilme.«

Ben nickte anerkennend. »Klingt spannend.«

»Ist okay. Nicht alle Projekte sind spannend. Neulich musste ich eine Webseite für einen cholerischen Zahnarzt gestalten. Das war ein richtiger Arsch. Wusste alles besser. Und dann die Leute in der Branche. Die können manchmal solche Vollpfosten sein.« Tommy lachte. »Und du?«, fragte er.

»Wie du vielleicht noch weißt, habe ich nach dem Gymnasium Chemie studiert«, sagte Ben.

Tommy nickte.

»Danach habe ich promoviert und ein paar Jahre an der Uni gearbeitet. Irgendwann wurde mir aber diese Art von Wissenschaft zu eng.«

»Zu eng? An etwas Neuem zu forschen, stelle ich mir sehr spannend vor, nicht?«, fragte Tommy.

»Tagelang, ach, was sag ich, wochenlang konnte man zwölf Stunden am Tag über einer Formel brüten, um am Ende festzustellen, dass sie nicht zum Ziel führen würde. So spannend war das nicht.« Er nahm einen Schluck von seinem Bier. »Aber selbst, wenn man erfolgreich war, man konnte sich außerhalb des Instituts mit niemandem über die Arbeit unterhalten. Man hat Probleme gelöst, von denen die Menschheit nicht mal wusste, dass sie existierten.« Ben lachte. »Nein, die Welt war sehr klein damals.« Er zuckte mit den Achseln. »Dann haben Sarah und ich geheiratet und das erste Kind bekommen. Da wurde mir klar, dass ich an meiner beruflichen Situation etwas ändern musste. Ich wollte näher bei der Familie sein und vor allem über ein gesichertes Einkommen verfügen. So wechselte ich in die Lebensmittelindustrie.«

»Und wenn du nicht gerade neue Lebensmittel kreierst?«

»Die freie Zeit, die ich für mich habe, verbringe ich unter Wasser«, antwortete Ben und strahlte.

»Du tauchst?«, fragte Tommy.

»Schon lange. Seit ein paar Jahren auch hier bei uns im See.«

»Wirklich? In dieser trüben Pfütze?«

»So schlimm ist das nicht.«

»Dass du tauchst, finde ich mehr als witzig. Michael und ich sind jedes Jahr auf Tauchsafari gegangen.«

»Da haben wir ja noch was gemeinsam.« Ben machte große Augen.

»Ja, aber eben nur im warmen Wasser. Wir waren schon in der Karibik, auf den Malediven, im Roten Meer, Indonesien, Philippinen und wahrscheinlich an noch vielen Orten mehr«, sagte Tommy.

»Da werde ich direkt ein bisschen neidisch!«

»Ich wollte nicht angeben.«

»Ja, klar!« Ben grinste. »Was hat dir am besten gefallen?«, fragte er.

»Es waren sehr unterschiedliche Orte. Schwierig zu sagen.« Tommy überlegte. »Großtiere waren vor allem im Roten Meer schön. Für Kleintiere gefiel mir Indonesien am besten«, meinte er dann.

»Ich habe mein Open Water auf Bali gemacht«, entgegnete ihm Ben.

»Bali ist schön, aber zum Tauchen musst du nach Raja Ampat. Der absolute Hammer! Nacktschnecken ohne Ende, in allen Farben.«

»Warst du mal wieder auf Safari seit Michaels Tod?«, fragte Ben.

Tommy schüttelte den Kopf. »Nein. Das war unser Ding.« Er machte eine kurze Pause und fügte hinzu: »Und allein konnte ich mich noch nicht überwinden.«

Die beiden sprachen noch während des ganzen Essens über das Tauchen. Tommy war vor allem neugierig, was Ben hier ins Wasser zog. Dieser ließ sich nicht zweimal bitten und schwärmte von den vielen Fischen im Zugersee, von den steilen Wänden und den futuristischen Felsformationen im Vierwaldstättersee und von einer Höhle im Jura.

»Komm doch einfach mal mit.«

»Ich weiß nicht.«

»Wäre schön, mal mit dir zu tauchen.«

Tommy lächelte.

Für ein paar Sekunden sprach keiner der beiden. Sie schauten einander in die Augen.

»Wollen wir noch ein Haus weiter?«, fragte Tommy schließlich.

Ben blickte auf die Uhr. Es war schon zehn Uhr. Er zögerte. Für einen kurzen Moment dachte er an seine Komfortzone. Dann fragte er: »Wo wollen wir hin?«

»Ich hab eine Idee. Komm!«, antwortete Tommy grinsend, mit einem Schalk in den Augen.

»Wohin?«, fragte Ben neugierig.

»Lass dich überraschen!«

Tommy führte Ben an die Reuss ins Pickwick Pub. Ben musste lachen. »Echt jetzt?«

»Ja, komm, das wird lustig. Wir trinken noch ein Guinness, so wie in alten Zeiten!« Tommy war Feuer und Flamme.

Das Pickwick Pub stand schon eine halbe Ewigkeit in Luzern. Es war allerdings kein Ort, wo Luzerner normalerweise hingingen. Auch wenn es authentisch wirkte, war es meist eng und eher was für Touristen. Nichtsdestotrotz, die beiden hatten Spaß und tauschten alte Geschichten aus, die mehr oder weniger so stattgefunden hatten.

Als sie knapp vor Mitternacht das Lokal wieder verließen, hatten beide mächtig einen sitzen.

»Das war schön mit dir«, sagte Ben. Seine Zunge war schwer. »Wir sollten uns wieder öfter sehen.«

»Ja, das sollten wir«, entgegnete Tommy. »Lass uns einen Pakt schmieden«, schlug er vor.

»Einen Pakt?« Ben stützte sich mit der Hand an einem Ablaufrohr aus Kupfer fest. Er versuchte, Tommy zu fixieren. Doch dieser bewegte sich immer wieder von ihm weg, um dann von der anderen Seite erneut ins Bild zu kommen.

»Einen Pakt.« Tommy gluckerte. »Nie mehr wollen wir uns aus den Augen verlieren«, lallte er. »Für immer wollen wir beste Freunde bleiben.« Seine Hände hatte er in die Hosentaschen gesteckt. Mit leicht gebeugten Beinen, die Hüften nach vorn geschoben, versuchte er, das Gleichgewicht zu halten. »Alle, die sich zwischen uns stellen, sollen geteert und gefedert werden!«, brüllte er in die Nacht.

»Geteert und gefedert«, wiederholte Ben.

»Ich liebe dich, Mann!« Tommy lächelte mit geschlossenen Augen.

»Ich liebe dich auch, Bruder!« Ben löste seine Hand vorsichtig vom Rohr. Dann umarmten sich die beiden und klopften sich gegenseitig auf den Rücken. Da sie sich gegenseitig stützen konnten, verharrten sie eine Weile in dieser Position.

Die Nacht war kalt und dunkel. Die Reuss schluckte das Licht, das aus den Häusern drang, und gab es in dicken, leicht gewellten Strichen wieder zurück.

»Gehen wir noch zu dir?«, fragte Ben schließlich und versuchte sich von Tommy zu lösen, um wieder selbstständig stehen zu können. Dies gelang ihm auch nach drei Versuchen.

Tommy blinzelte mit seinen schweren Augenlidern. »Zu mir?«

»Du wohnst doch in der Nähe.«

»Auf einen Schlummertrunk?«, fragte Tommy.

»Einen Schlummertrunk«, meinte Ben bestimmt.

Seite an Seite torkelten sie von dannen.

Bens Kopf hämmerte am nächsten Morgen. Er kroch aus dem Bett, zog sich zunächst an der Wand entlang zur Küche und trank Wasser. Viel Wasser. Danach kramte er im Schrank nach einem Ponstan. 500mg, stand auf der Packung. Er nahm sicherheitshalber zwei und spülte diese mit noch mehr Wasser runter. Mit einem Kaffee in der Hand setzte er sich schließlich an den Küchentisch. Der Geruch von Kaffee war unglaublich gut. Er nahm einen Schluck. Das war noch besser. Er starrte mit leerem Blick zum Kühlschrank. Dann realisierte er, dass er das keltische Kreuz anstarrte. Er schloss die Augen und trotz oder vielleicht wegen des Katers lächelte er zufrieden vor sich hin.

30

Der Spätherbst kündigte den kommenden Winter an. Die Tage waren geprägt vom Hochnebel. Sonne gab es schon lange keine mehr. Dann fiel der erste Schnee. Während der ganzen Nacht hatte es geschneit. Die Wiesen und die Wälder, die Häuser und die Straßen, alles wurde weiß. Es mussten mehrere Zentimeter Schnee gefallen sein. Ben liebte den Schnee. Vor allem im Dezember. Wenn Schnee lag, wurde es ruhiger, es wurde stiller, fand er. Die Welt lag dann wohlig eingehüllt unter einer weißen Decke und weigerte sich, dem hektischen Treiben der vergangenen Monate weiterhin zu folgen.

Ben ging an diesem Morgen früh mit Fay los. Die Nacht war wegen des Schnees nicht so dunkel wie sonst um diese Zeit. Die dicken Flocken fielen unaufhörlich, aber tänzerisch leicht vom Himmel. Lautlos. Nur das Knirschen seiner Schuhe auf dem Schnee war zu hören. Ben blieb für einen Augenblick stehen und hob seinen Blick gegen den Himmel. Der Schneeflockentanz war hypnotisierend. Dann schloss er seine Augen und ließ die Flocken in sein Gesicht fallen.

Als Kind hatte er einmal einen Film von einem Mann gesehen, der sein Leben den Gorillas im Dschungel widmete, bis er schlussendlich zu ihnen zog und dabei alles zurückließ. Anfangs bedeckte er seinen Kopf noch mit einer Kapuze, wenn es regnete. Irgendwann aber zog er sie ab und gab sich und seinen Körper dem Regen hin. Er war angekommen. Im Dschungel, bei den Gorillas, bei sich. Glück hatte etwas mit Loslassen zu tun, daran erinnerte sich Ben in diesem Moment, in dem die Schneeflocken auf sein Gesicht fielen.

Langsam öffnete er die Augen wieder. Fay wollte weiter. An den meisten Häusern hing bereits die Weihnachtsbeleuchtung. Mal weiß, mal gelblich schimmerte das Licht hinter den Schneeflocken hervor. Etwas abseits von seinem Quartier bog er auf einen Feldweg ein, der ihn zum Wald führte. Zur Buche.

Ihre Äste hingen tief wegen des schweren Schnees. Es schien ihr aber nichts auszumachen. Ben blieb kurz stehen und begrüßte seine alte Freundin. Er legte seine Hand auf ihren Stamm.

»Danke«, sagte er. Er lächelte zufrieden. Es ging ihm gut.

Als er das Waldstück wieder verließ, hatte es aufgehört zu schneien. Der Mond kam für einen Moment hinter den Wolken hervor und brachte die Schneekristalle auf den Wiesen und den Bäumen zum Glitzern. Ben versuchte, die funkelnde Winterlandschaft mit seinen Augen aufzusaugen und sie in sein Gedächtnis einzubrennen, um dieses friedliche Bild jederzeit abrufen zu können, wenn er es brauchen würde.

Als er wieder nach Hause kam, waren die Kinder bereits in der Schule und Sarah bei der Arbeit. Da er heute frei hatte, fuhr er an den See.

Die Welt unter Wasser war kalt, karg und scheinbar leblos. Das hohe Seegras war zu einer Steppe verkümmert. Die meisten Fische hatten sich schon lange in die Tiefe zurückgezogen. Nur zwei prächtige, große, aber misstrauische Alets waren anzutreffen. Sie waren schon länger hier. Ben hatte sie regelmäßig beobachtet. Allerdings nur aus der Ferne. Alets waren von Natur aus scheu und vorsichtig. An diesem Tag aber ließen sie Ben näher an sich heran. Einer von ihnen kam sogar auf Ben zugeschwommen. Sein silbergraues Schuppenkleid funkelte. Der Fisch war vielleicht dreißig oder vierzig Zentimeter groß. Im Abstand von etwa einem Meter machte er eine Wendung, um dann wieder zu Ben zurückzukehren. Es war, als wollte er ihm etwas mitteilen. Vielleicht hatte er aber auch einfach Hunger.

An Land musste seit Langem das erste Mal die Sonne hinter den Wolken hervorgetreten sein, denn unzählige Strahlen schienen nun durch das trübe Wasser und trafen auf die Steine und Muscheln am Boden und auf den Alet vor ihm. Regenbogenfarben überzogen den Fisch. Es war ein einfaches, aber wunderschönes Naturspektakel. Ben schwebte noch eine Weile mit ihm in diesem Strahlenmeer. Irgendwann kam der zweite dazu.

Auch dieser schien zutraulicher geworden zu sein. Wahrscheinlich war er aber gekommen, um den ersten zu sich zu rufen. Die beiden Fische schwammen jedenfalls gemeinsam weiter und Ben tauchte langsam wieder auf.

Es war bitterkalt. Ben zog sich deshalb schnell am Tauchplatz um und fuhr gut gelaunt nach Hause. Im Radio lief *Winter Wonderland* von Dean Martin. Er liebte diese Interpretation des Songs. Er fand, der Shuffle verlieh ihm einen gewissen dreckigen Charakter, was ihn von anderen Versionen abhob. Vergnügt trommelte er mit den Händen auf das Lenkrad und sang zusammen mit Dean den Song zu Ende.

Zu Hause wurde Ben wie üblich nach dem Tauchen viel zu wild von Fay begrüßt. Als wäre sie überglücklich und erleichtert, dass Ben wieder heil vom Tauchen zurückgekehrt war. Außer dem Hund war allerdings noch niemand zu Hause. Schließlich war es ein normaler Wochentag.

Ben hatte die spontane Idee, seine Familie mit einem besonderen Abendessen zu überraschen. Er fuhr in die Stadt, um die nötigen Besorgungen zu machen.

An einer Ecke in der Neustadt gab es ein italienisches Feinkostgeschäft, das er aufsuchen wollte. Auf dem Weg dorthin kam er an einem Reisebüro vorbei. Ein Werbeplakat erhaschte seine Aufmerksamkeit.

»Tauchsafari auf Bonnaire. Tauchen Sie, wo, wann und wie oft Sie wollen. Mit einem Mietauto sind Sie komplett unabhängig. Erkundigen Sie sich noch heute bei uns!«

Das Plakat zeigte eine intakte Unterwasserwelt mit farbigen Korallen und einem Taucher, der das *Ok*-Zeichen mit seiner rechten Hand formte.

So unabhängig von Tauchplatz zu Tauchplatz zu fahren und abends ein Bierchen draußen bei Sonnenuntergang, das wär was, dachte Ben.

Neben dem Plakat befand sich eine kleine Box mit Flyern zu Bonnaire, die mehr oder weniger dasselbe beinhalteten wie das Poster. Ben nahm sich einen Flyer und ging weiter. Er musste an Tommy denken, was ihm ein verschmitztes Lächeln ins Gesicht zauberte.

Am späteren Nachmittag begab er sich in die Küche, drehte im Radio die Musik auf und begann zu kochen. Dann deckte er den Tisch mit einer weißen Decke ein und zündete ein paar Kerzen an.

Die Überraschung war gelungen. Sarah küsste und umarmte ihn, als sie heimkam. Noch mehr als sonst.

Nach dem Essen wurden die Lichter ausgemacht. Nur die Kerzen leuchteten noch. Die Familie ließ sich wohlgenährt auf das Sofa fallen. Fay quetschte sich dazwischen. Sie schauten sich *Dickens' Weihnachtsgeschichte* an. Draußen hatte es wieder angefangen zu schneien. Bens Blick richtete sich am Fernseher vorbei auf die Flocken, die vom Himmel fielen. Auf ihren Tanz im Laternenlicht. Es hatte gutgetan, Tommy wiederzusehen, dachte er. Er nahm sein Handy zur Hand und schrieb ihm eine Nachricht.

»Alles gut?«

Ben nahm einen Schluck von seinem Rotwein. Fay schnarchte.

»Alles gut!«, schrieb Tommy zurück. »Bei dir?«

»Ja. Hier und jetzt ist alles gut.«

Danke

Kati, Emily, Lily und Gabi
Ihr seid großartig! Vielen Dank für eure Unterstützung!

Bruno, Toby, Peter
Auf Irland, England und Schottland!

Christian Bauer und Alexandra Gentara
Vielen Dank für die Tipps und das Lektorat!

Ich hole den Füllfederhalter von Dir, Christian, und schreibe.

Doris Beck

Gespräche mit Dir
Aufzeichnungen aus einem unfassbaren Jahr

Im Februar 2020 wird Doris durch den plötzlichen Tod ihres Lebenspartners zum Stillstand gezwungen, an ihre Grenzen gebracht. Auf der Suche nach ihrer Kraft findet sie Zuflucht im Schreiben – ihr Weg, das Unfassbare für sich fassbar zu machen. Sie bewegt sich im Labyrinth der Trauer und Hoffnungslosigkeit langsam Schritt für Schritt – bleibt stehen, verirrt sich, geht mutig weiter. In *Gespräche mit Dir* teilt sie berührende, schmerzliche und letztlich hoffnungsvolle Einblicke und Erkenntnisse aus diesem unfassbaren Jahr.

Trauer. Plötzliches Sterben. Tief in unserem Innern erahnen wir vielleicht, was das bedeuten kann, schwenken aber gleich wieder zurück ins gewohnte Leben. Und dann passiert das Unvorstellbare – das Jetzt ist Leere.

1. Auflage · Hardcover · 224 Seiten · 13 x 21 cm ISBN 978-3-99018-649-7

BUCHER Verlag Hohenems – Vaduz – München – Zürich **www.bucherverlag.com**

*Plötzlich war sie in
Lebensgefahr ...*

Lilien Caprez

NachtMeerFahrt
*Ein Weg in die Nähe des Todes
und in die Fülle des Lebens*

In der Intensivstation kämpft sie nicht nur um ihr Überleben, sondern auch darum, sich aus über Generationen weitergegebenen Lebensentwürfen loszureißen. Die Autorin zeichnet ihren Kampf an der Grenze zum Tod und ihren Aufbruch in ein weibliches Selbstverständnis nach, in dem Männer nicht mehr unentbehrlicher Dreh- und Angelpunkt, sondern Begleiter und Gefährten sind. Ein Buch über den Prozess des Auflösens tief verborgener lebensfeindlicher Überzeugungen und ein Wegbegleiter in die Nähe des Todes genauso wie in die Fülle des Lebens, das Frauen und auch Männern Mut für ihren ganz eigenen Weg der inneren Befreiung macht.

An der Schwelle zum Jenseits ging die Odyssee ihrer Befreiung unerwarteterweise einen Schritt weiter und öffnete die Tür von der intellektuell schon lange vorhandenen Vision eines eigenständigen und von Angst befreiten Lebens zu gelebter Realität ...

1. Auflage · Hardcover · 368 Seiten · 13 x 21 cm ISBN 978-3-99018-666-4

BUCHER Verlag   Hohenems – Vaduz – München – Zürich   **www.bucherverlag.com**